天魔神教
洛陽本部

천마신교
낙양본부

천마신교 낙양본부 11

정보석 新무협 판타지

초판 1쇄 찍은 날 § 2021년 4월 28일
초판 1쇄 펴낸 날 § 2021년 5월 6일

지은이 § 정보석
펴낸이 § 서경석

편집책임 § 김범석
디자인 § 노종아

펴낸곳 § 도서출판 청어람
등록번호 § 제387-1999-000006호
등록일자 § 1999. 5. 31
어람번호 § 제2-2869호

주소 § 경기도 부천시 부일로 483번길 40 서경B/D 3F (우) 14640
전화 § 032-656-4452 팩스 § 032-656-4453
http://www.chungeoram.com
E-mail § chungeorambook@daum.net

ISBN 979-11-04-92342-5 04810
ISBN 979-11-04-92204-6 (세트)

天魔神教
洛陽本部

정보석 新무협 장편소설

FANTASTIC ORIENTAL HEROES

천마신교
낙양본부

11

天魔神教
洛陽本部
천마신교
낙양본부

次例

第五十一章

소론 왕궁의 대전.

그곳에 모인 소론 왕과 황족, 그리고 귀족들과 기사단은 저 만치 멀리서 대전 안으로 입장하는 포트리아와 흑기사들을 보았다. 특히 소론 왕은 옆에 있는 귀부인의 눈치를 보며 긴 장한 기색이 역력했는데, 무슨 말을 해야 할지 몰라 고민하는 듯했다.

저벅. 저벅.

쿵. 쿵.

거침없는 걸음으로 포트리아와 흑기사단이 걸어왔다. 소론 왕은 그들을 보며 벌어지지 않는 입을 억지로 열어 가며 말했다.

"치, 친애하는 데, 델라이의 귀빈들이여. 그대들은 소론의 영웅들이다. 소, 소론에 닥친 위기를 외면하지 않… 저, 저기? 자, 잠깐?"

포트리아는 자신에게 말하는 소론 왕을 쳐다보지도 않고 성큼성큼 걸었다. 그녀의 목적지는 알시루스 백작.

그 앞까지 온 그녀는 주먹을 뒤로 뻗었다가 그의 얼굴에 냅다 꽂았다.

"크흑."

크게 휘청거린 알시루스는 피가 줄줄 흘러나오는 코를 부여잡고는 고통에 신음했다.

"……."

"……."

황당하기 그지없는 그 광경에 모두 할 말을 잃었는데, 누군가 칼을 뽑아 들었다.

"포트리아 백작! 지금 이게 무슨 짓입니까!"

알시루스 옆에 있던 이론드는 가벼운 레이피어를 꺼내 들고 포트리아를 향해 뻗으면서 대전이 떠나가라 소리쳤다. 그는 기사의 갑옷이 아닌 장군의 의복을 입고 있었는데, 그가 든 레이피어는 화려한 장식이 되어 있는 것이 장군에게 하사되는 무기인 듯했다.

그것을 본 슬롯과 흑기사들이 자신들의 무기를 꺼내 높이 들었다. 그러자 대전을 호위하고 있던 소론 기사단 역시 즉시 뛰쳐나와 그들을 포위했다. 그들은 고아원을 구출하기 위해서 투입된 그룹과는 질적으로 다른 재질의 아머를 입고 있었다.

 순식간에 살벌한 분위기가 조성되었다.

 포트리아는 이론드의 시퍼런 칼이 자신을 향하고 있는 것을 뻔히 보면서도, 양손을 뻗어서 알시루스 백작의 멱살을 틀어쥐었다. 이론드의 눈에서 불똥이 튀자, 알시루스는 그에게 손짓하며 괜찮다는 신호를 보냈다.

 포트리아는 사람을 생으로 씹어 먹을 것 같은 표정으로 그를 보며 으르렁거렸다.

 "고아원에 인질 없다는 거. 언제부터 알았습니까? 애초에 나한테 연락할 때부터 알았나요?"

 알시루스는 손을 들어 피를 흘리는 코 주변을 닦아 내더니 나지막하게 대답했다.

 "예. 그렇습… 크학."

 포트리아는 손에서 핏줄이 돋아날 정도로 세게 쥐었다.

 알시루스가 켁켁거리는 소리를 내자, 이론드는 자신이 든 레이퍼어를 포트리아에게 더 가까이 가져가며 경고의 말을 했다.

 "포트리……."

첫마디가 다 나오기도 전에, 포트리아가 고개를 홱 돌려 그를 쳐다보며 먼저 말했다.

"이론드 장군도 애초부터 알았습니까? 인질 없는 거?"

이론드의 얼굴이 조금 어두워졌지만, 그는 곧 얼굴을 굳혔다. 그가 말하기 전, 알시루스가 대신 대답했다.

"소론 왕께서도 몰랐고, 이론드 장군도 직접 전투에 임하기 직전까지 몰랐습니다. 다 제가 계획한 것입니다."

포트리아는 다시 고개를 돌려 알시루스를 보았다.

"나와 쌓아 왔던 관계에 조금이라도 진심이 있었다면, 이유를 설명해 보십시오. 적어도 내가 납득할 수 있게."

"……."

알시루스는 말없이 가만히 포트리아를 보았다. 낮게 가라앉은 그의 두 눈은 많은 것을 말하면서도 어떠한 것도 말하고 있지 않았다.

포트리아의 손에서 힘이 풀렸다.

그녀는 곧 소론 왕에게 말했다.

"무례를 용서하시지요. 다만 앞으로 델라이는 소론과 외교를 단절하도록 하겠습니다. 그럼."

포트리아는 짧은 인사를 한 뒤, 처음 들어왔던 그 걸음 그대로 밖으로 나갔다.

슬롯은 이론드를 노려보고 있다가 나지막이 말했다.

"오늘의 영웅은 흑기사를 치료한 소론의 의사야. 만약 내 기사가 너희들의 농간질 속에서 죽었다면, 여기 있는 전원 다 생명을 부지하지 못했을 거니까. 그러니 우리에게 치하할 것이 있었거든 그 의사에게 치하하도록 해. 전쟁을 막았으니."

"……."

"……."

슬롯은 흑기사들과 함께 침묵이 감도는 대전에서 밖으로, 또 왕궁 밖으로 빠르게 나왔다.

포트리아는 그가 나오는 것을 기다렸다가 걷기 시작했고, 슬롯과 흑기사는 그녀에게 발을 맞췄다.

그녀가 말했다.

"그냥 확인차 묻는 것인데, 부상당한 흑기사들은 공간마법진 쪽으로 보냈나?"

"예, 먼저 보냈습니다만… 설마 그들을 사로잡을까 염려하시는 겁니까?"

"멜라시움 아머 세트를 빼앗고 인질로 잡을 수 있지."

슬롯은 말도 안 된다는 듯 되물었다.

"델라이를 상대로 그들이 그런 행동을 할 가능성이 있다고 보십니까?"

빠르게 걸으면서 포트리아가 설명했다.

"이번 일의 배후가 다른 사왕국이거나 아니면 제국이라면 가능도 하네. 파인랜드의 대부분의 국가는 사왕국이나 제국의 후원 없이는 버틸 수 없지. 우리의 손아귀에서 벗어나겠다는 건, 곧 다른 후원자를 구했다는 것 아니겠나?"

슬롯은 포트리아의 어깨가 내려간 것과 고개가 살짝 숙여져 있는 것을 곁눈질로 확인했다. 그녀는 깊은 고민을 할 때면 그런 자세를 취하는데, 그럴 때마다 델라이의 존망을 좌지우지하는 결정들이 쏟아져 나오곤 했다.

그가 물었다.

"누구겠습니까?"

포트리아는 눈을 살짝 감더니 말했다.

"아마도 제국이겠지. 굳이 군막에 대주교까지 불러다가 기도하던 것 생각나는가? 단순히 신앙심이 좋아서 그런 줄 알았는데 말이야. 그 대주교도 일이 돌아가는 걸 직접 확인하기 위해서 제국에서 투입한 것이 아닌가 하네."

"제국에서요? 흐음……."

"임모탈 기사단(Immortal knights)이라고 했지 않은가? 적 기사단이."

"예."

"그러니 더더욱 제국과의 연관성이 있는 것이지."

슬롯은 고개를 갸웃했다,

"말이 안 됩니다. 알시루스 백작이 소론의 후원자로 델라이를 버리고 제국을 택했다고 칩시다. 그런데 그가 왜 제국의 기사단인 임모탈 기사단을 상대로 싸웁니까?"

"고용되었다고 하지 않았나?"

"예?"

포트리아는 자리에 팔짱을 꼈다.

"임모탈 기사단의 캡틴과 그 그룹을 이끄는 리더들이 그런 말을 했다면서. 자기들은 고용되어졌다고. 그 말은 즉 그들이 더 이상 제국을 섬기는 것이 아니라 용병이 되었다는 말 아닌가?"

"그 말 한마디로 그렇게 유추하긴 어렵습니다. 거짓을 말했을 수도 있지요."

"아다만티움 아머 세트도 있었지. 원래 임모탈 기사단은 몸을 가리는 갑옷을 전혀 입지 않고 무기와 방패, 그리고 투구만 쓰는 기사단이지. 그들이 왜 갑옷을 입고 있었을까? 그것도 아다만티움? 갑자기 말이야."

"……."

"물론 정확한 건 델라이로 복귀해서 조사해 봐야 알겠지. 하지만 내 추측으로는 임모탈 기사단 전체가 제국과 어떤 마찰이 생겨서 용병이 된 것이 아닌가 하네."

슬롯은 그 추측에 자신의 생각을 더했다.

"소론은 제국의 영향에서 가장 먼 곳이니, 용병이 된 임모탈 기사단 캡틴이 소론에선 활동해도 좋겠다고 판단하고 의뢰를 받았는지 모르겠습니다."

포트리아는 고개를 끄덕였다.

"제국 입장에선, 골칫덩이인 이들이 안 그래도 짜증 나는 델라이 영역에서 나타난 걸세. 이를 처리했어야 하는 것이지. 흠… 비밀리에 떠나 버린 임모탈 기사단의 정체를 숨기기 위해서? 뭐… 정확하겐 모르지만, 제국이 소론에게 제안을 한 건 맞을 거야. 앞으로 자기들의 자치령이 되라고. 알시루스 백작이 나와의 관계를 포기할 정도이니, 퍽 소론에게 유리하게 제안했겠어."

슬롯은 자기도 조금 고민하더니 물었다.

"흐음. 그렇다면 알시루스 백작은 왜 백작님을 통해서 델라이의 지원을 바란 것입니까? 임모탈 기사단의 존재를 델라이에게 숨기는 것이 제국의 요구 조건이라고 추측하신다면 말입니다."

포트리아는 입을 살짝 벌렸다.

"그러네. 그건 아니겠어. 좋은 지적이네, 슬롯 경."

"……."

"흑기사의 지원을 바랐다. 왜 그럴까? 흐음. 어차피 델라이와의 관계는 끝났으니, 나와의 관계를 한번 제대로 이용이나 해 먹자는 거겠지."

"그래서 그런 얄팍한 거짓말을 한 것이겠군요."

포트리아의 입이 닫혔다.

"얄팍? 그래, 얄팍해. 고아들을 인질로 잡았다는 거짓말은 얼마든지 들통날 거였으니까. 그런데, 왜 날 지속적으로 속이지 않고 어차피 드러날 얄팍한 거짓말로 날 속여서 흑기사의 지원을 받았을까?"

"흐음, 그러고 보니 배신도 한 번에 당하면 차라리 고맙지요. 조금씩 지속적으로 당하는 게 타격이 큽니다."

"알시루스가 머리가 없는 놈도 아니고… 그렇다면 날 일회용으로밖에 이용할 수 없는 이유가 있었을 것이네. 흑기사를 한 번 지원받는… 다소 아쉽지만 그렇게 이용해야만 했었던 이유가 있었던 것이지."

"그 뜻은 흑기사가 반드시 필요했다는 것이겠군요."

"그렇지."

슬롯이 떠오르는 생각을 말했다.

"임모탈 기사단을 상대해야 하기 때문 아닙니까? 그는 임모탈 기사단를 진정으로 적이라 생각했습니다. 그것은 진심이었습니다."

포트리아는 고개를 연신 끄덕였다.

"음, 그렇지. 그럼 혹시 양쪽 기사단의 소모전을 원했던 것이겠나? 제국 입장에선 흑기사와 임모탈 기사단이 서로 죽여 주면 더할 나위 없으니."

슬롯은 고개를 한번 흔들었다.

"그것을 노린 거라면 이론드가 그렇게 자국 기사단을 희생할 필요가 없었지요. 자신의 목숨을 걸어 가면서까지."

포트리아는 손가락을 튕겼다.

"아하. 그럼 제국에서 소론에게 요구한 조건 자체에 흑기사를 부르는 것이 있었을 수 있네. 임모탈 기사단을 사로잡으라고. 그래서 그것을 위해서 흑기사의 지원을 부른 것이지. 흠, 하지만 그랬다면 임모탈 기사단을 사로잡는 데 실패한 그들은 제국의 조건을 이행하지 못했을 텐데. 저리 당당하게 나올 수 있을까?"

소론은 방금 대전에 있었던 알시루스와 이론드를 떠올렸다.

"그렇습니다. 그들의 눈빛은 실패한 자들의 것이 아니었습니다."

포트리아는 더 말하지 않고 더욱더 깊게 고민하기 시작했다.

그들은 그렇게 소로노스를 빠져나왔다. 왕궁에서 이미 이야기가 나왔는지, 경비병들은 그들에게 아무런 말도 하지 않고 길을 비켜 주었다. 그렇게 그들은 평탄하게 공간마법진을 향해서 걸어갔다.

다행히 소론에서 다른 마음을 먹진 않은 듯했다.

대로를 얼마나 걸었을까, 포트리아가 입을 열었다.

"일단 막 든 생각은 제국이 임모탈 기사단을 자치령 밖으로만 내쫓으라고 요구한 것이 아닐까 했네. 하지만 겨우 그 정도의 요구를 들어 주었다고 해서 우리보다 더욱 좋은 조건으로 자치령을 삼겠다? 그건 말이 안 되지."

슬롯도 동의했다.

"예, 조금 빈약한 것 같습니다."

"그렇지. 그래서 내 생각은 제국이 알시루스에게 흑기사단을 불러서, 임모탈 기사단과 무력 충돌을 시키라고 요구했다고 봐."

슬롯은 고개를 갸웃하며 아까 한 이야기를 그대로 했다.

"아까 소모전을 일으키려고 한 건 아닌 걸로 결론 난 것 아닙니까? 만약 그것이 목적이었다면 이론드 장군이 자국 기사단을 그렇게 희생시킬 필요까진 없었습니다."

"그의 입장에선 임모탈 기사단은 자신의 조국을 침범한 자들이니까. 그들을 향해서 적의를 내보이는 건 당연하네. 그리고 또 자기들만 뒷짐 지고 흑기사만 싸우라 내보낼 수는 없지 않은가? 자기들도 함께 싸우기는 해야지. 대전에 있었던 소론 기사들을 보아 미루어 짐작하건대, 전투에 직접 나선 기사들은 어차피 버리는 용도였을 것이네."

슬롯은 잠시 생각하다가 말했다.

"그럼 결론은 어떻게 되는 겁니까?"

포트리아는 설명했다.

"제국에서 탈영한 임모탈 기사단이 소론에 나타난 것을 제국이 파악 후, 소론에게 제안. 그 내용은 델라이에게 흑기사단의 지원을 받아서 임모탈 기사단과 싸우게 해라. 그러면 앞으로 제국이 더 좋은 조건으로 자치령으로 삼겠다. 뭐, 이 정도겠지."

그 말을 들은 슬롯이 나지막하게 말했다.

"왜 싸우게 만들어야만 했을까요? 그것을 통해서 양쪽을 소모시키는 것이, 더 좋은 조건으로 소론을 자치령으로 삼아 줄 만한 가치가 있겠습니까? 제국도 델라이와의 외교 관계를 생각해야 하지 않습니까?"

"……."

"우리 입장에선 이론드 장군은 개만도 못한 자지만, 냉정하게 말하면 그는 국익을 위해서 움직였습니다. 그런 사람이 자국 기사단을 동원해서 임모탈 기사단을 사로잡거나 죽이려 했다면, 그만한 이유가 있었을 겁니다."

포트리아는 멀찍이 공간마법진을 그려 놓은 공터에 마법사 셋이 서 있는 것을 보며 말했다.

"그럼 결론을 수정하지. 제국은 탈영한 임모탈 기사단이 소론에 나타난 것을 확인했다. 하지만 소론이 델라이의 자치령이라 제국은 함부로 군사 활동을 하지 못한다. 그래서 소론에게 제안했다. 그들을 사로잡거나 채포하거나 하면, 우리가 더욱 좋은 조건으로 자치령으로 삼아 주겠다고. 소론에선 이에 동의하고, 어차피 외교가 끊길 델라이에 지금까지 잘 준비해 둔 연줄, 즉 고아들을 인질로 잡았다는 얄팍하기 짝이 없는 거짓말 따위에 잘 혹할 만한 권력자인 바로 나를 통해서 흑기사를 지원받아 그들을 상대했다. 여기까지."

포트리아는 가슴에 손을 올리고 분노의 숨을 내쉬었다.

슬롯은 나지막하게 말했다.

"너무 자책하지 마십시오, 백작님. 알시루스 백작이 설마 거짓말을 했을 줄은 누가 알았겠습니까?"

"후. 위로는 됐네. 그래서? 내 결론을 들은 자네 생각은 어떤가?"

슬롯은 말했다.

"그들을 사로잡거나 혹은 체포하거나… 이 부분이 빈약합니다. 제 결론은 일단 임모탈 기사단이 말한 그 고용되었다는 말. 그 말이 거짓말이고, 또 무슨 바람이 들었는지, 색이 마음에 들었는지, 아다만티움 갑옷을 그냥 입게 되었다는 것. 그 두 가지를 전제로 둡니다."

"알겠네."

"임모탈 기사단은 제국에서 몰래 투입된 것이고, 알시루스는 그들을 막기 위해서 어쩔 수 없이 백작님께 거짓말을 동원해서 지원을 받은 것입니다. 끝이지요. 간단하게 생각해 보십시오."

포트리아가 말했다.

"그리 간단하지 않아. 그랬다면, 아까 거기서 알시루스는 내게 무릎을 꿇어 가며 사과했을 것이네. 방금 대전에서 보인 반응은 분명 델라이가 외교를 단절해도 괜찮다는 자신감이 있었어."

"그건 그랬지요."

포트리아는 눈을 살짝 감았다.

"머리 아프군. 일단 돌아가서 정보를 더 모은 뒤에 알아보지."

그녀는 그렇게 말한 뒤에, 더 말하지 않고 마법사들에게로 걸어갔다.

그런데 마법사들 중 가장 늙은 마법사가 그녀를 마중 나오면서 말했다.

"포, 포트리아 백작님! 큰일입니다!"

"무슨 일인가?"

그 늙은 마법사는 다급한 목소리로 말했다.

"델라이가 침공을 당했습니다. 엘프들에게요! 때문에 NSMC가

과부하가 걸려 있어, 멜라시움까지 공간이동하려면 시간이 걸릴 듯합니다."

포트리아와 슬롯은 자신들의 귀를 의심하며 서로를 돌아보았다.

＊　　　＊　　　＊

쿵!

막 델라이로 귀환한 포트리아는 씻지도 않고 의회장에 들어섰다.

의회에 모인 중앙 귀족들은 한창 열을 올리며 시끄럽게 토론을 하고 있었는데, 포트리아의 등장으로 갑자기 조용해지더니, 모든 눈길이 그녀에게 쏠렸다.

그 시선들은 한 몸에 받으면서도 아무렇지 않은 듯, 포트리아는 의회 중앙석에 앉은 델라이 왕을 올려다보며 말했다.

"엘프들이 침공했다는 말을 들었습니다. 사실입니까?"

델라이는 긍정도 부정도 하지 않았다.

"엘프들의 마법으로 인해서 NSMC(National Spatial Magic Circle: 국립공간마법진)에 다소 무리가 있었네. 하지만 그 외에 어떠한 군사활동도 없었어. 그래서 침공이라는 말은 크게 어울리지 않지."

전쟁이 없다는 말만큼 다행인 말이 없지만, 포트리아의 안

색은 확연히 어두워졌다.

NSMC에 다소 무리가 있다.

이 말은 사실 암호로 현재 NSMC의 작동이 불가능하다는 뜻이다. 이 암호를 아는 이는 델라이에 다섯을 넘지 않는다.

그녀는 자기도 모르게 머혼을 보았다. 머혼은 그녀와 눈을 마주쳤는데, 가만히 바라만 보고 있는 그의 눈빛에서 포트리아는 왕의 말이 진짜임을 확신할 수 있었다.

포트리아가 말했다.

"다른 군사 활동이 없다 해도, 일단은 군대를 결성하겠습니다. 델라이의 군통수권을 부여해 주십시오."

"안 그래도, 그에 관해서 논의 중이었네."

포트리아는 말도 안 된다는 듯 소리쳤다.

"논의요? 논의라니요! 마법으로 수도를 공격한 것은 엄연히 전쟁 행위입니다. 그리고 전쟁 행위가 있다면 델라이는 이미 전시 상황에 놓인 것입니다. 의회가 결정하고 말고의 문제가 아닙니다."

델라이는 입을 쩝쩝거리더니 말을 하지 않았다. 포트리아의 눈썹이 꿈틀거리더니, 곧 그녀의 시선이 머혼을 향했다.

그녀는 전보다 더 날카로워진 목소리로 말을 이었다.

"머혼 백작! 혹 백작께서 의회를 소집하셨습니까?"

머혼은 크게 기침 소리를 내더니 그녀에게서 시선을 옮기며 태연하게 말했다.

"크흐흠. 만약 엘프들이 진짜 델라이를 침공했다면, 당연히! 당연히! 포트리아 장군께서 군통수권을 지니고 델라이를 적들의 손아귀로부터 보호하셔야지요. 하지만 말입니다. 이번 사건이 과연 그 '침공'에 해당하는지, 이에 의문을 품은 의원들이 많이들 있습니다."

"누가요?"

"어허. 포트리아 백작, 의회가 시작되고 한 시간이 넘었습니다. 아무리 델라이의 안보를 책임지는 포트리아 백작이라고 해도, 본인이 늦은 한 시간 동안의 토론을 다시 재연해 달라는 말은 아니겠지요? 중간에 끼어들어서 처음부터 말해 달라고 떼쓰는 것만큼 미성숙한 것도 없습니다."

포트리아는 발을 쿵 하고 굴렀다.

"머혼 백작!"

머혼은 다시금 기침 소리를 내었다.

"크흐음. 그래도 제가 대략 간추려서 설명을 하자면, 저기 저쪽에 계신 린덴 백작께서는 우선 엘프의 마법이 수도를 공격했다는 것에 의문이 있으시고, 또 이쪽, 이쪽에 계신 로드윈 백작께서는 그 엘프들이 왜 다른 군사 활동을 하지 않는지, 그에 관해서 의문이 있으십니다."

"······."

"그렇지 않습니까? 애초에 엘프가 무슨 목적으로 수도를 공격했으며, 또 애초에 그것이 진실인지조차도 모호합니다. 일단 다른 군사 활동이 없는 한, 전시 상황으로 돌입하는 것은 옳지 못하다는 것이 지금까지의 토론 결과입니다. 물론 포트리아 장군께서 다른 의견이 있으면 의원들을 설득하시지요."

포트리아는 고개를 돌려 의원들을 살펴보았다.

몇몇은 그녀의 말을 듣기 위해서 귀를 기울이고 있는 것이 보였지만, 대부분의 귀족은 애초에 그녀의 말을 들을 생각조차 없는 듯 보였다. 머혼이 언급한 린덴이나 로드윈처럼, 태반이 머혼을 따르는 자들이었기 때문이다.

포트리아는 여기서 자신이 무슨 이야기를 한다 한들, 이미 머혼이 만들어 놓은 분위기를 반전시킬 수 없음을 깨달았다. 그녀는 속에서 신물이 올라오는 것 같았지만, 최대한 억누르고는 딱딱하게 말했다.

"제가 생각이 짧았습니다. 의회가 원하지 않는 한, 군에서 의회의 결정에 영향을 끼쳐서는 안 되지요. 전 이대로 물러가 군부에 있을 테니, 혹시라도 군사적인 조언을 듣고자 하시는 의원분들이 계시다면, 소환해 주십시오."

그녀는 부글거리는 속을 가까스로 다스리며 몸을 돌려 의회장 밖으로 나왔다. 그리고 문이 닫히자마자 한쪽 벽을 손으로 쿵 하고 내려쳤다.

"대체 무슨 꿍꿍인 거야! 쥐 같은 새끼! 엘프? 엘프는 또 뭐야. 후우, 진정하자. 일단은, 일단은 소론에서의 일을 알아봐야 해. 둘은 반드시 연관이 있어. 우연일 리가 없지."

포트리아는 스무 번이 넘도록 심호흡을 하며 마음을 다스렸다. 그리고 군부가 있는 군부실, 그중에서도 중앙본부실로 걸어갔다.

그곳엔 델라이의 장군 넷이 앉아 있었다.

포트리아가 들어오자, 네 명 중 셋이 자리에서 벌떡 일어나며 주먹을 가슴에 올리는 경례 자세를 취했다. 그러자 앉아 있던 한 장군이 그들을 흘겨보며 말했다.

"다 같은 장군끼리 선 경례라니요. 참 나."

세 장군은 그 한 장군을 노려보았지만, 포트리아는 그를 감쌌다.

"막시무스 장군의 말이 맞네. 전시 상황이 아니라면 자네들과 나는 같은 계급이니, 나에게 선경례를 할 이유가 없지."

그 말이 끝나기 무섭게 앉아 있던 장군, 막시무스는 날카롭게 일렀다.

"전시 상황이라고 할지라도, 누구에게 군통수권이 부여되느냐에 따라서 대장군이 결정됩니다. 마치 포트리아 장군께서 대장군이 되는 것이 확정인 양 말씀하시는군요."

"……."

포트리아는 막시무스를 더 상대하고 싶은 생각이 없어 아무런 말을 더 하지 않고, 남은 자리에 앉았다. 만약 상대한다면, 안 그래도 바닥이 난 인내심으로 인해 칼을 뽑아 휘두를지도 몰랐기 때문이다.

그녀가 자리에 앉자, 서서 경례하던 세 장군들도 자리에 앉았다.

포트리아가 말했다.

"의회의 결정이 나지 않았네. 머혼 백작이 무슨 꿍꿍인지 모르지만, 전시 상황으로 갈 것 같지 않아. 막시무스 장군. 혹시 이에 관해서 들은 것 있나?"

막시무스는 팔짱을 끼며 거만하게 포트리아를 보았다.

"왜 제게 그런 질문을 하시는 겁니까?"

포트리아는 두 손을 모으며 말했다.

"그야 머혼 백작 앞에서 개새끼처럼 맨날 꼬리를 흔들어 대며 뭐 하나 얻어먹을까 궁리질이나 하는 게 자네 특기니까."

"……."

"……."

막시무스를 포함한 네 장군들 모두 어안이 벙벙해졌다. 포트리아가 지금껏 단 한 번도 그런 모습을 보인 적이 없었기 때문이다.

조용한 분위기 가운데 포트리아는 한숨을 푹 쉬더니, 눈을 살짝 감고 머리를 긁적였다. 그러곤 다시 나지막하게 말했다.

"이해하게. 아까 의회에서 수모를 좀 당해서. 그걸 내가 막시무스 장군에게 푸는 건 확실히 치졸했지. 게다가 바로 전 소론에서도 아주 개같은 꼴을 당해서 여간 정신 상태가 말이 아니네. 제발 부탁인데, 오늘은 긁지 말게."

"……."

"들은 거 있으면 확실히 말해 주게. 델라이의 안보가 달린 문제야. 아무리 출세하고 싶은 마음이 크지만, 그래도 그 마음 깊은 곳에 델라이를 생각하는 마음도 강하지 않나?"

낮은 목소리로 으르렁거리듯 말하는 포트리아를 보면서, 막시무스는 침을 꼴깍 삼켰다. 그리고 그는 조용히 대답했다.

"없습니다."

포트리아는 눈을 느리게 감았다, 떴다. 그러곤 몸을 뒤로 하며 양팔을 하늘 위로 들어 기지개를 폈다.

"적어도 델라이가 위험한 상황은 아니라는 것이로군. 아무리 머혼 백작이라도, 델라이에 해가 되는 짓은 안 하겠지. NSMC라면 마법부의 관할이니, 스페라 백작과 무슨 일을 꾸미는 건가. 참 나, 머혼과 티격태격하더니 그녀까지 그에게 넘어간 건 아니겠지?"

대답을 바라고 물은 건 아니지만, 막시무스는 입술을 살짝 비틀더니 대답했다.

"머혼 백작께 붙는 인물들이 모두 기회주의자라고 생각하면 큰 오산이십니다. 머혼 백작에게는 뭐라 설명할 수 없는 인망이 있습니다."

포트리아는 뾰족하게 물었다.

"나는 없고?"

"……."

"후우. 도저히 일할 기분이 아니로군. 아무것도 아닌 그런 말도 흘려듣지 못하다니… 진짜 이젠 노처녀이긴 한가 봐, 내가."

"크흠."

"흐음."

장군들은 각자의 방법으로 당황스러움을 표현했다.

그때 밖에서 한 병사가 문을 두드리더니 문에 나 있는 작은 쪽문을 열고는 말했다.

"머혼 백작께서 오셨습니다."

"뭐?"

"머혼 백작께서, 포트리아 백작님을 찾아뵙고 싶다고."

포트리아는 신경질적으로 말했다.

"험한 꼴 당하고 싶지 않다면 나중에 오시라고 해."

"예."

그 짧은 대답을 끝으로 쪽문이 닫혔다. 포트리아는 논의를 진행시키려고 몸을 앞으로 가져가는데, 그때 문이 벌컥 열렸다.

그곳엔 입꼬리가 귀까지 걸려 있는 머혼이 서 있었다.

포트리아의 미간이 핏줄이 돋아났다.

"내 말 못 들었습니까?"

머혼은 안으로 걸어 들어오며 말했다.

"험한 꼴을 각오했으니 들어와도 되는 거 아닌가? 자자, 델라이의 장군님들. 혹시 자리를 비켜 줄 수 있습니까? 내가 포트리아 백작과 긴히……."

포트리아는 말을 잘랐다.

"장군입니다, 머혼 백작. 군부에서 나를 백작으로 칭하지 마시지요."

머혼의 얼굴에서 웃음기가 살짝 사라졌지만 곧 다시금 미소가 걸렸다.

"오늘따라 예민하시군요. 알겠습니다, 포트리아 장군. 그럼 다른 장군님들은 자리를 비켜 주시지요."

막시무스 장군은 자리에서 벌떡 일어났다. 하지만 세 장군은 포트리아를 돌아봤다.

포트리아는 짜증이 가득 담긴 눈빛으로 머혼을 계속 보다가 곧 툭하니 말했다.

"정보들이 슬슬 모였을 것이네. 네 분께서 대강 정리해서 보고를 준비해 주었으면 해."

그러자 세 장군도 고개를 끄덕이더니 막시무스 장군을 따라서 자리에서 일어났다.

그 넷이 중앙본부실을 나가자, 머혼이 육중한 몸을 이끌고 천천히 포트리아에게 걸어왔다. 포트리아는 혐오스럽다는 눈길로 그를 보며 툭하니 말했다.

"최대한 멀찍이 앉으시지요."

머혼은 방긋 웃어 보이더니, 아랑곳하지 않고 포트리아의 바로 앞자리에 앉았다.

"긴히 논의해야 할 것이 있으니, 보안을 위해서라도 가까이 앉겠습니다. 그나저나 장군께서는 막시무스 장군을 너무 따돌리시는 것 아닙니까? 듣자 하니, 군부 내에서 그를 이단아 취급하는 것 같습니다. 군부의 책임자이신 포트리아 장군께서 솔선수범해 그를 따돌리시니 자연스레 그런 풍조가 생기는 것 아니겠습니까?"

포트리아는 눈을 감아 버리며 말했다.

"그런 쓸데없는 이야기를 하러 이곳까지 오시지 않은 줄 압니다. 본론을 말씀하시지 않으실 거면, 나가 주시지요."

머혼은 공손히 양손을 모으더니 자신의 불룩한 배 위에 올려놓고는 말했다.

"그럼 말씀드리겠습니다. 혹 소론에서 무슨 일이 있었는지 말씀해 주실 수 있겠습니까?"

포트리아는 눈을 번쩍 뜨더니 물었다.

"예?"

머혼은 그녀와 눈을 마주 보며 말했다.

"거기서 대체 무슨 일이 있었는지 말입니다. 자세히 알려 주시면 너무나도 감사하겠습니다. 아 참, 그리고 오는 길에 스페라 백작께서도 물어봐 달라고 했습니다. 테스트는 어떻게 되었는지 말입니다."

그 말을 들은 포트리아는 눈초리를 모으며 말했다.

"운정 도사가 말하지 않았습니까?"

머혼의 미소가 다소 어색해졌다.

"아쉽게도 운정 도사께서는 엘프의 마법을 막아 내곤 가사 상태에 빠지셨습니다."

"가사 상태? 아니, 그보다 엘프의 마법을 막아 냈다고요? 엘프가 공격한 것인지도 확실하지 않다고 하셨잖습니까?"

머혼은 부드러운 목소리로 대답했다.

"뭐, 자세한 건 스페라 백작께 따로 들으시지요. 어찌 됐든, 제가 하고 싶은 말은 운정 도사께서 가사 상태에 빠져 소론에서의 일을 들을 수 있는 사람이 포트리아 백작 아니면 흑기사들밖에 없습니다. 그런데 전 아무래도 포트리아 백작이 편해서 말입니다."

"하. 제가 편하시다고요?"

"그럼요. 포트리아 백작께서는 제가 편하지 않으십니까?"

포트리아는 기가 찬 듯 숨을 내쉬더니 대답했다.

"제가 다 설명하면, 머혼 백작께서도 제가 궁금한 점을 이야기해 주실 겁니까?"

머혼은 고개를 연신 끄덕였다.

"그럼요. 얼마든지."

포트리아는 날카로운 눈빛으로 머혼의 속을 꿰뚫어 보려 했다.

하지만 머혼의 두 눈동자는 낮게 가라앉아 있어 그 속내를 전혀 보이지 않았다.

그녀는 몸을 편하게 하며 말했다.

"일단 테스트는 성공도 실패도 아닙니다. 워메이지가 없었습니다. 소론에서는……."

이후 포트리아는 소론에서 있었던 일을 머혼에게 모두 설명했다.

*   *   *

임모라는 조용히 기운을 느끼며 생각에 잠겼다.

이 세상은 수없이 많은 만물들이 가득 차 있는 무한한 존재이지만, 시간의 관점에서는 현재라는 하나의 점일 뿐이다. 지금까지 일어난 사건과 앞으로 일어날 사건들은 현재에는 존재하지 않는다. 그 여파와 조짐만이 있을 뿐.

마법이란 사건을 발생시키는 것. 시간에 갇혀 있는 존재가 의식을 확장하여 과거와 미래를 하나로 내려다보며 인과율을 조정하는 것. 어떠한 사건이 발생하기 위한 조건들을 인위적으로 이루어 결국 원하는 시간과 장소에 그 사건을 발생케 하는 것.

탁.

임모라는 귀에 들린 발소리 때문에 집중이 흐트러지는 것을 느꼈다. 몰려오는 짜증을 억누르며, 그가 말했다.

"시간 내로 알아서 갈 겁니다. 굳이 기다리지 않으셔도 됩니다."

그의 말에, 그가 있던 줄기 안으로 들어온 한 엘프가 말했다.

"당신은 바르쿠으르(Barr'Kuoru) 일족이 아니군요. 남자니 하이엘프는 아닌 듯한데, 정말 아름다우세요."

기대했던 것과 확연히 다른 언어와 목소리에, 임모라가 놀라며 눈을 떴다. 앞에는 그가 익히 아는 하이엘프가 아닌, 다른 일족의 여성 엘프가 그를 바라보고 있었다.

임모라는 그 엘프를 위아래로 훑어보았다.

일단 적의는 없다.

그가 공용어로 물었다.

"와처(Watcher)이십니까?"

그 엘프는 고개를 저었다.

"아니요. 제가 와처였다면, 아마 당신은 죽었을 겁니다."

"예? 왜, 왜요?"

"저희 일족의 와처는 이방인을 포착하는 즉시 공격하여 죽입니다. 당신 일족의 와처들은 그렇게 하진 않나 보군요."

"일단 사정을 들어 보지요. 그게 정상 아닙니까?"

"저희는 역사가 깊다 보니까요. 그만큼 패쇄적일 수밖에 없습니다."

그 엘프는 안으로 들어왔다. 그리고 임모라가 있던 그 나무 줄기 안을 이리저리 살펴보기 시작했다. 임모라는 그런 그녀의 손길과 눈길이 왠지 전문가의 그것처럼 느껴졌다.

"설마 아보리스트(Arborist)이십니까?"

"네. 바르쿠으르의 아보리스트입니다. 이런 죽은 고목이 아직 남아 있었다니 신기하네요."

임모라는 자리에서 벌떡 일어났다. 그러자 그 엘프는 임모라를 놀란 눈으로 쳐다보았다.

임모라가 강한 눈빛을 내며 말했다.

"이 나무를 태울 생각이십니까?"

그 엘프는 경계 어린 눈빛으로 임모라를 마주 보다가 대답했다.

"태울지, 자를지, 혹은 뽑을지. 아직 결정하지 않았습니다. 좀 더 알아봐야겠지요."

"이 나무는 발구르 숲을 시작한 고목입니다! 이 나무가 없었더라면 발구르 숲은 존재하지 않았을 겁니다!"

"그렇군요. 그럼 굉장히 오래되었겠어요."

전혀 감흥 없는 목소리다. 그 엘프는 조사를 멈추지 않았다.

임모라는 조금 더 큰 소리로 말했다.

"파인랜드에서 발구르 숲만큼 거대한 숲은 없습니다. 이런 창대한 숲을 탄생시킨 이 나무에는 신비한 힘이 있을 것입니다. 함부로 없애실 수 없습니다."

그 말을 들은 그 엘프는 손길을 멈췄다. 그러곤 느릿하게 임모라를 돌아보더니 말했다.

"그런 특이한 말을 하는 것을 보니, 당신은 디사이더(Decider)군요."

"……."

"혹 일족에서 추방되셨습니까? 갈 곳이 없어 이곳에 계신 겁니까?"

임모라는 고개를 저었다.

"아직 미치지 않았습니다. 잠시 밖에 나와 있는 겁니다."

"그럼 앞으로 미쳐서 추방당할 때를 위해 이곳을 염두에 두신 겁니까?"

임모라의 눈초리가 얇아졌다.

"내가 앞으로 미친다는 걸 그렇게 확정적으로 말하지 않으셨으면 합니다."

"그야, 디사이더들은 결국 다 미치지 않습니까? 그중에 지혜로운 자는 스스로 미쳤다는 것을 자각하여 자결하고, 어리석은 자는 어머니로부터 추방되기까지 스스로가 미치지 않았다고 주장한다던데, 당신은 후자일 수도 있겠군요."

"내가 미쳤는지 미치지 않았는지, 아보리스트인 당신이 판단할 문제가 아닙니다."

그 엘프는 고개를 한 번 끄덕이더니, 다시 나무줄기 안을 살피며 말했다.

"그렇지요. 그런 말씀을 하시는 것을 보니, 당신은 아직 미치지 않으셨군요. 그런데 어째서 다른 일족의 디사이더께서 바르쿠으르까지 오게 되었는지 그게 궁금합니다. 자칫 잘못하면 당신의 일족은 디사이더를 잃게 될 것인데 말입니다."

임모라는 나지막하게 말했다.

"몰랐습니다. 발구르 숲에 바르쿠으르라는 일족이 있었는지. 그리고 와쳐들이 이방인을 보는 즉시 공격할 정도로 폐쇄적인 일족인지도 더더욱 몰랐습니다."

"이해합니다. 저희는 저희의 혈맹 말고는 다른 어떠한 일족과도 교류하지 않습니다. 가끔 발구르 숲이 비어 있다고 생각한 하이엘프들이 자리 잡기 위해서 찾아오지요. 그리고 와쳐들에게 매번 죽습니다. 그러니 외부로 알려질 방도가 없을 것입니다."

임모라는 놀랄 수밖에 없었다.

"당신의 어머니는 얼마나 오랫동안 살아 계셨기에, 그토록 폐쇄적인 겁니까?"

"저희 일족은 역사를 기록하지 않습니다. 그래서 알 수 없습니다."

"특이한 어머니를 모시고 계시군요. 역사를 기록하지 않으시다니."

"그런가요? 다른 어머니들이 어떤지 잘 알지 못해서……."

임모라는 턱을 괬다.

"저희 어머니께서는 워낙 젊으신 분이라 그런지 다른 분들과 교류가 많으십니다. 제가 아는 분만 열 분이 넘지요. 제가 알기론 그분들 모두 스스로의 역사를 기록하십니다."

그 엘프는 잠시 생각하더니 말했다.

"디사이더로서 고생이 많으시군요. 적어도 열 명 이상의 다른 디사이더들과 교류하고 지내시려면 여간 힘든 것이 아니겠습니다."

임모라는 그런 그녀의 말을 듣고는 가만히 그녀를 바라보다 말했다.

"나이가 많으시군요."

그 엘프는 피식 웃었다.

"확실히 당신은 디사이더가 맞으시군요. 몇 마디 대화로 그걸 아시다니."

"나이가 든 엘프들이 하는 것들이 있지요. 위로라든가, 공감이라든가. 또 자신의 역할 외에 아는 것도 많지요."

그 엘프는 조금 서글픈 표정을 짓더니, 손가락으로 나무줄기를 쓰다듬었다.

"전 제 일이 너무 사랑스럽습니다. 이렇게 생명을 모두 소진하고 죽은 나무들을 만지며 어떻게 처리할까 고민하는 게 즐겁습니다. 어떤 나무를 어떻게 자르고 어떻게 태워야 이 숲이 더 건강해질까 밤새 생각하는 것을 너무나 좋아합니다. 오랜 세월 동안 다른 일들에 대해서 많이 들었지만, 그래도 제 일을 가장 사랑합니다."

임모라는 나무줄기 안으로 서늘한 바람이 새어 들어오는 것을 느꼈다. 그는 나지막하게 물었다.

"추방당하셨군요."

그 엘프는 순순히 대답했다.

"네."

"이곳은 추방지로군요. 그래서 저도 추방된 것이라 생각하셨고… 때문에 와쳐들도 이곳은 지키지 않은 것이로군요."

그 엘프는 힘없이 손을 내렸다.

"전 더 이상 숲을 가꿀 자격이 없습니다. 하지만 그래도 병든 나무와 죽은 나무들만 보면 가서 살피는 걸 그만할 수 없어요. 이들을 어떻게 살릴지, 혹은 어떻게 죽일지 고민하는 것을 멈출 수 없어요. 제 머릿속은 온통 숲을 가꾸는 것만을 생각해요. 하지만 전 더 이상 그런 일을 할 수 없죠."

"……."

그 엘프는 눈에서 눈물을 흘렸다. 그녀는 가만히 자신의 양손을 들어 보이다가 말했다.

"사실 당신이 이곳에 처음 들어왔을 때부터 지켜봤어요. 당신과 함께 있다가 떠나신 분, 그분은 하이엘프셨죠?"

"예."

그 엘프는 한참을 우물쭈물하다가 말했다.

"혹 어머니가 되신다면, 절 접붙여 달라고 부탁해 보실 수 있나요?"

임모라는 그 부탁을 듣는 즉시 그것이 불가능에 가깝다는 것을 너무나도 잘 알 수 있었다.

너무 오래 살아서 Rodalesitojuda가 어느 수준 이상으로 진해진 개체는 엘프 일족 전체에 큰 위협이 된다. 그들이 가진 개인적인 사상과 생각이 일족 전체에 빠르게 퍼질 경우, 일족 전체가 멸망하기 십상이다.

임모라는 막 일족을 시작한 젊은 어머니들이 그런 개체를 차마 추방하지 못하다가 망한 경우를 잘 알았다. 왜냐하면 사실 애초에 그가 알고 지내던 디사이더들은 스무 명이 넘었었기 때문이다.

그의 어머니는 비슷한 시기에 일족을 시작한 다른 젊은 어머니들 스무 그루 정도와 교류했고 그 교류하는 일은 온전히 임모라 자신의 일이었다. 그래서 잘 알았다. 그중 이미 반 이상이 멸망해 없어졌다는 것을. 그리고 그 숫자는 지금도 조금씩 줄어들고 있다.

하이엘프가 어머니로 정착하는 경우도 극소수에 불과하지만, 정착한 어머니들이 성공적으로 일족을 유지하는 경우는 그보다 더 어려운 일이다.

그러니 막 뿌리를 내린 젊은 어머니가, 다른 일족에서 추방될 정도로 늙은 엘프를 자신에게 접붙인다? 불가능에 가까운 일이 아니라 불가능한 일이다.

하지만 임모라는 단호하게 거절하지 않았다.

아니, 못 했다.

"물어보겠습니다."

어두웠던 얼굴은 순간 햇빛을 쬔 것처럼 환해졌다. 눈물로 차올랐던 눈동자는 파릇파릇한 생기를 되찾았다.

그리고 그렇기 때문에 더더욱 그녀는 받아들여지지 않으리라고, 임모라는 생각했다. 그 정도로 어긋나 있는 채로 아직도 생존하고 있는 게 신기할 따름이다.

"그럼 이곳에서 기다리면 될까요?"

활기찬 목소리에 임모라는 속내를 숨기며 고개를 끄덕였다.

"네. 저도 슬슬 돌아가 봐야 합니다. 언제고 다시 이곳으로 와서 마법을 익힐 테니, 이곳에서 기다리시면 제가 답을 가져오겠습니다."

그녀는 맑게 웃더니 말했다.

"그럼 기다리겠습니다. 주변 나무를 점검하고 해결책을 찾으며 고민하고 생각하겠습니다. 더 이상 새로운 지식을 받을 수 없으니, 이미 가지고 있는 지식이라도 잊지 않도록 노력하겠습니다. 새로운 어머니에게 힘이 될 수 있도록, 녹슬지 않게 다듬어 놓겠습니다."

찌릿.

임모라는 순간 손을 자신의 가슴에 올려놓았다. 그리고 고개를 내려 아래를 내려다보았다.

"뭐, 뭐지?"

찌릿.

임모라가 눈썹을 찌푸리자, 그 엘프가 물었다.

"어디 아프신가요? 고통을 느끼시는 듯한데."

임모라는 고개를 흔들었다.

"아, 아닙니다. 괜찮습니다. 그냥 그저 기분이 이사……."

찌릿.

그는 결국 주먹을 쥐고 자신의 가슴을 쳤다. 그리고 자신의 몸에 무슨 이상이 있는지 알기 위해 정신을 집중했다. 하지만 아무런 이상도 느껴지지 않았다.

그 엘프가 걱정스러운 눈길로 그를 바라보며 다가오더니, 그의 어깨 위에 손을 얹었다.

"의사를 만나 보셔야 할 듯합니다. 일족의 디사이더이시니, 몸에 무리가 많이 가신 듯합니다."

찌릿.

임모라는 자신의 가슴에서 느껴지는 통증을 도저히 이해할 수 없었다. 실제로 아픈 것과는 매우 다른 느낌의 그 고통은 지극히 비현실적이면서도 현실적인 어떠한 아픔보다 더욱 큰 아픔을 주었다.

그는 고개를 들었다.

그리고 그곳엔 다크엘프가 연보랏빛 눈빛으로 자신을 내려다보고 있었다.

"운정? 깨어났군. 괜찮나?"

운정은 자신의 가슴을 틀어쥐며 격한 숨을 내쉬었다.

"하아. 하아, 하아."

그는 그렇게 고통에 몸부림치면서 몸을 태아처럼 말았다.
카이랄은 자리에서 일어나 멀리 있는 하녀를 향해서 말했다.

"운정이 깨어났다. 의사를 불러 주도록."

그 하녀는 고개를 연신 끄덕이더니 곧 병동 밖으로 나갔다.

운정은 이를 악물고 자신의 몸에 돌아다니는 기운들을 파
악해 나갔다.

심장에서부터 마구 뿜어지는 리기(LiQi)와 감기(KanQi)는 그
런대로 조화를 이루고 있었다. 하지만 단전에 가득 차 있는
기운은 오로지 건기(GanQi)뿐. 때문에 역류하는 기와 피로부
터 기혈을 보호해야 할 무궁건곤선공의 기운이 큰 불균형을
이루고 있었다.

테라!

테라가 필요하다!

그때 병동의 문이 벌컥 열렸다.

스페라였다.

"운정! 괜찮아?"

허겁지겁 달려온 스페라는 고통에 몸부림치는 운정을 안쓰

럽게 내려다보았다.

운정은 겨우 입을 열어 말했다.

"테, 테라(Terra). 테라가 피, 필요… 테라… 으윽."

그는 더 말하지 못하고 또다시 정신을 잃었다.

스페라는 옆에 있던 카이랄과 눈을 마주치며 말을 내뱉었다.

"테라? 그래. 테라!"

그녀는 곧 미친 사람처럼 병동 밖으로 달려 나갔다.

*   *   *

운정이 다시 눈을 떴을 땐, 누워 있는 자신의 옆에 앉아서 조용히 눈을 감고 있는 노인이 있었다.

그의 흰 머리카락과 흰 수염은 하나처럼 내려와 땅에 닿을 정도로 길었다. 이목구비는 얼굴의 주름으로 인해서 그 경계가 불투명해져 어디까지가 귀인지 눈인지 입인지 코인지 확실하게 보이지 않았다. 물에 푹 젖어 늘어진 듯한 얼굴은 그가 보낸 세월이 얼마나 되는지 가늠하기 어렵게 만들었다.

그런데 갑자기 그 주름들이 힘겹게 올라가기 시작했다. 얼굴에 있는 근육 하나하나가 천천히 개별적으로 움직이면서 무겁게 내려앉은 피부를 들어 올렸다. 몇 번의 시도 끝에 결국 그 노인의 두 눈이 깊은 주름 속에서 형체를 보이기 시작했다.

티 없이 맑은 어린아이의 눈이었다.

"깨어나셨군요."

얇고 높지만 힘없이 떨리는, 전형적인 노인의 목소리였다.

운정은 더 이상 고통이 없는 것과, 그걸 넘어서 기운들이 완전한 조화를 이루는 자신의 몸 상태를 느끼며 말했다.

"테라를 공급해 주셨습니까?"

이번엔 노인의 주름들이 옆으로 조금씩 퍼지기 시작했다. 하나둘씩 씨름하여 만들어 낸 것은 다름 아닌 미소. 그 노인은 운정의 이마에 올린 손을 들어서 운정의 가슴팍에 활짝 펴 보였다.

그의 손바닥에 작은 남자아이가 벌러덩 누워 있었다. 그는 손을 들어서 자신의 이마를 훔치며 마치 땀을 닦아 내는 것처럼 굴었다.

[와, 차라리 이대로 소멸하고 싶어.]

그 노움은 투정 부리듯 말하더니, 눈을 딱 감고는 깊은 한숨을 푹푹 내쉬었다.

운정은 그 노움을 보다가 곧 노인을 올려다보았는데, 그 노인은 포근한 미소를 지으며 말했다.

"많이 힘들었나 봅니다. 한동안은 지진이 자주 발생하는 곳에 머물러야 하겠군요. 껄껄껄."

운정은 상체를 살짝 일으켰다. 그리고 그 노인을 향해서 포권을 취하며 말했다.

"저를 살려 주셨습니다. 이 은혜를 어찌 갚아야 할지 모르겠습니다."

그 노인은 고개를 저었다.

"마침 제 패밀리어가 노움(Gnome)이어서 다행입니다. 다 자연의 뜻으로 이렇게 된 것이니 제게 고마워할 것 없습니다."

노인이 다시 주먹을 쥐자, 그의 손바닥에 있었던 노움이 그 손 틈새로 사라져 버렸다.

운정은 고개를 들며 말했다.

"혹 성함을 여쭈어도 되겠습니까?"

그 노인이 대답했다.

"데란이라고 합니다. 엘리멘톨로지(Elementology) 학교의 마스터이지요."

운정은 그 단어를 기억했다.

"엘리멘톨로지라면, 엘리멘탈을 공부하는 마법사들의 학교 맞습니까?"

"예, 그렇습니다. 그랜드위저드 스페라께서 저희 학교에 요청하시기를, 다른 세상에서 오신 운정 도사께서 엘리멘탈에 대해서 공부하고 싶어 하시니 델라이에 사람을 보내 줄 수 없냐 하셨습니다. 그래서 제가 오게 되었습니다."

"그렇군요."

"마침 노움을 패밀리어로 삼고 있는 제가 와서 다행입니다. 노움의 힘이 아니었다면, 당신을 구하지 못했을 겁니다. 다 자연의 섭리가 아니겠습니까?"

"……"

운정은 긍정도 부정도 하지 못했다.

데란은 그런 운정의 눈을 바라보며 그의 안에 존재하는 혼란의 소용돌이를 엿보았다. 오랜 세월을 산 그에게 있어 운정처럼 젊은 청년의 마음을 읽는 것만큼 쉬운 일도 없었다.

그가 말했다.

"마법에 있어서 세계관(World View)을 잡는 것은 매우 중요합니다, 운정 도사. 아직 운정 도사께서는 무엇을 믿어야 할지 결정하지 못한 듯 보입니다."

운정은 순순히 인정했다.

"지금껏 전 하나의 가르침만 받았었습니다. 그러다가 그 가르침이 송두리째 무너졌습니다. 그리고 이곳저곳에서 다양한 가치관을 알게 되었지요. 무엇이 진실에 가까운지, 무엇을 제가 선택해야 하는지 아직 고민입니다."

데란은 이해한다는 듯 느릿하게 머리를 끄덕였다.

"그럴 수밖에요. 저 또한 사실 독실한 사랑교의 집안에서 태어나 사랑교의 사제가 되려 했었습니다만, 이렇게 마법사가 되었지요. 껄껄껄."

운정은 따라 웃지 않았다.

"엘리멘톨로지의 세계관을 알려 주실 수 있으십니까? 아니, 그보다 그 마법에 대해서 익히고 싶습니다."

데란은 다소 급한 그의 태도에도 부드럽게 대답했다.

"물론입니다. 그것을 가르쳐 주기 위해서 이곳에 왔습니다. 엘리멘톨로지 학파는 학파에 소속되지 않은 엘리멘탈리스트라도 엘리멘톨로지 학파의 교육을 받을 권리가 있다고 믿습니다. 패밀리어로 엘리멘탈을 가지고 있다면 언제든지 값없이 저희 학파의 교육을 받을 수 있지요."

"수가 적군요."

깊숙이 들어온 그 말 한마디에 데란은 잠시 말을 잇지 못했다. 눈으로 보고 있지 않았다면, 순수한 눈빛과 순진한 얼굴을 가진 이 어린 청년이 한 말이라고 생각하지 않았을 것이다.

데란은 다시 입을 열어 말했다.

"때문에 운정 도사께서 원하신다면, 저희 학파에 들어오지 않으셔도 얼마든지 엘리멘톨로지의 가르침을 드릴 것입니다. 하지만 문제가 있습니다."

운정이 되물었다.

"어떤 문제가 있습니까?"

데란은 천천히 설명했다.

"운정 도사의 몸속에 내재된 네 엘리멘탈. 그들은 마치 개별적이면서도 하나입니다. 각자의 힘을 발휘하면서도 하나의 힘으로 엮여 있어서 선착의 법칙에 위배되지 않고 있죠. 제가 파인랜드의 모든 학파의 가르침을 다 아는 것은 아니지만, 그 어떠한 학파의 가르침으로도 이 현상을 도저히 설명할 수 없다는 것은 왠지 모르게 확신이 듭니다."

"……."

"다시 말씀드리자면, 만약 운정 도사께서 엘리멘톨로지 학파의 가르침을 받고 그에 따른 세계관이 형성되신다면, 지금 몸속에서 일어나고 있는 이 기이한 현상이 계속해서 이어질 수 없을지도 모릅니다. 엘리멘톨로지 세계관의 기본 가정 중 하나는 네 엘리멘탈이 서로 절대 섞일 수 없으며, 어느 상황에서도 완벽히 구분되어질 수 있는 완전하고 동등한 개성을 갖는다는 것입니다. 운정 도사께는 맞지 않죠."

운정은 좀 더 명확한 이해를 위해서 질문했다.

"그럼 제가 엘리멘톨로지의 세계관을 받아들이게 되면, 제 몸속에 있는 네 엘리멘탈들이 어떻게 되겠습니까? 그들 중 하나만 남겠습니까?"

데란은 눈썹과 어깨를 동시에 올렸다.

"아무도 모릅니다. 하나만 남을지, 모두 사라질지. 아니면 운정 도사께서 죽게 될지, 아니면 혼이 네 개로 나누어질지. 혹은 세계가 네 개로 나눠져 각각의 운정 도사께서 네 엘리멘탈 중 하나씩을 맡게 될지. 껄껄. 제 머리로는 도저히 추측조차 할 수 없습니다."

"……."

"그래서 제 생각입니다만, 엘리멘톨로지의 가르침은 운정 도사께 독이 될 가능성이 큽니다."

운정은 어두운 표정으로 고개를 살짝 숙였다.

엘리멘탈에 대해서 확실히 알아야만 시르퀸을 비롯한 신무 당파의 제자들이 공부할 새로운 내공심법을 확립할 수 있을 것이다. 하지만 시작부터 난관에 처한 듯했다.

그때, 병동의 문이 열리고 스페라가 나타났다.

"운정! 깨어났네!"

운정은 그녀를 돌아보곤 포권을 취했다.

"스페라, 안녕하십니까?"

스페라는 그의 앞에 달려오듯 와서 데란의 맞은편에 앉아 운정에게 물었다.

"몸은 좀 어때?"

"괜찮습니다. 그러고 보니 스페라께서도 몸이 안 좋으셨던 걸로 아는데 괜찮으십니까?"

스페라는 손을 내저으며 말했다.

"단순한 마나 고갈이었어. 네 덕분에 갑자기 마나가 차올라서 다 흡수해서 괜찮아."

"저 덕분에 말입니까?"

영문을 모르겠다는 운정의 표정을 보곤 스페라가 물었다.

"아 본인은 모르겠구나. 설명 안 해 줬어?"

그녀의 질문은 데란을 향해 있었다.

데란은 스페라가 자신에게 반말을 하는 것이 자연스러운지 아무렇지도 않게 대답했다.

"예, 막 깨어나셨습니다."

스페라는 운정을 돌아보며 말했다.

"그렇구나. 여기, 옆에 있는 데란이 노움으로 테라? 테라 맞지? 그걸 네게 불어넣어 줬는데, 그때 네 몸속에 내재되어 있던 마나가 갑자기 폭발하듯 여기 병동을 가득 메운 거야? 딱 봐도 너무 많아서 밖으로 흘러넘치는 것 같아 보여 내가 흡수 좀 했어. 그리고 내 지팡이도 가득 채우고. 그런데 그것으로도 다 흡수하지 못할 정도로 나와서, 다른 탈진한 마법사들도 오라 해서 다들 거하게 채웠지. 게다가 빈 마나스톤들도 꽤 채워 놨고."

운정은 얼떨떨한 기분을 느꼈다.

"제 몸에서 마나가 나왔다고요?"

스페라는 고개를 끄덕였다.

"네가 그 엘프들의 마법을 막아 냈잖아. 내 추측인데, 넌 라스 오브 네이처를 막아 냈다기보다, 그 마나들을 몸으로 흡수해 버린 거야."

"그게 가능합니까?"

스페라는 단호하게 말했다.

"아니, 절대로 불가능하지. 이미 시전된 마법에서 마나를 빼다 쓰는 건, 이미 엎어진 물을 다시 통에 담는 것과 같아. 하지만 넌 했어. 아니, 했어야만 해. 그것만이 그나마 말이 되는 유일한 설명이야."

"……."

"……."

운정 또한 마법을 공부했기 때문에, 이미 시전된 마법에서 마나를 흡수했다는 것만큼 허무맹랑한 소리가 없다는 걸 잘 알았다. 마법적으로 볼 때, 그것은 단순히 불가능한 것이 아니라 불가능해야만 하는 것이기 때문이다.

셋 모두 할 말을 찾지 못하는 와중, 스페라가 먼저 입을 열었다.

"아무튼, 덕분에 델라이는 살았어. 그걸 정통으로 맞아서 NSMC가 파괴되거나 했으면 정말 전쟁이 일어났을 거야. 사왕국의 자리에서 물러나야 했을 테니."

운정은 스페라의 말을 생각하며 그때의 일을 기억하려 애썼다.

"그 당시 전 무언가에 이끌리듯 그 마법 속으로 스스로를 내던졌습니다. 그때의 기억이 너무 흐릿해서 잘 생각나지는 않습니다만, 마치 술에 취한 것처럼 행동한 듯합니다."

데란이 그 말을 듣고는 생각나는 것을 말했다.

"라스 오브 네이쳐. 그것은 자연재해를 발생시키는 마법입니다. 자연에 존재하는 엘리멘탈들을 모두 한곳에 이끌리게 만들어 그 안의 마찰을 유도하는 것이지요. 델라이에 시전된 것은 노옴을 제외한 실프, 살라만드라 그리고 아쿠아까지, 이 셋을 불러들였습니다. 제 생각에는 운정 도사의 몸속에 있던 엘리멘탈들도 그 마법 때문에 그곳에 이끌리게 되었고, 그 염원이 운정 도사의 의지에 작용해 운정 도사께서 그 마법 속으로 가게 된 것이 아닌가 합니다."

운정은 머릿속에 떠오르는 잔상들을 하나하나 붙잡아 엮으며 중얼거렸다.

"그곳은 소용돌이 그 자체였습니다. 그곳에 모인 엘리멘탈들은 어쩔 줄 몰라 했습니다. 서로와 부딪치지 않기 위해서 부단히 노력들을 했지만, 한정된 그 작은 공간에 빼곡히 쌓여버린 그들에겐 불가능한 일이었죠."

"……."

"……."

"그래서 전 그들을 이끌었습니다. 무궁건곤신공과 태극음양마공으로. 하지만 그곳엔 테라가 없었지요. 그래서 제 안의 테라를 사용했습니다. 그럼에도 그들을 이끌기에는 턱없이 부족했습니다. 그래서… 그래서……."

"그래서?"

데안의 눈이 처음으로 차갑게 변했다. 지금까지 포근하고 따뜻하기만 했던 그의 눈에서 일순간 한기가 느껴지자, 운정은 누군가 찬물을 끼얹은 것 같은 기분을 느꼈다.

"잘 기억나지 않습니다."

"……."

그의 말이 끝나자, 데안의 표정은 실망으로 물들었다. 그러나 금세 사라져 다시 원래의 얼굴로 돌아왔다.

스페라가 말했다.

"아직 쉬어야겠네. 혹시 테라가 더 필요해?"

운정이 대답했다.

"다행히 도와주셔서 위험한 수준은 넘겼습니다만 아직 턱없이 모자라긴 합니다. 전에 제게 보여 주셨던 그 마법진. 그것을 이용할 수 있으면 좋을 듯합니다. 순수한 마나를 끌어모으는 그……."

"HDMMC(High Density Mana Magic Circle)!"

"네. 그것으로 테라를 회복하면 될 듯합니다."

운정의 말에 데란은 입을 살포시 벌렸다.

데란은 엘리멘톨로지 학교의 마스터다. 그는 선천적으로 테라와의 친화력이 엘프보다 뛰어났다. 게다가 생명을 걸고 지진의 근원까지 내려가 강력한 노움을 패밀리어로 삼았다. 까다롭지만, 조건만 갖춰진다면 그도 인위적으로 지진을 일으켜 한 나라의 도시를 무너뜨릴 만한 그랜드위저드다.

그런 그의 노움을 소멸 직전까지 몰아갈 정도로 테라를 흡수하곤, 이제 겨우 위험한 수준을 넘겼다?

데란이 그런 생각을 하는 도중, 스페라가 말했다.

"그거 중원에 있잖아."

"아, 여기선 못 가나요?"

"당연하지."

"만들어진 공간이라 혹시나 했습니다."

스페라는 입술을 삐죽거렸다.

"흐음. 지금 중원에 갈 수도 없지만, 간다고 해도 아마 한 달은 기다려야 될 거야. 또 여기서 HDMMC를 만들어도 마나가 워낙 고갈된 곳이라, 중원처럼 되진 않고."

"그렇군요."

스페라는 자리에서 일어났다.

"간신히 위험한 정도를 넘어선 거면 일단 한숨 더 자. 오늘

퇴궁은 글렀으니까 어느 정도 회복되면 나한테 먼저 찾아오고. 아마 데란도 왕궁에 있는 동안은 마법부에 머무를 거 같으니까."

"네."

운정은 포권을 취했다.

데란은 더 이야기하고 싶은 듯 보였지만, 가야 할 분위기가 이미 만들어져 더 말을 꺼내기 어려웠다. 그는 스페라처럼 자리에서 일어나더니 운정을 향해서 말했다.

"그럼 몸조리 잘하시고, 다음에 또 뵙겠습니다."

운정은 그에게도 포권을 취했다.

"예, 또 뵙겠습니다, 마스터 데란."

데란은 인사를 하고 나서도 선뜻 움직이지 못했지만, 결국 스페라의 눈치를 이기지 못하고 병동을 나섰다.

그렇게 혼자 남게 되자, 운정은 병상 위에서 가부좌를 틀고 앉아 내부에 집중했다.

건기. 곤기. 감기. 리기.

네 기운이 서로 돌고 돌며 음을 이뤘다가 양을 이뤘다가 또 태극을 이루기를 반복하고 있었지만, 곤기의 양은 턱없이 부족했다.

운정은 의식을 심상 깊은 곳까지 내렸다.

붉은 동산 위.

그 중심에 서 있는 나무는 네 개의 뿌리를 가지고 있었는데, 각각 동서남북을 향하고 있었다. 그중 동서에 있는 두 뿌리에는 길고 긴 핏빛 장검이 깊숙이 박혀 있었다.

그리고 그 나무는 중간 어느 시점을 시작으로 네 개로 갈라져 있었는데, 각 갈라진 가지 위에는 어린 여자아이 둘과 어린 남자아이 둘이 있었다. 그중 셋은 활기찬 미소로 운정을 바라보며 미소 지었는데, 한 남자아이는 나무줄기에 몸을 기댄 채 그냥 누워 있었다.

운정은 폴짝 뛰어 그 나무 위로 올라갔다.

"우와. 올라오셨네?"

"우와. 올라오셨네?"

"우와. 올라오셨네?"

그는 쓰러진 채 겨우 숨을 내쉬고 있는 남자아이를 바라보며 다른 세 아이에게 말했다.

"노움은 어떻게 된 거지?"

세 아이는 고개를 도리도리 흔들었다.

"놀다 지쳤나 봐요."

"놀다 지쳤나 봐요."

"놀다 지쳤나 봐요."

운정은 그 노움을 한참 바라보았다.

그러나 지금 당장 그가 할 수 있는 것은 없었다.

그는 곧 의식을 현실까지 끌어올렸다.

눈을 뜬 운정의 눈에 처음 들어온 것은 하늘에 가득 퍼진 붉은 노을이었다.

"깨어났다는 소식을 듣고 왔는데, 그 와중에도 수련을 하고 있을 줄은 몰랐다."

운정이 고개를 돌리니, 그곳엔 카이랄이 있었다.

그리고 그 옆에는 시르퀸도 있었다.

"괜찮습니까, 마스터?"

운정이 대답했다.

"괜찮아. 괜찮다, 시르퀸. 내 걱정은 더 하지 않아도 된다. 그런데 내가 말한 대로 호흡을 해 보니 몸에 어떤 변화가 있었느냐?"

시르퀸은 갑작스러운 운정의 질문에 고개를 저었다.

"마음이 편안해지며 실프가 좋아한 것 외에는 없었어요. 마스터가 말씀하신 것처럼 마나가 마음속에 쌓이는 현상은 일어나지 않았습니다."

운정은 나지막하게 말했다.

"역시 토납법으로 마나를 몸에 모으는 것은 마나가 충만한 중원에서나 가능한 방법이로구나. 이곳에선 마나스톤에서 마나를 추출하여 몸에 돌리는, 새로운 형태의 내공심법이 필요하겠어."

카이랄이 말했다.

"나는 느낄 수 있었다."

운정의 눈이 동그랗게 변했다.

"아, 그래?"

"몇 시간 전, 데란이라는 자가 네게 테라를 나누어 주더니 네 몸에서 마나가 뿜어졌다. 이 병동에 가득 차도록 말이야. 패밀리어가 노움인 듯했는데, 엘프 중에도 그토록 강력한 엘리멘탈을 지닌 자는 없을 것이다. 역시 인간의 다양성에는 매번 놀란다."

"……."

"그때, 스페라가 말하기를 너무 가득 차서 나오는 것인 만큼, 주변에서 그것을 흡수하는 것이 네게 도움이 될 것이라고 했다. 그래서 옆에서 가부좌를 틀고 앉아 네가 가르쳐 준 기본적인 토납법을 해 보았다."

"그랬더니? 내공이 생겼어?"

"당시에는 가득 차오르는 게 느껴졌다. 하지만 금방 흩어져서 지금은 남아 있는 게 없다."

"아, 그럼 된 거야. 그렇게 하다 보면 조금씩 모이거든. 그게 모여서 내공이 되는 것이니까. 기본적인 토납법이 아니라 어느 정도 의지를 갖춘 내공심법을 운용하면 아마 많이 모이겠지. 물론 중원에서의 이야기겠지만."

"그런가?"

그가 잠시 생각하는데, 그를 보던 시르퀸과 카이랄이 서로 눈을 마주쳤다.

운정은 곧 자리에서 일어났다. 그들은 운정이 어디로 향하는지 묻지도 않고, 운정을 따랐다.

운정은 병동의 문을 열고 나가 복도를 걸으면서 카이랄에게 말했다.

"내가 바르쿠우르의 엘프들이 내게 쏜 바람의 화살에서 에어(Aer)를 흡수했던 것 기억나?"

"그 장면은 아마 부활마법을 갱신하지 않아도 기억할 것이다. 강렬했으니."

"라스 오브 네이처. 이 마법에서 내가 세 종류의 마나를 흡수할 수 있었던 이유는 아마 그것이 자연재해를 유도하는 마법이었기 때문에 그랬을 거야."

"흐음, 어떻게?"

"다시 말하면 자연재해를 일으키는 것이 아니라 유도하는 것. 자연재해가 알아서 일어나게 그 기운들을 한 공간 안에 뭉치게 만들었을 뿐이지. 그렇다면 그 마법을 이용해서 주변의 마나를 가득 채우는 것도 가능할지 몰라. 그리고 그 안에선 내공심법을 익힐 수 있겠지."

카이랄은 턱을 괬다.

"어려울 것이다."

"왜?"

"나는 라스 오브 네이처에 대해서 많이 알지 못하지만, 하나 아는 건 다수의 희생을 필요로 한다는 것이다. 그 마법을 일으키면 일족 중에 엘리멘탈을 패밀리어로 삼은 개체들 대다수가 죽게 된다. 그건 수없이 많은 일족의 희생을 바탕으로 사용하는 마법이라 최후의 수단 중 하나라고 알고 있다."

운정은 걸음을 멈출 수밖에 없었다.

"정말이야?"

이번에는 시르퀸이 대답했다.

"바르쿠우르와 요트스프림. 양쪽 모두 다 라스 오브 네이처를 쓰기로 동의했다면, 분명 델라이로 인해 자신들이 멸망할 수 있다고 판단한 것입니다. 그렇지 않다면 라스 오브 네이처를 쓰지 못해요, 마스터."

운정은 시르퀸을 돌아보며 말했다.

"그 정도로 델라이에, 아니, 중원에 위협을 느꼈다는 건가?"

카이랄은 고개를 느릿하게 끄덕였다.

"그들은 나의 존재와 부활마법을 알게 되었다. 게다가 바람의 화살을 아무렇지도 않게 흡수하는 너 또한 알게 되었지. 이 모든 것을 종합하여 생각했을 때, 중원과의 연결을 끊지 않으면 자신들이 멸망하리라 판단한 것이다. 애초에 그래서 나를 버리기도 했었지."

운정은 바르쿠우르의 장로들이 자신에게 물었던 것을 기억했다.

"첫째로, 자네가 온 엘프가 없는 세계. 그곳에는 정말로 엘프가 없는가?"

"다시 말하면 그곳에선 엘프가 살 수 없게 된 이유가 있을 것이네. 그것이 무엇인지 운정께서는 유추하실 수 있겠나?"

"세 번째로 묻고 싶은 것은 바로 자네가 영혼에 붙들고 있는 네 엘리멘탈들이네. 어떻게 두 엘리멘탈도 아닌 네 엘리멘탈을 함께 품을 수 있게 되었는가?"

운정은 이제야 그들의 물음의 의도를 알 것 같았다.

"그래서 그런 질문들을 한 것이로군, 왜 몰랐을까. 후우."

자책하는 그를 보며 시르퀸이 말했다.

"저도 알지 못했어요. 죄송합니다, 마스터."

그 말을 들은 카이랄이 툭하니 말했다.

"열매가 뿌리의 생각을 어찌 알 수 있을까. 또한 버섯이 나무의 생각을 어찌 알 수 있을까. 어쩔 수 없는 것이었다."

운정은 머리가 맑아지는 느낌과 복잡해지는 느낌을 동시에 느끼면서 다시금 발을 움직였다.

그가 말했다.

"부활마법이 그들 손에 들어갔다는 것 때문에 든 생각인데, 혹시 눈빛이 연보랏빛으로 변하는 것. 그게 부활마법의 특징인가?"

카이랄은 고개를 끄덕였다.

"리인카네이션(Reincarnation) 주문은 본래 데모나이즈(Demonize) 주문에서부터 시작된 것이다. 데빌(Devil)을 모방하는 데모나이즈 주문 중에서, 그들이 가진 가장 특이한 특성인 불사에 집중하다 보니 새롭게 만들어진 것이지. 그러다 보니, 데빌의 눈빛을 닮게 되는 특징이 나타나는 것이 아닌가 한다."

"데빌을 본 적 있어. 눈이 보랏빛이었지. 그래서 리인카네이션 주문을 쓰면 눈빛이 비슷한 연보랏빛으로 변하는구나."

"그렇다."

운정은 그가 본 유일한 데빌, 디아트렉스에 대해서 떠올렸다. 그리고 정채린⋯⋯.

그는 눈을 확 감으며 말했다.

"그럼 부활마법이 발전하면 악마화주문이 되는 건가?"

"그건 아니다. 데빌에겐 여러 가지 특성이 있으니, 그 모든 특성을 하나하나 전부 가져야만 데빌처럼 되겠지. 부활마법으로 불사가 되어도, 데빌이 가진 괴력이나 마나로 이뤄진 육신 등등, 악마화주문은 사실 이론상 존재할 뿐 현실에선 불가능해."

운정은 연보랏빛 눈동자를 가졌던 임모탈 기사 둘이 생각났다. 그들에게 그 마법을 걸었던 마법사들이 요트스프림의 다크엘프였다는 점을 감안한다면, 아마 카이랄에게서 부활주문을 알게 된 바르쿠우르에서 요트스프림에게 그 주문을 전해 주고, 요트스프림에서 그것이 악마화주문의 다른 부분인 강화마법으로 탈바꿈한 것일 것이다.

어느 정도 의문이 해결되자, 운정은 또 다른 것을 물었다.

"라스 오브 네이쳐. 이 마법이 좀 더 궁금한데, 이 마법이 시전되기 위해선 공격 지점을 둘러싼 주변 지역에 마나를 가득 채워야 하잖아? 그런데 왜 하필 소로노스에 그런 마법진을 건설해야 했을까?"

이 대답은 시르퀸이 해 주었다.

"한곳에 모여드는 마나가 빠져나가지 못하게 하기 위해선, 정해진 위치에서만 마법진을 발동시켜야 할 것입니다. 그중 하필 우연치 않게 소로노스가 있었던 것 아닐까요? 그런 것이 아니라면, 인간의 나라에 무리해서 마법진을 설치할 이유가 없습니다, 마스터."

운정은 더 생각해 봤지만 그것 말고는 다른 답을 내기 어려웠다.

그는 저 멀리 마법부의 대문을 보면서 말했다.

"이렇게 추측으로라도 알아낸 것이 많으니 다행이다. 안에서 이야기할 때도 혹 생각나는 것이 있으면 바로바로 이야기해 줘. 카이랄도 부탁해."

"네, 마스터."

"알겠다."

운정은 두 엘프를 이끌고 마법부 안으로 들어갔다.

마법부는 거대한 서재로, 벽면이 책으로 가득 메워져 있었고 그 중앙에는 수없이 많은 마법사들이 자신들의 책상에 앉아 일에 몰두하고 있었다. 하지만 운정이 앞에 나타나자 모두들 자기 할 일을 멈추고는 그를 보았다.

시선이 집중되는 가운데, 한 어린 여자아이가 운정 앞으로 쪼르르 달려왔다.

"운정 도사! 몸은 괜찮아요?"

아이시리스는 맑고 순진한 눈빛으로 운정과 그의 뒤에 있는 엘프들을 번갈아 보았다.

운정이 대답했다.

"예. 스승님을 뵈러 왔습니다, 사저(ShiJie)."

그의 말에 아이시리스는 몸을 배배 꼬더니 말했다.

"아직도 그러시네. 아무튼 따라오세요."

앞서간 그녀는 한쪽에 있는 계단으로 향했다. 운정은 아직도 자신에게서 눈길을 떼지 못하는 많은 마법사들을 한번 훑어보았는데, 그때 아이시리스가 말을 이었다.

"그나저나 제자를 받으셨다면서요?"

"예, 제 옆에 있는 시르퀸입니다."

"그런가요? 흠, 축하해요."

그녀는 뭔가 더 말을 하려는 것 같았지만, 스페라의 집무실에 도착하기까지 속내를 말하지 않았다.

그녀가 말했다.

"자, 여기예요. 안으로 들어가시면 될 거예요. 그리고 운정 도사. 오늘 밤에는 집에 오시나요?"

"확실하진 않습니다. 일이 어떻게 될지 봐야 알 듯합니다."

아이시리스는 실망한 표정을 지었지만, 애써 미소 지으며 말했다.

"알겠어요. 늦게라도 들어오시면 절 찾아 주세요. 기다리고 있을 테니."

그녀는 그렇게 말한 후, 마치 도망치듯 계단 아래로 달려갔다.

운정은 그런 그녀의 뒷모습을 흐뭇하게 보다가 곧 스페라의 집무실 안으로 들어섰다.

안에는 뜻밖의 인물이 그를 기다리고 있었다.

바로 델라이 왕이었다.

第五十二章

머혼은 포트리아의 이야기를 자세히 들었다.

불필요할 정도의 디테일, 사실과 의견의 구분, 그리고 예상과 추측까지 모두 녹아 있는 진실성 있는 이야기였다. 쉬지 않고 한 번에 쏟아 내는데 눈빛 한 번 흔들림이 없는 것이, 절대로 거짓말이라고 상상하기 어려웠다. 무엇을 숨기고 무엇을 강조할지조차 고민하지 않는 것이 분명했다.

머혼은 포트리아의 마음속을 들여다보며, 그녀의 이야기에서 맹점이나 거짓을 찾으려고 노력했지만, 조금의 성과도 없었다. 찾으면 찾을수록 보이는 것은 그의 마음 또한 역으로 들여다보고 있는 그녀의 두 눈뿐이었다.

모든 진실을 토해 내며 그것에 대한 모든 반응을 감지하는 포트리아의 심리전은 지극히 고결하다. 더럽고 추할 수밖에 없는 정치판에서 지금까지 괜히 살아남은 것이 아니다.

하지만 사람은 어리석다. 포트리아의 그런 고결함을 알아볼 수 있는 사람은 극소수이며, 대부분은 입에 발린 말과 칭찬 그리고 눈앞의 이익에 현혹된다.

그래서 델라이 귀족의 칠 할은 머혼파이며, 일 할만이 포트리아파다.

그리고 우습지만, 머혼 본인은 포트리아파다.

그게 슬프다.

"왜 갑자기 웃으십니까?"

이야기에 한창 열을 올리던 포트리아는 슬그머니 웃음을 내뱉던 머혼에게 직설적으로 불쾌감을 표현했다. 머혼은 헛기침을 하더니, 곧 손을 내저었다.

"아닙니다. 잠깐 잡생각이 들어서."

"제 이야기를 들으면서 잡생각이 들었다니요. 하긴 머혼 백작의 총명하신 머리로는 이 모든 상황이 전부 이해되시겠지요. 그 고견을 한번 들어 보고 싶습니다."

포트리아는 팔짱을 딱 껴 보이더니, 거만한 눈길로 머혼을 보았다.

머혼은 미소를 그리며 말했다.

"그러니까, 슬롯 경과 포트리아 백작님의……."

"장군입니다, 머혼 백작."

머혼은 미안하다는 듯 손을 한번 흔들더니, 말을 이어 나갔다.

"포트리아 장군님의 두 추측이 충돌하고 있는 것 아닙니까? 슬롯 경의 추측은 직관적인 해석이지만 소론이 저리 당당히 나오는 점이 설명될 수 없고, 포트리아 장군님의 추측은 깊고 심오한 해석이지만, 소론이 굳이 자국 기사단을 소모해 가면서까지 임모탈 기사단을 잡아야만 했나 하는 점이 설명될 수 없지요."

"설명될 수 있습니다. 그 부분에 대해서 좀 더 생각할 시간이 있었는데, 임모탈 기사단이 탈영을 하면서 아주 큰 죄를 지었다고 가정한다면 제국에서 그들을 사로잡거나 죽이는 걸 소론 왕국에 요구했을 수 있습니다. 자치령으로 삼아 주는 대신에요."

"하지만, 그랬다면, 소론 왕국은 그 일에 실패한 것이고 따라서 그리 당당히 나올 수 없습니다. 맞습니까?"

"제국이 조건을 한껏 낮추는 걸로 눈감아 줬을 수도 있지 않습니까? 소론은 이제 제국의 자치령이 되는 길이 아니라면 살아날 방법이 없습니다. 따라서 처음 제국이 제시했던 것보다 훨씬 못한 조건으로 자치령이 되었다고 치면 들어맞습니다."

"울며 겨자 먹기로 그랬다?"

"그렇습니다."

머혼은 자신의 뚱뚱한 배 위에 양손을 올려놓았다.

"흐음. 시나리오는 많을수록 좋지요. 이제 곧 첩보로 이런저런 정보가 들어올 것 같은데, 그에 따라 즉시 판단할 수 있으니."

포트리아는 고개를 끄덕였다.

"군인의 시각인 아닌 정치인의 시각으로 이번 사태를 한번 판단해 주시지요. 소론에서의 일은 군사기밀임에도 전 머혼 백작님의 질문에 성심성의껏 대답하지 않았습니까?"

머혼은 오른손 검지를 살짝 들어 보였다. 그리고 잠시 몇 번의 숨을 내쉬면서 생각하다가, 곧 양손을 들며 이미 뻗었던 검지를 아래로 숙였다. 그리고 다른 아홉 손가락을 쫙 펼쳐 보였다. 그러자, 9개의 손가락이 위로, 1개의 손가락이 아래로 뻗어진 형태가 되었다.

"히드라(Hydra), 아십니까?"

"예?"

"군인이시니, 몬스터롤로지(Monsterology)에 대해서 잘 아실 듯해서 물었는데, 모르시나 봅니다."

포트리아의 얼굴에 불편한 기색이 살짝 스쳐 지나갔다.

"갑자기 히드라란 단어가 튀어나와 되물은 것이지 몰라서 되물은 것이 아닙니다. 한 나라의 장군으로서 괴물학은 당연히 숙지하고 있습니다. 제국 수도에 22년마다 출몰하는 몬스터 아닙니까? 해당 달은 오크, 오우거, 고블린, 코볼트, 트롤이지요."

"그런 것까진 모르고, 제가 아는 건 머리가 아홉 개라는 것이고, 머리를 잘라도 몸통이 건재하다면 다시 머리가 몸에서 자라난다는 것입니다. 맞지요?"

"그렇습니다."

머혼은 방긋 웃더니 말했다.

"히드라는 천 년 전, 제국이 처음 건국되기 전부터 수도가 세워진 그 장소에 항상 출몰하던 몬스터입니다. 매우 강력해서 마법이 통하지 않고 초합금속 중에도 그 피부를 뚫지 못하는 것이 있습니다. 때문에 초합금속이 발명되기 전에는, 그 히드라의 눈동자를 정확하게 노려서 머리를 하나하나 잡는 방법밖에는 사냥할 방법이 없었습니다. 그런 강력한 몬스터가 출몰하는 지역에, 왜 천년제국의 수도가 세워지게 되었는지 혹시 아십니까?"

포트리아는 한 번도 생각해 본 없는 문제 때문에 안 그래도 고갈된 정신력을 낭비하고 싶지 않았다.

"갑자기 히드라를 언급하신 이유가 무엇입니까?"

"아, 다 연결되니 한번 맞춰 보시지요."

능글거리는 머혼의 표정을 본 포트리아의 눈꺼풀이 반쯤 내려왔다.

"모릅니다. 알고 싶지도 않고요."

머혼은 아홉 개의 손가락을 이리저리 흔들거리며 이죽거렸다.

"천년제국이 이후 히드라도 잡아내지 못할 정도로 국력이 쇠약해질 정도가 되면, 그냥 멸망하라는 선대의 뜻이 담겨져 있지요."

"……."

"그래서 그런지 제국의 역사는 히드라와 함께였습니다. 22년 주기로 찾아오는 그 재앙을 막아 내기 위해서, 제국은 항상 준비되어야 합니다. 매 주기마다 히드라를 알아야 했고, 히드라를 공부해야 했으며, 히드라를 분석했어야 합니다. 그렇다 보니, 히드라는 제국에 지대한 영향을 미쳤지요. 마찬가지로 제국의 정치에도 크나큰 영향을 미쳤습니다. 그래서인지, 제국의 공화정은 히드라를 쏙 빼닮았지요."

차가워진 머혼의 눈빛을 보면서 포트리아는 팔짱을 풀었다.

"어떻게 말입니까?"

머혼은 아래로 뻗었던 검지를 오므리며 말했다.

"제국 황제는 몸통입니다. 정치적으로 아무것도 하지 않습니다. 다만 각 정무관장에 대한 임명권과 특정 시민에 대한 불가침 부여권을 홀로 지니고 있습니다. 그로부터 아홉 머리가 튀어나오지요."

포트리아는 새삼스레 머혼의 얼굴이 새롭게 보였다.

그는 말하는 어투나 행동 양식, 입고 있는 옷. 이 모든 것은 지극히 자연스러운 델라이의 귀족이다. 하지만 자세히 그의 얼굴을 살펴보면 곳곳에서 남쪽 사람의 특징이 나타난다.

그는 뭐니 뭐니 해도 제국 시민권자.

그뿐이랴.

제국 대공의 상속자였으며, 제국 황실에서 황제와 함께 직접 교육을 받은 제국 최고의 귀족이다.

포트리아가 툭하니 말했다.

"그러고 보니, 머혼 백작께서는 제국 황제와도 의형제를 맺으실 정도로 제국과 관련이 깊으신 분이셨지요. 제국의 정치판도 잘 알겠습니다."

"옛 지식이지요. 전에 한 번 새롭게 뜨는 자들의 이름을 보았는데, 아는 자가 없더군요."

"하지만 변하지 않는 것이 있지 않습니까?"

머혼은 양손을 내렸다.

"물론이지요. 제국 공화정이 히드라라는 사실은 절대 변하지 않습니다."

"그렇군요."

"머리가 아홉 개입니다. 각자의 생각이 있고, 각자의 의지가 있습니다. 히드라의 머리들은 실제로 서로 물고 뜯으며 싸우기도 한다고 하더군요. 판박이지요, 판박이."

"……"

"제국은 분명 하나의 생명체입니다. 하지만 그 머리는 아홉 개입니다. 슬롯 경과 포트리아 장군께서 소론에서의 일에 대해서 추측하실 때에 그것을 간과하셨습니다. 제국의 각 정무관은 서로를 향해 이를 들이밀고 몸통을 차지하기 위해서 물어뜯는 것을 과감히 행합니다. '제국'이라는 하나의 행동 양식을 가질 것이라 생각하면 큰 오산입니다."

포트리아는 이해할 수 없다는 듯 말했다.

"각 부서가 그렇게 따로 놀면, 국력을 낭비하게 될 것입니다."

머혼은 눈빛을 날카롭게 떴다.

"하지만 적들로 하여금 쉬이 행동을 추측할 수 없게 만드는 효과가 있지요."

"……"

"델라이처럼 하나로 결집되었으면 효율 면에선 좋지만, 누구라도 쉽게 행보를 예상할 수 있지요. 제국의 행보는 그 안에서도, 그 밖에서도 도저히 예상할 수 없습니다. 그것은 히드라를 사냥하기 어려운 이유 중 하나이지요. 행동이 모순투성이거든요."

포트리아는 머혼이 말하고자 하는 바를 알 것 같았다.

"그렇다면 소론에 있었던 일. 그 일에 제국의 정무관 여러 곳의 이해관계가 충돌해서 일어났다는 뜻입니까?"

머혼은 고개를 끄덕였다.

"소론을 자치령으로 삼으려 했으니, 외무관은 당연히 들어가겠지요. 임모탈 기사단은 제가 알기론 조영관 소속으로 알고 있습니다. 그쪽도 들어가겠지요."

"조영관?"

"수도의 일반 행정과 시민들의 식량, 특히 유흥거리를 공급하는 정무관입니다. 임모탈 기사단은 콜로세움에서 잘나가는 유명한 기사단이지요."

포트리아는 자신의 머리로 도저히 이해하기 어려운 제국 문화에 환멸을 다시금 느끼며 말했다.

"그 정도의 실력을 지닌 기사단을… 시민들의 유흥거리로 쓴답니까? 대체 제국의 국교가 어떻게 사랑교인지 알 수가 없습니다."

머혼은 어깨를 들썩거렸다.

"제가 알기론 사랑교에서도 콜로세움 문화를 꾸준히 반대해 오긴 했습니다. 뭐 정치적인 문제 때문에 안 나올 수 없었는지 거기서 교황을 뵌 적도 수 차례 있었지만……."

"……."

교황을 몇 번 만났다는 충격적인 이야기를 아무렇지도 않게 해 버리는 머혼을 보며, 포트리아는 다시금 마음을 날카롭게 다잡았다.

눈앞에 두고 이야기하다 보면 절로 무시하게 되는 듯한 분위기를 풍기는 건 다 유도된 것이다.

머혼이 자리에서 일어났다.

"일단 운정 도사가 깨어나면, 그에게 이야기를 들어야 좀더 자세히 상황을 파악할 수 있겠습니다. 아무튼 제게 굳이 말씀하지 않으셔도 되는 이야기를 깊이 있게 설명해 주셔서 감사합니다, 포트리아 장군."

포트리아는 따라 일어나지 않았다. 대신 다리를 꼬며 몸을 뒤로 했다.

"아닙니다. 어차피 머혼 백작께서 알아보시려면 얼마든지 알아보실 수 있었을 테니, 차라리 제가 직접 말해 주고 머혼 백작의 반응이라도 살피는 게 저한테는 이득입니다. 실제로 이득이 되었고요. 제국의 정치판에 대해서 알게 될 줄은 꿈에도 몰랐습니다."

머혼은 헛웃음이 나오는 것을 참지 못했다.

"그럼 다음에도 즐거운 대화를 나누도록 하지요."

머혼은 그렇게 말을 남긴 뒤, 중앙본부실에서 나갔다. 그가 나가자 문 앞에 일렬로 서 있던 네 장군들이 각자 손에 정보가 빼곡히 적힌 문서들을 들고 안으로 들어왔다.

포트리아는 문이 닫히는 것을 확인하곤, 그들을 둘러보며 말했다.

"그래서? 정보는?"

한 장군이 말했다.

"임모탈 기사단이 무단으로 탈영한 듯 보입니다. 그 일로 인해서 그들이 속한 조영관이 시끄럽다고 합니다. 조용히 나간 것은 아닌 것처럼 보였는데, 정확히 무슨 일이 있었는지는 좀 더 첩자들을 기다려 봐야 알 것 같습니다."

다른 장군이 이어서 말했다.

"소론 왕국에 제국의 사절이 은밀히 왔다고 합니다. 확인된 바로는 바리스타 후작으로, 전 외무관장입니다. 외부관의 실세라는 소문도 있습니다."

그리도 세 번째 장군도 이어서 말했다.

"이번 침공 사건을 일으킨 엘프족은 정황상 요트스프림으로 예상됩니다. 그들의 숲 주변에서 미처 치우지 못한 상당수의 엘프 사체가 발견되었습니다."

그리고 마지막 장군, 막시무스가 말했다.

"소로노스와 마주한 국경에서 군사 활동이 감지되었습니다. 특별한 건 아니고, 보초들을 국경 라인 전체에 퍼뜨린 듯합니다."

포트리아가 나지막히 말하며 시선을 천장으로 가져갔다.

"후우… 전쟁이라도 하겠다는 건가? 히드라라… 히드라."

네 명이 영문을 모른 채 서로를 보다가, 한 명이 대표로 물었다.

"히드라 말입니까?"

"아니야, 아무것도 아닐세. 그, 임모탈 기사단 말이야."

"예."

포트리아는 고개를 확 꺾어, 그 장군을 보며 말을 이었다.

"한번 접촉해 봐. 잘만 하면 우리 쪽으로 끌어들일 수도 있겠어."

네 장군들의 눈동자가 크게 떠졌다.

포트리아는 자리에서 일어났다.

"덕분에 대강 상황이 파악됐다. 왕을 뵈어야겠다. 그동안 소론과의 국경에 군사를 세우고, 왕국 내 모든 귀족들에게 기사단을 준비시키라 하고, 마법부에도 연락해서 그들의 눈으로도 소론을 감시하라고 해. 또한, 임모탈 기사단도 잊지 말고."

네 장군들은 중앙본부실을 나서는 포트리아의 뒷모습을

멍하니 보았다.

*   *   *

왕궁의 중앙 정원.

머혼은 유리창을 통해서 동물들과 한가로이 시간을 보내는 조련사를 지켜보았다. 조련사는 머혼이 보는지도 모르고, 자신이 기르는 다양한 생물들을 이리저리 예뻐해 주면서 흡사 아버지와 같은 미소를 짓고 있었다.

"백작님, 막시무스 장군께서 전해 달라고 하십니다."

머혼은 아래쪽에서 들린 가냘픈 소리에 고개를 살짝 숙였다. 그곳에는 작은 소녀 한 명이 갓 구운 빵을 그에게 주었다. 머혼은 더 말하지 않고 그것을 받았고, 그러자 그 소녀는 한쪽으로 빠르게 뛰어갔다.

머혼은 조련사와 똑같은 표정으로 뛰어가는 소녀를 보다가 곧 빵을 반으로 찢었다. 그리고 그 안에 말려 있는 작은 종이를 꺼내 펼쳐 보았다.

한 손에는 구깃구깃한 그 종이, 한 손에는 찢어진 빵을 들고 머혼은 천천히 왕궁의 복도를 걸었다.

"쩝쩝. 쩝. 쩝쩝. 흐음. 쩝. 이거… 흐음 진짜 전쟁 냄새가 확 나는데?"

다 읽자, 그는 종이까지도 마지막 빵 조각과 함께 입에 넣어 씹었다. 식감이 그리 좋진 않았지만, 그런대로 먹을 만했다.

입에 있는 것을 꿀떡 삼킨 그는 어느새 도착한 마법부의 대문을 열고 안으로 들어갔다. 대문 양옆에 서 있던 흑기사들은 그가 온다는 소식을 들은 적이 없지만, 조금도 그를 제지하지 않았다.

쿵.

문이 닫히는 소리에 모든 이가 머혼을 보았다.

"머혼 백작님."

"머혼 백작님."

마법부 곳곳에서 그를 향한 인사가 쏟아졌다. 머혼은 손을 살짝 들어 인사를 받아 주더니, 휙 몸을 돌려 계단을 통해 위로 올라갔다. 뱅그르르 돌며 올라가는 그 계단을 걷는 도중 마주치는 마법사들은 모두 그에게 정중하게 예를 갖추었다.

하지만 그중 한 명은 인상을 확 찌푸렸다.

"아빠? 아빠가 여긴 웬일이야?"

머혼은 자신의 막내딸이 마법사의 복장을 하고 서 있는 것을 보며 어처구니없다는 듯 말했다.

"너 스페라 제자 됐다는 거 농담 아니냐?"

"그럼 농담이겠어요?"

"아니, 아시리스는 허락했어?"

"어머니가 허락하지 않으셨으면 제가 여기 있겠어요? 그리고 저 왕궁에서 일한 지 이미 석 달이 넘었어요."

"일을 한다고? 왕실 교육은?"

"다 끝냈어요. 작년에."

"뭐? 너 이제 열두 살이잖아?"

"저 천재인 거 모르세요? 그리고 전 열한 살이에요, 아빠."

"······."

아이시리스는 얼떨떨해하고 있는 그를 지나쳐 계단으로 내려가면서 말했다.

"밤에 저택에서 봬요."

"그, 그래."

떨떠름하게 막내딸의 인사를 받은 머혼은 계단을 내려가는 그녀의 뒷모습에서 시선을 뗄 수 없었다. 하지만 곧 그는 얼굴을 확 굳혔다.

지금은 긴박하게 돌아가는 나랏일에 온 신경을 쏟아부어도 모자란 상황이다.

그는 마음을 가다듬고, 다시 걸음을 옮겨 스페라의 방문 앞에 도착했다.

그 앞에는 시르퀸과 카이랄이 서 있었다. 머혼은 말없이 손으로만 살짝 인사하더니 말했다.

"운정 도사도 안에 있나 보지요?"

시르퀸과 카이랄은 머혼의 질문에 아무런 대답도 하지 않았다.

민망해진 머혼은 그들을 지나쳐 방문을 열고 안으로 들어갔다.

그 안에 들어서자 운정이 왼편에, 스페라가 오른편에, 그리고 정면에는 델라이 왕이 있었다.

분위기는 심각했고, 모두들 머혼을 돌아보지도 않았다.

머혼이 말했다.

"뭐 그리 심각합니까?"

그제야 모든 이들이 머혼을 돌아봤다.

"그냥 막 들어오기에 차를 가져온 하녀인 줄 알았지. 자네였군."

델라이의 말에 머혼은 앞으로 걸으면서 운정과 스페라 사이에서 눈치를 보았다. 그러다가 곧 스페라 쪽으로 한 발자국 움직이니, 스페라가 얼굴을 확 구겼다. 그러자 머혼은 즉시 다른 발을 운정 쪽으로 움직여서 그의 옆에 앉았다.

운정이 그를 보며 포권을 취했다.

"안녕하십니까."

머혼은 손을 살짝 들어 보이고는 말했다.

"뭔데 이리 심각합니까?"

다들 말을 하지 않자, 델라이가 대답했다.

"현재 차원이동이 어렵게 되었네. 언제쯤 고쳐질지 알 수 없는 상황이지. 문제는 천마신교의 인물들이 중원으로 돌아가길 원하네. 일이 끝났으니 당연한 건데, 지금 우리 사정을 천마신교에게 그대로 설명하긴 어려워서 운정 도사에게 부탁하고 있었네."

머혼은 운정의 얼굴을 보곤 상황을 대강 알 것 같았다.

"거짓말해 달라고 말입니까? 그리고 운정 도사는 당연히 거절했을 것이고요."

"……."

"황궁의 사람들은 이미 돌아가지 않았습니까? 그때 천마신교의 인물들이 같이 돌아가지 않았습니까?"

머혼은 자기 모르게 델라이가 어떤 다른 결정을 했다는 것이 상당히 언짢았지만, 그 기분을 최대한으로 숨겼다. 델라이는 미안하다는 듯 나지막하게 설명했다.

"자네가 일이 바빠서 그에 관해 말할 시간이 없었지. 원래는 그럴 계획이었는데, 포트리아 백작이 실전 테스트를 하고 싶어 해서 그 대가로 천마신교와의 외교를 약속하지 않았나? 그러다 보니 그들을 돌려보내는 건 일단 늦춰지게 되었네."

"아하, 그렇군요. 테스트 결과에 따라서 외교의 방향을 정한다고 했지요. 그랬다가 사달이 나서 이제 돌아갈 수 없게 된 것이고요. 그럼 일단 천마신교와는 외교하기로 결정하신 겁니까?"

델라이는 고개를 끄덕였다.

"그렇네. 머혼 자네가 무슨 마법을 부렸는지 모르겠지만, 포트리아 백작이 갑자기 긍정적으로 생각하더군. 황궁과는 마나를 수입하고 초합금속을 수출하는 것으로 정했지만, 천마신교와는 무공을 수입하고, 마법을 수출하기로 결정했네."

머혼은 박수를 한번 쳤다.

"잘 결정하셨습니다. 그래서 지금 문제는 운정 도사가 우리를 위해서 거짓말을 안 해 준다는 것이로군요? 중원으로 돌아갈 수 없게 된 이유에 대해서 말입니다."

"……."

"……."

그 때문에 어색해진 것이고 그 때문에 무거워진 것이다.

모두들 굳은 표정을 짓는데, 정작 그 말을 뱉은 머혼은 미소를 지었다.

그는 몸을 틀어 델라이를 바라보며 말을 이었다.

"전하, 전하께서 운정 도사님을 오해하신 듯합니다."

"오해?"

"그는 누구의 편도 아닙니다. 누구에게 속하는 사람도 아니고요. 어떠한 대가를 지불한다고 해도 절대 한 사람을 섬길

만한 인물이 아닙니다. 혹은 자신의 신념에 어긋나는 행동을
할 사람도 아닙니다. 이건 제가 지금껏 수도 없이 많은 사람
들을 상대하며 생긴 판단력으로 말씀드리는 것입니다."

"……."

"전하께서는 운정 도사가 마치 델라이의 신하가 되었다고
착각하신 듯합니다. 하지만 운정 도사는 이 나라의 신하가 아
니라 귀빈이십니다."

"……."

"전하, 외람된 말씀이지만, 여기서부터는 제가 맡아도 되겠
습니까?"

델라이는 입술을 한번 비죽이더니 자리에서 일어났다. 그러
곤 몇 번이고 입술을 달싹거리다가 곧 아무 말 하지 않고 그
방을 나섰다.

쿵.

델라이가 방문을 나서자, 머혼은 자리에서 일어나 자연스럽
게 상석으로 걸어갔다.

아니, 가려 했다.

"여기 앉아요, 여기. 지금 내 집무실에 있는 걸 잊으신 건
아니죠?"

날카롭게 쏘아붙인 스페라는 휙 몸을 날려 상석에 앉았다.
머혼은 머쓱한 표정을 지어 보이곤, 스페라가 앉았던 곳에 앉

았다.

머혼은 고개를 들어서 앞을 보았다. 그곳엔 여전히 굳은 표정을 한 운정이 있었다.

그의 표정을 자세히 살핀 머혼이 조용히 말을 꺼냈다.

"저랑 친했던 사람이 있습니다. 저보다 두 살 형인데, 저랑 죽이 잘 맞아서 어릴 때 아주 각별하게 지냈습니다."

운정과 스페라가 그를 쳐다보자, 머혼은 여유롭게 다시 말을 이었다.

"대단한 황족이었는데, 꽤나 허울 없이 사람을 대해서 그게 좋았습니다. 하지만 황족이다 보니 이 어쩔 수 없는… 뭐랄까? 사람을 아래로 보고 대하는 그런 게 있긴 했습니다. 상대가 누구라고 해도 그저 툭하니 명령만 하면 이리 움직이고 저리 움직이고, 그렇게 자라다 보니 자기도 모르는 새 그런 권위적인 성격을 가지게 된 것이겠지요."

"……"

"그러니 운정 도사께서도 불편한 마음을 푸시지요. 왕족이란 작자들이 다 그렇습니다, 원래. 그래도 델라이 왕 정도면 준수한 편입니다. 자기가 괜히 나서려고 하는 단점이 있어서 그렇지. 방금도 아마 웬만한 왕족이었으면 수치를 참지 못하고 큰소리치거나 했겠지요. 델라이 왕 정도 되니까 가만히 나가 준 겁니다."

스페라의 입이 살짝 벌어졌다. 아무리 머혼이라고 하지만 왕을 향해서 그런 망언을 했다는 것이 알려지면 목이 무사할 리 없었기 때문이다.

운정은 담담히 말했다.

"괜찮습니다. 보아하니, 왕께서 머혼 백작에게 열등감을 느끼시나 봅니다. 머혼 백작께서도 어려운 일이 많겠습니다."

머혼이 헛웃음을 지었다. 그러곤 한 번 더 피식 웃어 보이더니, 곧 다시 말했다.

"하 참. 사실 스페라 백작과 긴밀히 이야기할 것이 있어서 이곳에 왔는데, 이런 일이 벌어지고 있을 줄이야, 꿈에도 몰랐습니다. 그런데 왕은 왜 이곳에 운정 도사를 따로 불러내서 이야기한 것입니까?"

스페라는 어깨를 들썩였다.

"몰라요, 나도. NSMC에 관련된 이야기다 보니까 그랬는지. 아니면 머혼 백작이 모르게 하고 싶어서 그랬는지. 아무튼 불편해 죽겠는데, 이곳에 짱박혀서 운정 도사가 올 때까지 기다리겠다는 거예요. 참 나, 아무튼 머혼 백작이 제때 와 줘서 다행이에요."

"……"

"그래서 어떻게 하실래요? 운정 도사께서 천마신교 인물들에게 진실을 말한다면, 그건 델라이의 국가 기밀을 외부에 말하는 것과 다름없어요. 그러나 그렇다고 거짓말을 하는 것은 운정 도사께서 절대 하지 않겠다고 했으니, 머혼 백작이 좋은 해결책 좀 내 줘요."

머혼은 대수롭지 않다는 듯 말했다.

"뭐, 포트리아 백작이 했던 말을 그대로 쓰지요."

"어떻게요?"

"테스트해 봐야 한다고, 무공이라는 것을. 확인이 되면, 그 때 외교를 통해서 무공을 수입하고 대가로 마법을 주겠다고. 그렇게 말하면 되지 않겠습니까?"

운정이 말했다.

"테스트는 이미 끝난 것 아닙니까?"

머혼이 대답했다.

"운정 도사의 무공은 그렇지만, 그들의 무공은 아니지 않습니까?"

"······."

"델라이는 운정 도사와의 거래와 천마신교와의 거래를 구분할 것입니다. 운정 도사께는 새로운 터전을 주는 것으로, 천마신교에는 마법을 제공하는 것으로, 각기 다른 조건이지요. 다른 거래이니, 테스트도 각각 따로 해야 하는 것이 맞습니다. 아닙니까?"

"······."

스페라는 말 없는 운정을 보다가 곧 머혼을 돌아보았다.

머혼은 뚱뚱한 중년 남자에 불과했지만, 왠지 모르게 여유로워 보였다. 그리고 그 여유로움이 묘한 자신감으로 다가왔다.

"아시리스 황녀가 당신과 왜 결혼했는지 진짜 몰랐는데, 이제 좀 알 것 같네요."

머혼은 의외의 칭찬에 눈을 동그랗게 뜨더니 스페라를 보았다.

"뭐 잘못한 거 있으시면 그냥 이야기하시지요, 스페라 백작. 밑밥 깔지 말고."

스페라의 눈이 반쯤 감겼다.

"하여간. 쯧."

머혼은 슬쩍 웃어 보이더니 운정에게 말했다.

"그리고 좀 엄밀히, 그리고 냉정히 말해 볼까요? 운정 도사께서 하신 테스트는 사실 제대로 된 테스트가 아닙니다. 테스트의 목적은 내공을 불어넣은 나리튬(Naritium)이 워메이지를 상대로 유용한지 그 사실을 판별하려고 한 것인데, 포트리아 백작이 말하길, 적 기사단에는 워메이지가 없었다고 하던걸요."

"그것은 제 잘못이 아닙니다. 잘못된 정보를 가지고 테스트하신 건 델라이 쪽입니다."

"압니다. 그래서 델라이는 천마신교와의 외교를 승낙하겠다는 그 조건을 이행하겠다는 겁니다. 테스트가 제대로 진행되지 않았음에도 말입니다. 하지만 그렇다고 제대로 된 테스트를 안 하고 넘어갈 수는 없습니다."

운정이 되물었다.

"만약 그들이 테스트를 하지 않고 외교도 상관없으니 바로 중원으로 떠나겠다고 하면… 그러면 진실을 말해도 되겠습니까?"

"그건 걱정 마시지요. 그들의 성향은 다 파악했으니, 제가 직접 그들과 말하겠습니다. 아니, 이왕 말이 나온 김에 바로 같이 가시는 건 어떻습니까?"

"전 상관없습니다."

머혼은 자리에서 일어났다.

그러자 스페라가 그에게 물었다.

"아니, 그래서 나는 왜 찾아온 건데요?"

머혼은 잠시 고민하다가 말했다.

"왕께 가 있으시지요, 스페라 백작. 천마신교 인물들과 대화한 뒤에 바로 왕을 찾아뵈러 갈 테니, 거기서 한 번에 말합시다."

"뭐? 계속 같이 있었는데, 또 같이 있으라는 건가요? 싫은데요."

"잠깐이면 됩니다, 잠깐이면. 천마신교의 인물들은 다들 호탕하니까 본론만 말하면 될 겁니다."

"……."

"그럼 운정 도사, 같이 가시지요."

*   *   *

머혼과 운정은 마법부에서 나와 천마신교 사람들이 머무는 귀빈실로 향했다.

밖에서 기다리던 시르퀸과 카이랄은 따라가겠다고 했다. 그러나 천마신교 인물들 앞에서 그들의 존재가 도움이 될 리가 없었다. 운정은 그들에게 왕궁의 중앙 정원으로 가서 내공을 운용해 보라고 조언했다. 방 안보다는 그나마 대자연의 기운이 있었던 것이 기억났기 때문이다.

천마신교 인물들이 기거하는 귀빈실까지 가는 동안 머혼은 운정의 이야기를 간략하게 들었다. 엘프들과 있었던 그 일은 머혼에게도 놀랍기 그지없는 일이었다.

저 멀리 귀빈실의 문이 보이자, 머혼은 지금까지 들은 이야기를 머릿속으로 정리하며 물었다.

"그러니까, 엘프들은 중원과의 교류를 두려워한다는 겁

니까?"

운정이 고개를 끄덕였다.

"중원 그 자체를 두려워한 것입니다. 때문에 차원이동이 가능한 델라이의 NSMC를 파괴하려고 한 것이지요."

"그것참… 일이 묘하게 돌아가는군요. 하기야, 제국이 엘프들까지 움직일 수는 없는 노릇이니, 그 두 가지 일은 따로 돌아간다고 보는 게 맞겠습니다. 그나저나, 엘프의 개체가 다수 죽는다는 게 확실하다면……."

"하이엘프가 말한 것이니 맞을 겁니다."

"흐음… 그럼 맞아떨어지긴 하는군요."

머혼이 잠시 고민하자 운정이 조심스럽게 물었다.

"혹시 하이엘프가 첩보 활동을 하는 것이 아닌가 하는 의심을 하십니까?"

"……."

"그건 당연한 생각이지만, 지극히 인간적인 생각입니다. 하이엘프는 결국 그 일족에서 벗어나 자신의 일족을 만들 존재입니다. 그들은 자신들의 일족에 속하면서도 속하지 않습니다."

"어떤 식으로 말입니까?"

운정은 시르퀸으로부터 들었던 설명을 그대로 간추려서 머혼에게 해 주었다.

"각각의 엘프는 어머니로부터 받는 자신들의 일이 있습니다. 그것은 단순히 일이라기보다는 삶의 목적 혹은 숙명과도 같습니다. 그것으로 스스로의 존재 가치를 느낍니다."

"……."

"하지만 하이엘프는 일족 내에서 해야 하는 일이 없습니다. 그저 이곳저곳을 여행하고 다른 엘프들과 교류하면서, 엘프 사회가 어떻게 돌아가는지 공부하고 또 경험하는 것뿐입니다. 이후 새로운 일족의 어머니가 되기 위해서이지요. 실제로, 그녀는 라스 오브 네이쳐 마법에 동원되기는커녕, 그 마법이 일어나리라는 것도 몰랐습니다."

머혼은 날카롭게 물었다.

"그녀를 믿습니까?"

"엘프는 거짓말을 하지 않습니다. 모르셨습니까?"

"아는데, 거짓말을 하지 않아도 진실을 숨길 수는 있는 것 아닙니까?"

운정은 차원이 다르다고 해도 인간의 본질이 같다는 사실을 다시 한번 느꼈다.

그가 대답했다.

"직접 말했습니다. 라스 오브 네이쳐가 시전될 줄 몰랐었다고."

"……."

"마찬가지로 카이랄 또한 요트스프림에서 추방당한 엘프이기에 그들을 섬기지 않는다는 것을 알아주셨으면 좋겠습니다. 인간의 관점에서 생각하시면 안 됩니다."

머혼은 천마신교 인물들이 기거하는 귀빈실 앞, 대문에 서며 말했다.

"일단은 알겠습니다. 그들을 사로잡거나 심문하는 일은 없을 테니 심려 놓으십시오. 제국과 엘프가 손을 잡은 건 아니라니 큰 위안이 되는군요."

그는 지나가던 하녀에게 고갯짓을 했고, 그러자 하녀가 안에 기별을 넣었다. 곧 안에서 허락이 떨어지자, 그들은 안으로 들어갔다.

귀빈실 안에는 천마신교 인물들이 있었다.

사무조는 귀빈실 상석에 앉아 있었다. 그리고 그의 뒤로는 십여 명의 호법원 고수들이 한 줄로 서 있었다.

운정은 갑자기 고향의 냄새가 콧속을 찌르는 듯했다.

사무조가 운정을 향해서 비릿한 미소를 지으며 말했다.

"你最近怎麽樣,道士?"

한어를 마지막으로 들은 건 겨우 며칠밖에 되지 않았지만, 느낌상으로는 마치 몇 달 지난 것 같았다.

운정은 포권을 취했다.

"無量壽佛."

머혼은 눈알을 이리저리 굴리더니 어색한 미소를 짓고는 사무조 앞에 앉았다. 그리고 운정에게 살짝 몸을 기울이며 작게 말했다.

"통역 부탁드립니다. 중원으로 돌아가고자 하는 마음은 충분히 이해합니다만, 외교를 확정하기 위해서 한 가지 테스트해 보고 싶은 것이 있습니다."

운정은 그 말을 통역해서 사무조에게 들려주었고, 사무조는 강렬하게 눈빛을 빛내더니 운정을 통해서 머혼에게 말했다.

"우리가 이런 방 안에 갇혀 있다고 해서 아무것도 모를 줄 알았소? 델라이는 황궁과 이미 이야기를 끝냈으며 황궁의 사람들은 모두 중원으로 돌아갔다는 것을 알고 있소. 우리와 거래를 하지 않겠다는 것이 명명백백한데 우리를 왜 여기 더 붙잡아 두는 것이오?"

그들이 어떻게 정보를 얻게 되었는지 알지 못했던 머혼은 자연스레 운정을 의심의 눈초리로 보았다.

운정은 나지막하게 설명했다.

"중원의 무공에는 전투에 관련된 것만 있는 것이 아닙니다. 아마 이들이 무공을 활용해서 은밀히 움직이려 한다면, 황궁의 모든 시선을 피해서 어디든 갈 수 있을 것입니다."

머혼은 직접 중원에 머무르며 무공이 얼마나 다양하게 활용될 수 있는지를 몸소 체험했었다. 그것을 기억한 그는 별다른 생각을 더 하지 않고, 운정을 통해서 사무조에게 말했다.

"황궁과 거래를 했다고 해서, 천마신교와 거래를 하지 않을 이유는 없습니다."

사무조는 코웃음을 쳤다.

"박쥐처럼 여기 붙었다 저기 붙었다 하려는 것이라면 됐소. 이미 황궁에서 마법을 선점하기 시작하면 우리가 우리의 무공을 내주고 이계의 마법을 들인다 한들, 선점한 그들의 수준을 넘어설 수는 없을 터. 그러니, 우리의 무공으로 마법에 대한 해법을 찾아내는 것이 오히려 더 좋은 방편이 될 것이오."

머혼은 눈을 동그랗게 뜨더니 놀란 듯 말했다.

"황궁에서 마법을 선점한다니요? 저희는 황궁에게 마법을 내준 적이 없습니다."

순간 사무조의 얼굴이 살짝 굳었다. 그는 호법원 고수 중 한 명을 슬쩍 보았는데, 그 호법원 고수는 어떠한 반응도 보이지 않았다.

이윽고 사무조가 말했다.

"황궁과의 거래가 성사되지 않았다는 말이오?"

머혼은 이를 드러내 웃어 보이면서 말했다.

"거래는 성사되었습니다. 다만, 아직 서로에게 신용이 쌓인 상태가 아니니 서로의 핵심 목록인 마법이나 무공을 거래할 수는 없지요. 저희가 그들에게서 수입하는 것이 무엇인지는 말씀드릴 수 없으나, 저희가 그들에게 수출하는 것이 마법이 아니라는 것은 확실히 말씀드릴 수 있습니다."

"그럼 황궁에는 무엇을 수출하시오?"

"그것은 말씀드리기 어렵습니다."

"우리와 거래를 하고자 하신다면 그것을 알아야겠소. 그래 야 이계의 마법이 혹시라도 그들이 가진 어떤 것에 의해 무용 지물이 되는지 아니면 유용성이 있는지 판단할 수 있을 것 아 니오? 중원의 세력 중 이계와 거래를 튼 것은 천마신교와 황 궁 둘뿐. 그러니, 우리가 이계의 것을 활용함에 있어 변수가 될 만한 것은 델라이가 황궁에 수출한 품목밖에 없소. 그것 을 알려 주시오."

머혼은 잠시 눈을 땅으로 돌리면서 턱을 쓸었다. 얼굴을 몇 차례 찡그리고 또 눈도 질끈 감아 가면서 한참을 고민하더니, 곧 한숨을 푹 내쉬면서 운정에게 말했다.

"운정 도사님, 미스릴 검을 꺼내 보여 주셔도 괜찮으시겠습 니까?"

운정은 고개를 끄덕이곤, 자신의 미스릴 검을 검집에서 꺼 냈다.

스릉ㅡ!

맑게 울리는 그 소리에, 호법원 고수들이 처음으로 반응을 보였다. 검을 아는 무사라면 도저히 반응하지 않고는 못 배기는 소리였기 때문이다.

그가 식탁 위에 그 검을 내려놓자, 사무조를 포함한 모든 이의 시선이 집중되었다. 사무조는 입을 살짝 벌리기까지 하더니, 곧 참을 수 없다는 듯 그것을 양손으로 집어 들었다. 그리고 검신을 자세히 들여다보았는데, 그 눈동자가 쉴 새 없이 흔들렸다.

사무조가 읊조리듯 말했다.

"這種尖銳… 這個硬度… 難以置信的."

운정이 말했다.

"超合金屬. 它被稱為秘銀."

사무조는 곧 그 검을 내려놓으며 운정을 통해서 머혼에게 물었다.

"이 무기를 수출하는 것이오?"

"정확하게는 그 금속을 수출하는 겁니다. 당장은 그 미스릴보다 못한 것으로 수출합니다만, 수출 항목이 확장되다 보면 그 미스릴도 수출될 것입니다."

사무조의 두 눈에 강한 탐심이 가득 차올랐다. 그러나 그는 곧 냉소를 지으며 운정을 통해서 말했다.

"흥. 과연 중원에선 전설에서 나올 법한 금속임이 틀림없소. 그러나 어떠한 금속이라도 내력이 있는 한, 상대하지 못할 것은 없소. 그저 조금 단단하고 날카로운 정도이지."

머혼은 고개를 끄덕였다.

"물론 알고 있습니다. 그렇기에 저희도 무공을 바라는 것입니다. 다만 제가 여기서 말씀드리고자 하는 건, 황궁에 수출하기로 한 것은 이 초합금속이지 마법이 아니라는 점입니다. 만약 저희와 거래를 하시게 된다면, 마법을 선점하는 건 천마신교가 될 것입니다."

사무조는 가만히 머혼을 지켜보았다. 그러다가 운정에게 한 번 시선을 던지고는 다시 머혼에게 물었다.

"황궁과는 신뢰가 쌓이기 전이라 마법과 무공을 바로 거래할 수는 없다고 했소. 하지만 왜 우리와는 가능하다고 생각하시오? 잠깐 천마신교에 머물렀다고 해서 그새 우리에게 신뢰가 쌓인 것이오?"

"아닙니다. 제가 믿는 것은 바로 이 옆에 계신 운정 도사이지요. 오직 전적으로 그를 통해서만 천마신교와 교류하겠다는 그 이유는 바로 이 운정 도사께서 델라이에 불리하게 거래를 이끄시지 않을 거라는 확신이 있기 때문입니다."

"왜 그렇소?"

"그는 이미 저희 마법사와 사제지간을 맺었고, 깊은 개인적인 교류가 있습니다."

운정은 자신에 대한 이야기를 통역하다 보니 조금 어색해졌다. 사무조는 그런 그의 표정과 눈빛 하나도 놓치지 않고 훑어보더니 말했다.

"당신은 그와 잘 아시오?"

머혼은 고개를 끄덕였다.

"그가 천마신교에 입교하기 전부터 알았지요. 그래서 그가 오로지 천마신교의 입장만을 대변하지 않으리라고 생각할 수 있는 것입니다."

역시 계속되는 자신에 대한 이야기에, 운정은 어색한 듯 통역했다.

그러자 사무조는 그런 운정을 직시하면서 천천히 그리고 또박또박 말했다.

"他是敎人. 天魔神敎人. 永遠不會改變."

운정의 얼굴이 살짝 굳었다.

그가 통역하지 않자, 머혼이 그를 올려다보았는데, 그는 가만히 사무조를 바라볼 뿐이었다. 머혼은 조용히 둘 사이에 오가는 미묘한 시선을 옆에서 지켜보았다.

차갑고 또 살벌한 것이 둘 중 누구라도 검을 휘두를 것만 같았다.

머혼은 안 되겠다 싶어 얼른 말을 꺼냈다.

"방금 그가 무슨 말을 한 겁니까?"

운정은 시선을 사무조에게 고정한 채 나지막하게 통역해

주었다.

"그는 교인이오. 천마신교의 교인. 그 사실은 절대 바뀌지 않을 것이오, 라고 하셨습니다."

"……"

"……"

침묵이 가라앉은 귀빈실에 서서히 마기가 차오르기 시작했다. 머혼은 온몸이 오싹거리는 그 기분을 잘 알고 있었기에, 무림인들이 서로 기운을 가지고 신경전을 펼치고 있다는 것을 눈치챌 수 있었다.

머혼이 손을 들어서 상을 몇 차례 두드렸다.

쿵. 쿵. 쿵.

그 소리에 모든 이의 시선이 머혼을 향했는데, 그들의 눈에 담긴 마기까지 자연스레 따라왔다.

머혼은 그 자리에서 혼절할 것 같은 느낌을 받았다. 하지만 그는 가까스로 정신 줄을 붙잡고는 억지로라도 미소를 얼굴에 그렸다. 그러자 하얗게 질린 얼굴에 파르르 떨리는 미소가 겨우 자리 잡은 괴상한 표정이 되었다.

"그, 그러니까 말입니다. 제가 하고 싶은 말은 우리와 거래를 해 달라는 말입니다. 운정 도사를 통한 신뢰 위에서 서로의 마법과 무공을 교환하자는 이야기지요. 하하하. 그리고 그제가 알기론 마기(MoQi)? 마기로 알고 있는데, 그것도 좀 줄여 주시지요. 하하. 무공을 모르는 저 같은 범인(FanRen) 앞에서 너무하지 않습니까?"

그 말은 들은 사무조는 곧 마기를 갈무리했다. 그러자 운정과 호법원 고수들도 마기를 거두었다.

사무조가 머혼에게 시선을 던지며 말했다.

"황궁에게 마법을 수출하지 않았다면, 좋소. 우리가 거래하도록 하지. 하지만 한 가지 조건이 있소. 이 초합금속, 이것까지도 우리와 거래해 주시오. 무공의 깊이가 낮으면 무기 재질의 차이도 크게 다가오는 법이니까, 아이들을 생각해서라도 같이 수입하고 싶소."

머혼은 떨떠름하게 말했다.

"뭐, 좋습니다. 하지만 그렇다면 저도 한 가지 조건이 있습니다. 천마신교에서 하나를 더 요구하는 만큼 저희도 하나를 요구하지요."

사무조는 고개를 끄덕였다.

"당연하오. 무엇을 요구하시겠소?"

머혼은 입술을 내밀고 고개를 흔들면서 생각하다가 곧 뭔가 생각난 듯 박수를 한 번 치더니 슬그머니 물었다.

"군사적으로 도움을 주시는 건 어떻습니까? 그 무공이라는 것도 제대로 견식하고 싶기도 하고. 실질적으로 파인랜드에서 얼마나 큰 위력을 낼 수 있는지 알고 싶습니다. 천마신교에서도 정예라고 알려진 여러분들이니, 대단하시리라 믿습니다. 혹, 어렵다면 다른 조건으로 대신하도록 하지요."

그 말을 듣자 사무조가 하늘이 떠나가라 광소했다.

"크하하! 좋소! 이참에 무공의 위력을 제대로 알려 드리리다. 그거 하나로 이런 귀한 검들을 얻을 수 있다면야 우리야 좋지! 생각한 것보다 호탕하시군! 다만 우린 절대로 적당히 할 생각이 없소. 우리의 무공을 상대한 이들은 모조리 잔인하게 죽어 나갈 것이니, 누구를 상대로 할지 신중히 선택하시길 바라겠소. 크하하!"

"아, 하하하."

머혼은 사무조를 따라 슬쩍 웃어 보였는데, 갑자기 사무조가 얼굴을 확 굳히더니 머혼에게 말했다.

"그리고. 이렇게 거래가 성사된 만큼, 축하하는 의미에서 호법원주를 풀어 주시오. 그가 크게 잘못을 한 건 맞지만, 이만큼 감금하셨으면 된 것 아니오? 이 이상 서로를 불쾌하게 하는 일은 만들지 맙시다."

그 말은 들은 머혼의 웃음이 살짝 대칭을 잃었다.

*   *   *

그들은 귀빈실에서 나왔다.

운정은 머혼에게 포권을 취하며 말했다.

"엘프의 일은 제가 스스로 매듭짓겠습니다."

"그건 엄밀히 말해서 운정 도사의 잘못이 아니니까 그렇게 생각하실 필요는 없습니다."

"하지만 저로 인한 일은 맞습니다. 그러니 꼭 해결하고 오겠습니다."

그는 그렇게 툭하니 말한 뒤 머혼에게서 멀어졌다.

머혼은 운정의 뒷모습을 보며 의문에 빠졌다.

더 이상 마법 공격은 없을 것이라 하지 않았는가?

그는 곧 머리를 흔들었다.

안 그래도 복잡한 문제가 산재해 있는데 다른 곳에 신경을 쓸 여유는 없다.

그는 방금 있었던 설전을 떠올렸다.

"어찌어찌해서 잘되었지만, 확실히 호락호락하지만은 않군. 후우. 그 와중에 슬쩍 그걸 끼워 넣어? 겉으로 보기엔 무인처럼 보이지만, 확실히 혓바닥이 굴러가는 게 정치인에 가까워. 하긴 그게 되는 인물이니 이곳에 보냈겠지."

머혼은 관자놀이를 한번 짚고는 깊게 심호흡했다.

또 다른 전투가 눈앞에 있으니, 지친 심신을 달래야만 했기 때문이다.

그는 곧 발걸음을 옮겨 델라이 왕의 집무실로 향했다.

문이 열리고, 안에 델라이, 스페라 그리고 포트리아가 앉아 있는 것을 보았다. 모두의 얼굴이 심각하기 그지없었는데, 머혼은 쾌활한 목소리로 그만의 유머 감각을 발휘했다.

"다들 왜 그러십니까? 전쟁이라도 났답니까?"

스페라는 웃음을 참지 못했고, 델라이는 어이없다는 표정을 지었으며, 포트리아는 무표정하게 대꾸했다.

"조만간 날 것 같긴 합니다."

머혼은 대수롭지 않다는 듯 고개를 끄덕이더니, 스페라 쪽으로 걸어갔다. 그러자 스페라는 얼굴을 구기면서 말했다.

"저쪽에도 자리 많아요."

머혼은 이번엔 아랑곳하지 않고 그녀 옆에 앉으며 그녀에게 말했다.

"여긴 스페라 백작의 집무실이 아니니 제가 앉고 싶은 대로 앉을 겁니다."

"으으."

스페라는 혐오스럽다는 듯 혀를 내둘렀다.

델라이가 머혼에게 물었다.

"천마신교와의 일은 어떻게 되었나?"

"생각보다 잘 진행되었습니다. 외교도 잘 성사시켰고… 다만 몇 가지 추가된 것이 있습니다."

"추가된 것?"

"그쪽에서도 초합금속을 원하고 또 우리가 감금한 그 중원인을 풀어 주길 원합니다."

델라이가 뭐라고 말하기도 전에, 포트리아가 큰 소리로 답했다.

"말도 안 됩니다. 초합금속은 황궁에게 약속한 물량도 당장 감당하기조차 벅찬 수준입니다. 그들에게 줄 것이 없습니다. 또한 그 중원인은 의회장에서 난동을 피웠습니다. 외교를 위해 파견된 자가 타국의 의회장에서 난동을 피운다? 그런 앞도 뒤도 없는 위험인물을 다시 풀어 주라니요? 무슨 짓을 할지 모릅니다. 절대로 불가합니다."

"대신 전쟁에 써먹을 수 있을 겁니다."

"예?"

"분명히 전쟁이 일어날지도 모른다고 하셨지요, 포트리아 장군. 그 경우에 그들이 직접 전장으로 나가서 델라이의 적을 상대해 주겠다고 약조를 받았습니다. 딱 두 번까지."

머혼의 두 손가락이 펼쳐졌고, 그 사이에 그의 미소가 걸렸다. 이를 보면서 포트리아는 노기가 가득한 목소리로 말했다.

"어떻게 아셨습니까?"

"뭘요?"

"전쟁이 임박했다는 것을."

"몰랐습니다. 방금 제게 알려 주신 것 아닙니까?"

"이미 알았으니까, 그들을 전쟁에 이용하려고 준비하신 것 아닙니까?"

"설마요. 전 그저 테스트를 진행하자고만 했을 뿐입니다. 다행히 전쟁을 앞두고 있어 좋은 기회가 생긴 것뿐이지요."

"막시무스 장군입니까? 막시무스겠지요. 당신에게 노골적으로 꼬리는 혼드는 장군은 그밖에 없으니."

머혼은 손가락을 접고는 자신의 배를 어루만지면서 말했다.

"델라이의 장군이나 되는 사람을 고발하시려면 적어도 증거를 가져오시지요."

포트리아는 머혼의 뚱뚱한 뱃살을 노려보다가 곧 눈길을 확 델라이에게 돌렸다. 그런데 그녀의 입이 열리기 전에, 델라이가 먼저 말했다.

"전쟁을 앞에 두고 있네. 서로 신경전은 나중에 해 주길 바라지."

"전하!"

"자자, 그래서. 천마신교 인물들은 델라이에 남아서 두 번에 걸쳐 전투에 임해 주겠다고 한 건가?"

머혼은 델라이를 향해서 몸을 틀면서 말했다.

"예, 전하. 그렇게 되었습니다."

포트리아는 둘 사이를 한 번씩 번갈아 보다가 나지막하게 말했다.

"초합금속의 물량은 어떻게 하실 겁니까? 황궁에서 요구한 물량도 맞추기 어려운 실정 아닙니까?"

델라이는 그녀를 돌아보며 말했다.

"머혼 백작과 진행하는 일이 있네. 그게 성공하면 맞출 수 있을 거야."

"진행하는 일?"

포트리아가 되물었지만, 델라이는 머혼에게로 시선을 던졌다.

"그건 잘되었나?"

머혼은 고개를 끄덕이더니 말했다.

"생각보다 빨리 미끼를 물었습니다. 크라울 후작은 점심 저녁 메뉴를 결정하는 것도 두 시간씩 걸리는 자이니, 이번 결정은 분명히 그보다 더 위에서 지시가 내려온 것이 분명합니다."

"황제인가?"

"상황이 돌아가는 걸 보니 황제는 아닌 것 같습니다. 아마 제국의 정무관장 몇몇이 손을 잡고 일을 벌이고 있을 겁니다. 외무관이나 조영관 등등에서."

델라이의 눈썹이 꿈틀거렸다.

"두 나라의 전쟁을 유도할 만큼… 제국의 정무관장의 힘이 그토록 강력하다는 말인가?"

"제국의 정무관장 각각이 한 나라의 왕이라고 보셔도 무방합니다. 실제로 제 아버지인 머혼 대공께서 집정관장이셨을 땐 아래로 다섯 기사단을 운용하셨지요."

"……."

"……."

다들 말을 하지 않자, 포트리아가 물었다.

"두 분께서 정확히 무슨 일을 꾸미셨는지 모르지만, 이젠 전쟁과 연관이 된 만큼 단순히 정치적인 일이라 할 수 없습니다. 제게도 말씀해 주셔야 합니다."

델라이는 머혼의 눈치를 보았고, 머혼은 어깨를 들썩였다.

그러자 델라이는 솔직히 말했다.

"사실 원래부터 군부와 관련된 일이긴 했네."

"예?"

"멜라시움 제조법을 제국에 파는 대신, 미스릴 제조법을 얻으려고 했네."

그 말을 들은 포트리아의 숨이 멎었고, 동공이 풀린 두 눈이 서서히 머혼을 향했다.

머혼은 마치 잘못한 것을 들킨 어린아이처럼 그녀의 눈길을 슬쩍 피하면서, 양손을 귀에 가져가 각각의 검지로 양쪽 귓구멍을 막았다.

곧 그녀의 입에서 거친 숨이 나왔다. 그리고 그녀의 얼굴이 잔뜩 빨개졌다. 또한 그녀의 목에는 핏줄이 섰으며, 그녀의 온몸은 파르르 떨리기 시작했다.

그 모든 일련의 징조가 한껏 모여, 큰 고함으로 토해지기 일보 직전 그녀는 턱 한숨을 쉬었다.

"하아."

"……."

"……."

"……."

그 한숨은 어떤 고함보다 더욱 큰 무게감이 있었다.

머혼은 차라리 그녀가 소리 지르기를 바랐다. 하지만 그녀는 조용히 자리에서 벌떡 일어날 뿐이었다.

"포, 포트리아 장군."

그녀는 머혼을 내려다보며 부서져라 주먹을 쥐었다. 그러곤 곧 자신의 왼쪽 가슴에 걸려 있던 계급장을 확 낚아챘다. 그러곤 상 위에 집어 던졌다.

그녀는 델라이에게 경례를 하며 말했다.

"장군직을 내려놓겠습니다. 그럼."

그녀는 그렇게 말한 뒤, 델라이의 집무실 밖으로 나가 버렸다.

쿵.

머혼은 귓구멍을 막은 검지를 뽑더니, 델라이를 보곤 슬쩍 웃어 보였다.

"아마 많이 화났겠죠?"

델라이는 앞에 있는 찻잔을 들어 올리면서 말했다.

"머혼 백작이 자초한 일이니, 가서 그녀를 데려오게. 만약 그녀를 데려오지 못한다면, 사형을 내리지. 가능하겠나, 스페라 백작?"

스페라는 잠깐 고민하더니 말했다.

"그의 힘은 거의 모두 정치적인 것입니다, 전하. 그러니 사형을 집행한다면 그가 다른 수를 쓸 수 없게 즉결 처형 하는 게 좋습니다. 마법부에 연락해서 왕궁 내 노매직존을 꺼 놓도록 하지요."

"그럼 그렇게 부탁하네."

델라이는 민트차를 홀짝 마셨다.

머혼은 벌떡 일어났다. 그리고 육중한 몸을 이끌고 집무실 밖으로 나갔다.

쿵.

문이 닫히자 스페라가 말했다.

"진심이세요?"

델라이는 고개를 끄덕였다.

"포트리아 장군이 없으면 전쟁에서 어차피 지겠지. 나나 머혼 백작이나 전쟁에 대해선 아무것도 모르니까 말이야. 그럼 내 목도 결국 날아가는 건 매한가지. 그러니 머혼이라도 길동무 삼아야 내가 속이 편할 것 같네."

"아, 그렇다면야 뭐. 알겠어요. 아쉽지만 전하의 뜻이 그렇다면 즉결 처형 해 드리죠."

델라이는 게슴츠레 눈을 뜨며 스페라를 보았다.

"그와 친한 줄 알았는데?"

스페라는 어깨를 들썩였다.

"친한 거랑 개자식인 거랑 다르죠. 솔직히 너무했어요, 이번엔. 포트리아 백작 자존심이 무척이나 상했을 텐데 말이에요. 전하도 너무했고."

델라이는 콧잔등을 긁었다.

"그래서 몇 번이고 말하려고 했는데… 후우. 뭐 나도 자초한 일이겠지."

그때 갑자기 문이 벌컥 열렸다.

포트리아는 무표정을 유지한 채로 안으로 걸어 들어왔고, 머혼은 핼쑥하게 변한 표정으로 그녀를 따라 들어왔다.

포트리아는 델라이 앞에 서서 말했다.

"델라이의 장군 한 자리가 비니, 그 자리에 임명해 주십시오."

델라이는 머혼을 슬쩍 보았고, 머혼은 이마의 땀을 훔치며 고개를 한번 끄덕였다.

델라이가 찻잔을 내려놓으며 말했따.

"의회와 상의해야 하겠지만, 군인 임명권은 왕인 나에게 전적으로 있으니 그냥 해도 되겠지. 임명하겠네."

그 말이 끝나자, 포트리아와 델라이는 고개를 돌려 머혼을 보았다.

머혼은 영문을 모르겠다는 듯이 그 둘을 번갈아 보다가 곧 얼른 몸을 엎드려서 바닥을 이리저리 훑어보았다. 그러자 스페라가 앉은 의자 아래에 살짝 빛나는 계급장이 보였다.

그는 마치 애벌레처럼 뚱뚱한 몸을 이리저리 흔들거리며 스페라의 다리 사이로 들어갔다. 스페라는 기겁하면서 손으로 머혼의 등짝을 마구 때렸는데, 머혼은 작은 신음을 내면서도 기어코 손을 뻗어 그 계급장을 주웠다.

자리에서 일어난 그의 얼굴과 옷에는 먼지가 가득했다. 그는 싱긋 웃으며 그 계급장을 델라이에게 내밀었고, 델라이는 자리에서 일어나 그것을 받아 들곤 포트리아의 왼쪽 가슴에 달아 주며 말했다.

"머혼 백작의 세 치 혀가 얼마나 뛰어난지 포트리아 장군도 잘 알지 않은가. 거기에 깜박 속아서 넘어갔지 뭐야. 못난 왕을 용서해 주게."

포트리아는 주먹을 가슴에 올리는 경례를 취하면서 말

했다.

"아닙니다. 제가 잘 보필하지 못하여 간신에게 휘둘리게 된 것이니 제 잘못이 더 큽니다. 앞으로는 최선을 다해서 보필하도록 하겠습니다."

"고맙네."

그들이 자리에 앉아, 머혼도 어색한 웃음을 그리며 자기 자리에 앉았다.

포트리아가 다리를 꼬더니 머혼을 보며 말했다.

"설명하시지요."

머혼은 무릎을 모으며 공손한 자세를 취하더니 말하기 시작했다.

"중원과의 교류는 막을 수 없는 파도와 같습니다, 포트리아 장군. 이번에 NSMC가 파괴될 뻔했지만, 운정 도사께서 그 놀라운 힘으로 막아 내셨지요. 이는 시대의 흐름이 이미 중원과의 교류 쪽으로 흘러간다는 뜻입니다."

스페라가 덧붙였다.

"그뿐만 아니라 몇 번의 공간이동으로 인해서 중원의 좌표가 확실히 잡혔어요. 모종의 이유로 인해서 차원의 벽이 희미해진 이후에는 그곳 좌표만 알면 파인랜드의 누구든 갈 수 있을 테니, NSMC가 파괴되었다고 해도 이미 뚫린 길이라는 것이지요."

포트리아가 사납게 물었다.

"그런데요? 국가의 군사기밀을 팔아먹으면서까지 미스릴 제조법을 얻으려고 하는 이유는 뭡니까?"

머혼은 헛기침을 하며 단어를 신중히 선택했다.

"운정 도사께서 임한 각종 테스트를 통해서 한 가지 명확해진 것이 있다면, 몇 년 안에 멜라시움의 가치가 폭락할 것이고 미스릴의 가치가 폭등할 것이라는 겁니다."

"테스트? 무공의 활용성을 테스트한 것이 아닙니까?"

"맞습니다. 다만 초합금속들을 접목시킨 테스트이지요."

"……"

"이를 알기 위해선 내공에 대해서 아셔야 하는데, 아무튼 간단하게 설명하면 중원의 무림인들은 마나를 직접적으로 물질에 불어넣어, 그 물질의 한계를 뛰어넘게 만드는 기술이 있습니다. 따라서 그들의 공부가 파인랜드에 퍼질 경우, 물질의 값어치는 그 본연의 강함이 아닌 마나가 주입된 이후의 강함이 결정하게 될 것입니다."

"그래서 마나를 주입하면 미스릴이 멜라시움을 이기기라도 한답니까?"

"정확하십니다, 포트리아 장군. 역시 이해가 빠르시군요."

비꼬듯 던졌던 말이 그대로 들어맞자, 포트리아는 순간 할 말을 잃었다. 그녀는 고개를 살짝 갸웃했다가 나지막하게 말했다.

"무림인들은 멜라시움을 마치 나무판자처럼 만든다는 슬롯 경의 말을 들었던 것이 기억나긴 합니다만… 그게 정말입니까?"

"정말입니다. 그리고 미스릴에 내력을 넣으면 다른 모든 초합금속 중에 최고가 됩니다. 그래서 미스릴 제조법을 얻으려고 하는 겁니다."

"……."

"전 앞으로 당도할 새로운 시대에 앞서 나가려고 했던 것입니다. 그런데 그게 전쟁의 빌미를 제공하게 될 줄은 몰랐군요."

포트리아는 그 말을 듣고 꽤나 오랫동안 눈을 감은 채 고민에 빠졌다. 머혼과 델라이는 조용히 그녀의 표정을 관찰했지만, 그녀의 표정엔 어떠한 감정도 나타나지 않았다.

답답해진 머혼이 더 이상 참지 못하고 말을 하기 직전, 포트리아가 꼬았던 다리를 풀었다.

"머혼 백작."

"예?"

잔뜩 긴장한 머혼을 보며 포트리아가 나지막하게 말했다.

"그 일은 계속 진행해서, 성사시켜 주시지요. 그게 전쟁의 신호탄이 되리라 생각합니다만, 이제 와서 거부해도 전쟁이 일어나는 것은 매한가지일 겁니다."

머혼의 눈빛이 조금은 낮게 가라앉았다.

"이해해 줘서 고맙습니다, 포트리아 장군. 당신은 군인이지
만, 웬만한 정치가들보다 더욱 유연한 사고방식을 가지셨군
요."

"군인이기에 유연한 사고방식이 필수적입니다, 머혼 백작."

"아, 그렇군요."

포트리아는 양손을 입가로 가져가며 말했다.

"정리하자면, 제국은 총 세 가지 이유에서 소론과 델라이
의 전쟁을 부추기고 있다고 볼 수 있습니다. 첫째로는 엘프
들이 NSMC를 공격했다는 점입니다. 때문에 NSMC에 이상이
생긴 것까진 알 겁니다."

델라이가 눈을 감으며 물었다.

"그 정보가 새어 나갈 만큼 왕궁에 첩자들이 있다는 뜻인
가?"

"그것보다는 임모탈 기사단을 쫓는 과정에서 우연치 않게
알게 된 것일 가능성이 큽니다. 엘프들이 NSMC를 공격했다
는 것을 알았으니, 그 피해가 얼마나 되는지 알아내는 것 자체
는 쉽습니다. 아시다시피 첩보란 무엇을 알아내야 할지 정확
히 아는 순간 이미 80% 성공한 것이니까요."

"……."

"두 번째로는 머혼 백작이 델라이를 배신하려는 듯한 움직임을 보인다는 점입니다. 한 번은 군부의 학자들이 머혼 백작이 당장 암살당할 경우 델라이의 국력이 얼마나 저하되는지 계산하였는데, 대략 56%가 나왔습니다."

머혼은 얼떨떨한 표정으로 물었다.

"근데 그런 걸 왜 계산했습니까?"

포트리아는 그 질문을 무시하곤 말했다.

"그러니 그런 머혼 백작께서 배신을 한다? 그 순간 델라이의 국력은 80% 이하로 떨어집니다. 제국에서는 그 정확한 수치까진 모르겠지만, 국력이 상당히 약화될 거라는 건 알겠지요. 즉, 머혼 백작이 배신할 거란 확신이 있다면 곧바로 델라이를 직접 침공한다고 해도 과언이 아닙니다."

"아니, 그니까 그걸 왜 계산했느냐고요?"

모두들 머혼에게 신경 쓰지 않는데, 델라이만 굳은 표정으로 침음을 삼켰다.

"흐음."

포트리아는 말을 이었다.

"세 번째로는 미지의 힘인 중원과 교류하기 시작했다는 점입니다. 중원의 존재와 무림인의 존재, 그리고 무공의 존재는 사실 공표만 안 했지 더 이상 숨길 수 없는 수준입니다. 제국에서도 당연히 눈치챘겠지요."

델라이가 말했다.

"머혼 백작이 미스릴 제조법을 알아내려는 와중에 그들에게 얻은 정보인데, 제국은 우리가 중원과 접촉했다는 것을 확실히 아는 듯했네."

"흠, 역시 미지의 것이 두려운 건 본능인가 봅니다. 수많은 귀족들이 직접 눈으로 본 의회장의 난동을 생각한다면, 제국이 생각하기에 중원의 무공은 힘의 균형을 깨뜨릴 만한 것으로 보였을 가능성이 큽니다. 실제로도 그렇고요."

포트리아의 설명을 모두 들은 이들은 가만히 자기만의 생각에 빠졌다.

그중 가장 먼저 말을 꺼낸 것은 스페라였다.

"정리하자면, 제국이 전쟁을 일으키려는 이유는 총 세 가지. 엘프의 공격, 머혼 백작의 배신, 중원과의 교류. 맞나요?"

다른 세 사람은 고개를 끄덕였다.

그리고 그중 델라이가 말했다.

"다만 그들은 일단 소론을 앞세우려 하지. 조심스러운 것이야. 왜 그렇게 할까? 그들이 이루고자 하는 건 뭐겠는가?"

그 말을 들은 머혼이 말했다.

"포트리아 장군께서 말씀하진 세 가지 이유마다 각각 연결되는 목적이 있다고 봅니다."

포트리아가 되물었다.

"어떻게요?"

머혼이 설명했다.

"우선 첫째로, 엘프의 공격으로 인해서 NSMC가 파괴되었다고 그들이 안다 칩시다. 하지만 미티어 스트라이크 마법은 나라의 국력의 상관없이 양쪽 나라를 초토화시켜 버리는 강력하기 짝이 없는 마법. 따라서 그런 첩보 하나 믿고 전쟁을 시작할 순 없을 겁니다. 제국의 공화정이 단결하기 위해선 우리가 미티어 스트라이크 마법을 쓰지 못한다는 확실한 증거가 필요하겠지요."

델라이가 물었다.

"그렇다면 제국의 목적은 우선 전쟁을 고조시켜서 우리가 과연 미티어 스트라이크 마법을 쓸 수 있는지, 그걸 확인해 보기 위해서라는 건가?"

머혼이 고개를 끄덕였다.

"간을 한번 보는 것이지요. 만약 우리가 미티어 스트라이크 마법을 못 쓴다면, 본격적으로 전쟁을 개시할지도 모릅니다. 그리고 델라이를 제국 아래로 두려 하겠지요. 딸랑 소론 하나만 자치령을 삼으려고 이런 복잡한 일을 벌이진 않았을 겁니다."

델라이는 턱을 괴며 말했다.

"흐음. 그런데 엘프는 애초에 왜 우리를 공격한 것이지? 그들이 제국의 명령을 듣는 것도 아닐 텐데 말이야. 운정 도사의 엘프들은 무슨 관계인가?"

머혼은 운정에게 들은 사실을 떠올리며 대답했다.

"아, 엘프와 제국은 일단 관련이 없는 것으로 보입니다. 운정 도사의 엘프들을 통해서 알게 되었는데, 엘프들이 NSMC를 파괴하려 했던 이유는 그들 역시도 우리가 중원과 교류하는 것이 두려웠기 때문이라 보입니다."

델라이는 고개를 한두 번 저으며 말했다.

"그런가? 흐음, 엘프에게도 미지의 힘은 두려웠나 보군."

포트리아는 이때다 싶어 마음에 두었던 말을 꺼냈다.

"사실 운정 도사가 데리고 있는 그 엘프들을 그냥 왕궁에 놔둬서는 안 됩니다. 그들이 첩보 활동을 하는지도 모릅니다."

머혼은 급히 대답했다.

"전 운정 도사를 믿습니다. 그는 놀라운 힘으로 NSMC가 파괴되는 것을 막았고, 또 그로 인해서 왕궁 내에 고갈된 마나스톤도 다수 채우지 않았습니까? 그가 델라이가 멸망하기를 바란다면 그런 행동을 하진 않았을 겁니다. 또한 그는 NSMC가 작동 중지된 것에 책임감을 느끼고 있습니다. 앞으로의 전쟁에서 큰 도움이 될 겁니다."

"……."

"우선 저희가 해야 할 일은 소론이 정말로 전쟁할 의지가 있느냐 하는 것입니다. 그와 동시에 전쟁에 대비해야겠지요. 하지만 이번 전쟁은 이기고 지는 것이 중요한 게 아닙니다. 델라이가 당장 미티어 스트라이크 주문을 쓰지 못하는 것을 제국이 알게 되느냐 모르게 되느냐가 중요합니다. 따라서, 우리는 단순히 전쟁에서 이겨야 하는 것이 아니라 압도적으로 이겨야 합니다."

포트리아가 되물었다.

"압도적으로?"

머혼은 고개를 끄덕였다.

"너무나 압도적으로 이기기에 미티어 스트라이크를 쓸 필요도 없었다, 정도로 말입니다."

"……."

"……."

"……."

머혼은 말 없는 셋을 돌아보며 말했다.

"제국이 만약 델라이 왕궁이 현재 미티어 스트라이크 마법을 쓰지 못한다는 것을 확신하게 되면, 그땐 진짜 침략 전쟁이 벌어질 겁니다."

셋의 얼굴은 더욱 심각해졌다.

무거운 분위기 속에서, 머혼은 나지막하게 말을 이었다.

"두 번째, 제 배신으로 인한 것. 이것은 저도 상당한 책임을 느끼고 있습니다. 큰일을 벌이려다가 전쟁의 이유를 제공한 것 같아서요."

포트리아는 조용히 말했다.

"하지만 덕분에 그들이 전쟁하려는 것이라는 걸 확신할 수 있게 되었고, 또 전쟁의 발발 시기 또한 예상할 수 있게 되었습니다. 그리고 어차피 제국은 전쟁할 생각이 있었을 겁니다. 너무 큰 책임감은 느끼지 마시지요."

의외의 위로에 머혼은 살짝 놀라면서도 그녀가 이번 사태를 얼마나 진지하게 생각하는지 느낄 수 있었다.

"이해해 줘서 고맙습니다, 포트리아 장군."

포트리아는 고개를 한번 끄덕이더니 물었다.

"크라울 후작이라고 하셨습니까? 머혼 백작께서 마치 델라이를 배신하는 것처럼 꾸며서 연락한 사람이?"

"맞습니다."

포트리아가 더 설명했다.

"아까 머혼 백작께서 말씀하신 것처럼, 미스릴 제조법을 내주는 일은 그쪽에서도 쉽게 결정할 것이 아닙니다. 그런데도 이렇게 빨리 일이 진행되는 것을 보면 아마 머혼 백작의 배신으로 인해서 델라이가 시끄러워져도 전쟁이 터지면 흐지부지 될 것이라는 판단을 내린 것이 맞다 봅니다."

델라이가 팔짱을 끼었다.

"그래서 거래가 성사가 되는 오늘 저녁이 바로 전쟁의 시발점이라고 보는 것이고."

머혼이 조금 엇나간 주제를 다시 바로잡았다.

"아무튼, 일이 어떻게 되든지 제 배신으로 인해서 제국이 확실히 얻게 될 하나가 있습니다."

"멜라시움 제조법?"

델라이의 물음에 머혼은 고개를 저었다.

"멜라시움 제조법은 아직 확실히 얻을 수 있다고 생각할 순 없지요."

"그럼?"

머혼은 자기 자신을 가리키며 말했다.

"바로 접니다."

"……."

"제 외교능력이야 파인랜드 전체가 알아주는 것이니, 제국의 외무관에서 탐낼 만하지요. 그리고 그 제국에서 절 델라이에서 데려올 정당한 이유를 만들려면 적어도 전쟁 정도는 있어야 합니다. 제가 제국에서 한 짓이 있으니, 하하하."

자신만만한 머혼의 표정을 보며 스페라가 어이없다는 듯 말했다.

"그래서 그 명분 제공을 위해 전쟁을 일으키려 한다?"

머혼은 한쪽 입꼬리만 올리며 말했다.

"그 정도가 없으면 제가 다시 제국으로 돌아갈 명분이 안 섭니다. 황제가 절 부를 명분이 안 서요."

델라이는 피식 웃더니 말했다.

"머혼 백작이 꽤나 스스로를 과대평가한다는 건 알았지만 이 정도일 줄은 몰랐군. 하하."

분위기는 다소 가벼워졌지만, 그 와중에도 포트리아는 굳은 얼굴을 펴지 않았다.

그녀는 양손을 자신의 입가로 가져가곤 눈빛을 날카롭게 빛내며 말했다.

"첩보에 의하면 현재 소론에 제국의 전 외무관장이었던 바리스타 후작이 와 있습니다. 그가 외무부의 실세라는 건 공연한 사실이지요. 오늘 밤, 크라울 후작과의 만남에 그가 나타날 수도 있습니다. 상당히 유혹이 될 만한 제안을 할 수도 있을 것이고요."

"……"

"……"

"……"

다들 그녀처럼 얼굴이 굳어지는데, 포트리아가 손을 내리면서 툭하니 말했다.

"머혼 백작을 데려올 만한 명분을 만들기 위해서 전쟁을 일으킨다. 전 나름 좋은 추측이라고 생각합니다. 그래서 세 번

째는 어떻게 됩니까?"

다소 무거워진 분위기 속에서, 머혼이 어색한 표정을 지으며 말했다.

"반쯤 농담이니 너무 깊게 듣지 마시지요."

포트리아는 표정을 풀지 않고 딱딱하게 말했다.

"알겠습니다. 그래서 세 번째 목적은요? 전쟁의 세 번째 이유는 분명 중원과의 교류였지요. 거기서 연결된 목적은 무엇이겠습니까?"

머혼은 한숨을 살짝 쉬더니 대답했다.

"미지의 힘은 두렵지만 그저 두려운 것만은 아닙니다. 그것이 나의 것이 된다면 무엇보다도 강력한 무기가 됩니다. 그러니 중원과의 교류가 무서워서 전쟁을 일으켰지만, 동시에 그것을 제국 스스로가 얻으려 할 것입니다."

"전쟁으로 인한 혼란을 틈타 천마신교나 운정 도사와 접촉하려 하겠군요."

"예, 그렇습니다."

그 말을 모두 들은 델라이가 자기 무릎을 치며 말했다.

"그럼 제국은 일단 이번 전쟁에 두 가지 목적이 있는 것이로군. 델라이가 정말로 미티어 스트리아크 마법을 쓰지 못하는지 확인하는 것 그리고 혼란을 틈타 운정 도사 혹은 천마신교와의 접촉. 이렇게."

포트리아가 나지막하게 말했다.

"또한 머혼 백작의 회유. 이것까지 셋이지요. 아시다시피 그는 본래 제국의 귀족 아닙니까?"

노골적인 지적에 머혼은 코를 한번 살짝 긁더니 말했다.

"만약 포트리아 장군께서 원한다면 이번 일에서 완전히 손을 떼겠습니다."

포트리아가 대답했다.

"그럴 수야 없지요. 국력 56%를 잃은 채로 전쟁에 임할 수는 없습니다."

"그러다가 국력 80%를 잃은 채로 임하게 되면 어찌하시려고 그러십니까?"

"아, 그럼 그럴 일이 있을 수도 있다 이런 말이시군요, 머혼 백작."

델라이는 양손을 뻗어 머혼과 포트리아 쪽으로 그만하라는 제스처를 취했다.

"전쟁이 눈앞이니 신경전은 그만하게. 포트리아 장군, 나는 포트리아 백작을 믿는 것만큼이나 머혼 백작을 믿네. 그러니 그런 가시 돋친 말은 그만하시게. 게다가 앞으로 군에 관련된 것만큼은 그가 조금도 건드릴 수 없을 테니 걱정하지 말고."

포트리아는 델라이를 향해서 고개를 살짝 숙였다.

"죄송합니다, 전하."

머혼은 그런 그녀를 보다가 똑같이 말했다.

"죄송합니다, 전하."

델라이는 양손을 내리더니 말했다.

"자, 이젠 각자 할 일을 정해야겠지. 포트리아 장군, 이 시각 이후로 포트리아 장군을 대장군으로 임명하지. 그러니 오늘 밤에 전쟁이 터진다는 생각으로 기사들과 군사들을 준비해 주시게."

"알겠습니다."

"그리고 머혼 백작, 머혼 백작은 오늘 밤 크라울 후작과 만나서 거래를 성사시키고. 멜라시움 제조법을 진짜로 내주는 만큼 완벽한 미스릴 제조법을 가져와야 하네."

머혼이 대답했다.

"그뿐만 아니라, 제국의 정세까지도 한번 살펴보겠습니다. 제국의 아홉 정무관 전체가 이번 전쟁에 찬성하는 건 아닐 겁니다. 그들 중 반대하는 쪽을 은밀히 알아보도록 하겠습니다. 그리고 이건 포트리아 대장군께 부탁하고 싶은 것인데……."

포트리아는 고개를 끄덕여보였다.

"말씀하시지요."

머혼이 깊은 눈빛으로 그녀를 쳐다보며 말했다.

"소론에 계신 분 이름이 아마 알시루스 백작이었나? 그분과도 한번 접촉해 보시지요. 그가 분명 델라이를 저버리고 제국을 선택한 건 맞지만, 설마 자신의 조국이 전쟁에 휩싸이는 것을 찬성하진 않을 것 아닙니까? 지금 분명 후회하고 있을 겁니다."

포트리아는 눈을 딱 감아 버렸다.

"그와 더 할 이야기는 없습니다."

머혼은 타이르듯 말했다.

"대화가 잘만 되면, 전쟁이 일어나지도 않고 끝날 수 있습니다, 포트리아 대장군."

포트리아는 단호하게 말했다.

"그와 접촉하는 일은 없을 겁니다. 하시려거든 머혼 백작께서 알아서 하십시오."

"……."

조용한 가운데 스페라가 델라이에게 물었다.

"그럼 저는요? 저는 무엇을 할까요?"

델라이가 대답했다.

"마법으로 델라이 왕국을 면밀히 살펴서 엘프들이 또 다른 공격을 하지 않는가 확인하고 또 군부에서 필요로 하는 마법사들을 선별해서 제공해 주시게. 또 스페라 백작 본인께서 출전하게 될 테니, 그 또한 준비해 주시고."

스페라는 말이 끝나기 무섭게 물었다.

"그럼 이번에도 왕가의 서재에 들어가게 해 주시는 거죠?"

"물론이지. 합의한 대로, 델라이를 위해서 출전하는 그 시간만큼 서재에 있을 수 있게 하지."

"좋아요."

델라이는 양손을 펼치면서 셋에게 말했다.

"자, 각자 할 일을 하지."

그러자 셋 모두 한 번에 자리에서 일어났다.

第五十三章

운정은 투명한 문을 통해서 델라이 왕궁 중앙 정원 안으로 들어갔다.

미약하지만 대자연의 기운이 남아 있는 그곳은, 고향인 중원을 생각나게 했다. 모든 마법의 시전을 배제하는 노매직 존(No Magic Zone)의 영향으로 인해 기가 어색하게 흐르는 것이 못내 안타까웠다. 그래도 눈을 감고 있노라면 피부 위를 부드럽게 감싸는 기운이 그리 반가울 수 없다.

그는 천천히 안으로 들어갔고, 곧 한적한 곳에서 가부좌를 틀고 앉아 있는 두 엘프를 볼 수 있었다. 그들은 방 안에서 보앉던 것처럼 조용히 수련에 매진하고 있었는데, 둘 다 운정이 온지도 모르는 듯했다.

그리고 그들 앞에는 조련사가 있었다. 그는 각양각색의 작은 생물들을 몸 이곳저곳에 두고 가만히 의자 위에 앉아 옥소 같은 것을 불고 있었다. 중원의 것과 차이가 있다면 그 크기가 세 배 이상으로 크고, 소리의 울림이 더욱 풍부했으며, 다채로운 음정을 동시에 낸다는 점이었다.

운정은 조련사 주변에 모인 동물들 또한 그 음악에 취해 있는 것을 보았다. 그는 사람을 넘어서 동물까지도 홀리는 그 음악의 경지가 검으로 치면 얼마나 될까 하는 다소 쓸데없는 생각에 빠졌다.

검기상인? 신검합일? 검강?

그는 곧 피식 웃어 버리더니 고개를 마구 저었다. 그런데 그때 발 아래쪽에서 누군가 그의 옷자락을 잡아당기는 것이 보였다.

"너는……."

손바닥 크기의 여인은 등 뒤에 아름다운 날개를 가지고 있었다. 그 여인은 운정의 옷자락을 쥐고 잡아당기면서 날아올랐는데, 미소를 머금은 표정을 보니 장난을 치는 듯했다.

페어리(Fairy)였다.

"푸우. 푸우. 푸우."

그녀가 소리를 내자, 조련사의 무릎에 있었던 도마뱀 같은 것이 고개를 슬며시 들곤 운정을 보았다. 그러곤 조련사에게서 멀어져 운정을 향해서 빠른 속도로 기어왔다. 다리가 여덟 개나 되는 것이 보통 도마뱀은 아닌 듯했다. 그것은 운정의 발밑에서 그를 올려다보다가 곧 운정의 왼쪽 다리를 자신의 몸으로 휘감아 버렸다.

그렇게 하나씩 하나씩 조련사의 몸에 있었던 생물들이 운정에게로 왔다. 그의 머리 위로, 그의 어깨로, 그의 팔로, 운정은 하나의 생태계가 되어 갔다. 조련사는 점차 자신을 떠나는 동물들의 움직임을 느끼고는 연주를 멈췄다. 그리고 주변을 둘러보다가 자연 자체가 되어 버린 운정과 시선이 마주쳤다.

"다, 당신은?"

운정은 연주가 끝나는 순간, 머릿속으로 하던 잡생각들이 떠나 버리는 것을 느꼈다. 현실이 피부의 감각을 통해 들이닥치며, 붕 떠 있던 그의 이성을 확 사로잡았다. 풀어진 그의 동공에서 강렬한 빛이 나왔고, 그의 심장의 잠잠하던 마기는 다시금 그의 혈류 속에 녹아들기 시작했다.

파파팟.

스르륵.

푸득. 푸득.

다양한 소리와 함께 각종 동물들이 그에게서 떠나갔다. 그는 홀로 남은 채로 서 있게 되었다.

운정은 그 모습을 멍한 표정으로 바라보던 조련사에게 말했다.

"한슨이라고 하셨지요? 이름이……."

조련사, 아니, 한슨의 눈빛에 생기가 돌았다. 그는 곧 고개를 숙이며 대답했다.

"예, 기억해 주시니 감사합니다. 운정 도사님."

운정은 가부좌를 틀고 있는 두 엘프를 보며 말했다.

"제가 따로 할 일이 있어서, 친구들에게 이곳을 추천했었습니다. 그런데 이 정원의 주인이 있었다는 걸 생각하지 못했군요. 함부로 제 친구들을 보내서 죄송합니다."

운정이 포권을 취하자 한슨은 손을 마구 저으며 말했다.

"아, 아닙니다. 중앙 정원쯤이야 왕실의 귀빈들께서는 얼마든지 이용하실 수 있습니다. 그리고 전 이곳의 관리 역할을 맡았을 뿐, 절대로 주인이라 할 수 없습니다. 그런 말씀 마시지요."

"그렇다면 다행입니다."

운정은 그렇게 말하자, 한슨은 조심스레 그에게 물었다.

"그런데, 그……."

그가 머뭇거리자 운정이 편안한 어투로 말했다.

"네, 왜 그러십니까?"

한슨은 입술을 몇 번이다 달싹이다가 조심스럽게 물었다.

"그… 어째서 동물들이 운정 도사님을 따르는 것입니까?"

"예?"

"아니, 그러니까. 신기해서 말입니다."

운정은 미소를 지으며 말했다.

"저야말로 동물들까지도 감동시키는 음악의 경지가 궁금합니다."

한슨은 부끄러운 표정으로 자신의 산발머리를 매만졌다.

"음악 때문은 아닐 겁니다. 제가 그리 실력이 좋지도 않고. 그저 어렸을 때부터 돌본 아이들이 많아서 절 따르는 것뿐일 겁니다. 하, 하지만 그 아이들은 운정 도사님은 처음 보는 것인데도, 저보다 더욱 따르는 것 같아서… 궁금합니다."

운정이 말했다.

"동물들은 음악이 끊기고 나니 제게서 멀어졌습니다. 그러니 동물들이 제게 온 것은 음악으로 인해 편안함을 느꼈기 때문이지, 제게 어떤 특별함이 있어서는 아닌 듯합니다."

그 말을 듣자 한슨은 긴가민가한 표정을 지었다.

"음악이 끝나서라기보다는… 그 음악이 끝나자 운정 도사님에게서 풍기는 분위기가 조금 달라진 것 같아서인 것 같은데, 그게… 흐음 저도 확실하진 않군요."

"……"

"혹 어려서부터 동물들이 따랐는지요?"

운정은 그 말을 듣고 보니, 어렸을 때는 동물들이 곧잘 그를 따랐던 기억이 새록새록 생각났다.

"예, 그랬던 것 같습니다. 제가 있는 자리에선 맹수들도 다른 동물들을 잡아먹지 않았었지요. 그리고 그때는⋯ 모르겠습니다. 왜 잊고 살았는지."

한슨은 운정의 말을 듣더니 조금 흥분한 목소리로 물었다.

"혹시 동물들과도 대화하셨습니까?"

"대화요?"

"네, 대화가 아닌 어떤 의사소통이라도 말입니다. 테이머의 자질이 있으실 수도 있습니다."

운정은 입을 살짝 벌렸다.

"부, 분명히⋯ 대화를 했던 것 같긴 합니다만⋯ 그건 그저 어릴 적에 제 상상에 불과한 일이 아니겠습니까? 아니면⋯ 因為神仙⋯⋯."

한슨은 뭐라고 더 말하려는데, 그때 카이랄이 눈을 뜨며 말했다.

"왔나?"

그 말에 운정이 상념에서 벗어나 그를 향해 걸어갔고, 때문에 한슨은 자신의 말을 삼켜야 했다.

운정이 카이랄에게 말했다.

"어때? 여기서는 좀 달라? 미약하지만 그래도 좀 더 대자연의 기운이 있는 곳인데."

카이랄은 고개를 저었다.

"내력이 전혀 모이질 않는다. 아까 전 병동에서, 네 몸에서 뿜어져 나왔던 마나를 흡수했을 때와는 큰 차이가 있다."

운정이 시선을 살짝 내리는데, 때마침 시르퀸도 눈을 떴다.

"오셨습니까, 마스터?"

운정이 그녀를 돌아보면서 말했다.

"너도 성과가 없었느냐?"

시르퀸은 고개를 끄덕였다.

"예. 내력이란 것이 느껴지진 않아요."

운정은 어쩔 수 없다는 듯 말했다.

"그래도 이곳이라면 뭔가 다를 수 있다고 생각했는데, 아쉽구나. 역시 기의 농도가 너무 옅은 것이 문제다."

"……."

"그럼 일단 내공을 필요로 하지 않는 외공을 익히는 것이 좋겠다. 이 방법은 몸이 다 자라지 않은 어린아이들에게나 효과적인 것이지만 내공을 익힐 수 없다면 외공이라도 익히는 것이 맞겠지. 하지만 무공의 본 위력을 낼 수 없을 것이다. 그래도 괜찮겠느냐?"

시르퀸은 고개를 끄덕였다.

"괜찮습니다, 마스터. 무공에 관한 것이라면 어떠한 것이라도 좋습니다."

운정이 말했다.

"내공에 관한 문제는 내가 빠른 시일 내에 해결책을 찾아볼 테니, 일단은 외공부터 익히자."

"네."

운정은 이후, 시르쿤에게 무당파의 기본무공인 태극권(太極拳)을 알려 주었다. 그 모습을 보면서 할 것이 없었던 카이랄도 따라 해 봐도 되겠느냐고 물었고, 운정은 당연히 허락했다.

다소 생소한 움직임이기 때문인지, 그들은 운정을 따라 태극권을 펼치는 데 애를 먹었다. 운정은 인내심을 가지고 그들의 손가락 하나, 발가락 하나의 움직임까지도 조언을 아끼지 않으며 그들의 움직임을 도왔다. 그렇게 한 번 움직임을 깨우친 그들은, 너무나도 손쉽게 태극권을 펼치기 시작했다.

내력이 없었기에 속도도 느리고 위력도 약했다. 하지만 동작 하나하나를 놓고 보면 마치 태극권을 수십 년간 익힌 무인이 내력을 완전히 뺀 상태로 수련을 하고 있는 것 같았다.

엘프는 같은 동작을 많이 반복하지 않아도 동일하게 재연해 내는 데 어려움을 느끼지 않는 것 같았다. 그리고 보면 가부좌를 틀고 내공을 수련하는 것도 쉽사리 해냈었다.

언제나 정해진 것을 하는 생활양식 때문일까?

극한으로 다양성이 제한된 지성체이기 때문일까?

그렇다면 인간보다 수배로 빠르게 무공을 배울 수 있지만, 일정 경지에서 정형화된 형태에서 벗어나야 할 때는 수배로 어려울 것이다.

그리고 그 벽은 다름 아닌 절정이 될 것이다.

그가 그런 고민을 하는 동안 한쪽에서 피리 소리 같은 것이 들렸다. 운정이 뒤돌아보니, 그와 눈이 마주친 한슨이 깜짝 놀라며 입술에서 악기를 떼었다.

"아, 죄송합니다. 잠깐 악상이 떠올라서 저도 모르게 불어 버렸습니다."

운정은 부드러운 표정을 지어 보였다.

"괜찮습니다. 아까 이들이 내공을 익힐 때도 연주하셨고, 별다른 말을 하지 않았으니 지금도 괜찮을 겁니다."

그러자 막 앞으로 주먹을 뻗어 보인 카이랄이 말했다.

"오히려 도움이 된다. 엘프는 이를 수 없는 수준의 것이라 그런지 몰라도."

그의 한마디에 시르퀸이 동감한다는 듯 다른 손을 뻗으며 말했다.

"맞아요. 그토록 아름다운 음색은 정말 오랜만이에요."

조련사는 엘프들이 자신의 음악을 칭찬했다는 것에 감격하며 말했다.

"저 정말입니까? 에, 엘프들은 타고난 음악가이지 않습니까? 그런 엘프들보다 제가 잘한다니, 어떻게 받아들여야 할지 모르겠습니다."

그 말에 카이랄이 무심한 듯 말했다.

"물론 그렇게 보일 수 있지. 엘프는 타고난 미인이며 타고난 음악가이고, 타고난 마법사이며 타고난 궁수로 보일 수 있다. 하지만 인간 중에는 엘프보다 아름다운 자가 있고 엘프보다 음악에 타고난 자가 있고, 또한 엘프보다 강력한 마법사가 있고, 또 엘프보다 활을 더 잘 다루는 자가 있다. 그 수는 극히 적지만, 분명 존재하지. 당신의 음악은 엘프의 수준을 넘어섰다."

운정은 그의 말을 들으며 그가 데란에 대해서 했던 말을 기억했다.

"엘프 중에도 그토록 강력한 엘리멘탈을 지닌 자는 없을 것이다. 역시 인간의 다양성에는 매번 놀란다."

그는 나지막하게 말했다.

"무공도 그렇겠지?"

카이랄은 주먹을 갈무리하며 대답했다.

"그럴 것이다."

"……."

"하지만 나는 다를지 몰라. 더 이상 일족에 속박되어 있는 존재가 아니니까. 삶의 목적에 갇혀 있지 않으니까."

운정은 그 말을 듣고는 카이랄의 마음을 다시금 깨달았다.

카이랄은 죽기 전에도, 되살아나고 나서도 언제나 그 문제에 대해서 고민했었다.

운정이 말했다.

"엘프의 한계를 넘고 싶구나."

카이랄은 대답하지 않았다.

"운정!"

저 멀리서 자신을 부르는 소리에 운정이 고개를 돌렸다. 그곳에서 스페라가 빠르게 달려오고 있었다. 그녀는 시르퀸과 카이랄이 태극권을 수련하는 것을 신기하다는 시선으로 잠깐 보다가 곧 그에게 말했다.

"마법부로 왜 다시 안 왔어. 데란이 계속 기다렸는데."

"아, 그랬습니까?"

"중앙 정원에 네가 들어가는 걸 하녀가 봤다고 해서 왔지. 그런데 여기서 뭐 하고 있었어? 엘프들의 일을 해결한다는 이야기는 뭐야?"

운정은 시르퀸이 자기를 돌아보자, 그녀에게 말했다.

"일단은 태극권을 마저 익히도록 하거라. 마법부에 잠깐 다녀와서 말할 것이 있다."

"네, 마스터."

운정은 스페라에게 말했다.

"일단은 마법부로 가겠습니다. 마스터 데란과 이야기를 더 나누어 보죠."

스페라는 쾌활하게 말했다.

"그래, 별 얘기는 없을 거야. 그보다 오늘 나라가 뒤집어지려고 해. 너랑은 상관없는 이야기지만 들으면 재밌을 거야."

"예?"

스페라는 운정의 팔을 붙잡고 현 상황을 설명해 주며 마법부로 같이 걸어가기 시작했다.

*   *   *

대략 15분 후.

마법부는 매우 분주했다. 마법사들은 정신없이 이리저리 돌아다니며 심각한 이야기를 끊임없이 주고받고 있었다. 운정은 스페라가 간략하게 설명해 준, 전쟁을 준비하기 위한 것이라 추측했다.

스페라는 2층으로 올라가는 계단에 한 발을 올리더니 운정에게 말했다.

"보다시피 꽤 바빠. 저기 저쪽으로 가면 아마 데란이 기다리고 있을 거야. 그와 이야기가 끝나면 나 좀 도와줄 수 있어?"

스페라는 1층 한쪽에 있는 큰 문을 가리키며 그렇게 말했다.

운정은 포권을 취했다.

"아쉽게도, 엘프들의 일을 먼저 해결해야 할 것 같습니다."

"엘프는 라스 오브 네이쳐를 쓰고 나면 더 이상 힘을 쓸 수 없다고 들었는데. 더 이상 우리에게 위협이 되겠어?"

운정은 어두운 표정으로 말했다.

"그들은 사정을 생각하지 않고 목적을 이루려 할 겁니다. 그리고 목적을 이루기 전까지 멈추지 않을 겁니다. 만약 라스 오브 네이쳐가 실패했다는 정보가 그들에게 들어간다면, 그들은 지속적으로 공격을 감행할 것입니다. 테라가 없었으니, 이번에는 지진을 일으킬지 모릅니다."

"그럼 그 일을 어떻게 해결할 셈인데? 그 일족을 전부 죽일 테야?"

무시무시한 소리를 아무렇지도 않게 하는 스페라를 보며, 운정은 고개를 저었다.

"그럴 수는 없습니다. 다만 그들이 중원에 두려움을 갖지 않게 해야겠지요."

"그러니까 어떻게?"

운정은 포권을 조금 더 높게 들면서 고개를 숙였다.

"제가 알아서 해결하겠습니다. 그동안은 델라이의 전쟁에 도움이 되지 못할 것 같습니다."

스페라는 답답함을 느꼈지만 속내를 숨기고 말했다.

"괜찮아. 제국이 지원한다고 해도 소론 왕국쯤이야 어렵지 않으니까. 내 생각에는 아마 삼사일 안에 끝나지 않을까 싶어."

운정은 포권 위로 고개를 들 수밖에 없었다.

"예? 그 짧은 시일에 전쟁이 끝난다는 말입니까?"

스페라는 고개를 갸웃하며 운정에게 물었다.

"중원은 어떤데?"

"중원에는… 전쟁이 없어서… 흐음."

"그래?"

운정은 포트리아를 처음 만났던 날, 그녀와 나누었던 대화를 기억했다. 그녀가 말하고자 했던 말을 한마디로 표현하자면, 보편화할 수 없는 무력이 압도적일수록 전쟁이 단순해진다는 것. 그것은 파인랜드를 넘어서 중원에도 적용되는 포트리아의 심오한 통찰이었다.

실제로 중원에서도 무공의 등장으로 개개인간의 무력 차이가 극심해질수록, 전투 양상은 소규모가 되었다. 그러니 파인랜드의 왕국은 중원의 문파들보다 조금 더 보편화된 무력을 가진다고 보면 이해하기 쉽다. 즉, 중원 문파들 간의 항쟁에선 백을 넘기 어렵고, 파인랜드 왕국 간의 전쟁에선 천을 넘기 어려운 것이다.

그런데 의문이다.

파인랜드의 전쟁은 무력 충돌의 규모가 중원보다 큰데, 시간은 더 짧다?

운정은 중원 문파 간의 항쟁이 정확히 얼마나 걸리는지 몰랐지만, 적어도 며칠 안에 끝나지 않는다는 건 알 수 있었다. 일단 이동하는 시간부터 그보다 길 것이기 때문이다.

운정은 고개를 끄덕이며 한 가지 결론을 도출할 수 있었다.

"순전히 공간이동 때문이군요. 역시… 공간이동이야말로 중원에서 가장 필요로 하는 마법임이 분명합니다."

스페라는 운정이 공간마법에 가장 큰 관심을 보였던 것을 생각하며 말했다.

"맞아. 그러고 보니 네가 마법에 대해서 가장 많이 질문했던 것이 바로 공간에 관한 것이었지."

운정은 상념에서 벗어나며 포권을 내렸다.

"다음에 더 논하고 싶습니다, 스승님. 그럼 전 절 기다리고 있는 마스터 데란께 가 보겠습니다."

스페라는 먼저 몸을 돌리는 운정을 보고, 입술을 한 번 삐

쭉거렸다. 그때, 계단 위에서 아이시리스의 목소리가 들렸다.

"스승님도 좋아해요?"

"뭐?"

"운정 도사요. 스승님도 좋아하시냐고요."

스페라는 눈알을 확 부라리며 아이시리스를 노려보았다.

"스승님도? 도라고? 누가 또 좋아하는데? 너냐?"

아이시리스는 고개를 저었다.

"전 잘생긴 사람 별로예요."

"아, 그러셔?"

"보아하니, 아시스 언니가 좋아하는 거 같던데."

"뭐? 아시스가?"

스페라의 얼굴이 확 구겨지자, 아이시리스는 피식 웃으며 말했다.

"역시 스승님이라도 아시스 언니는 이기기 힘들죠?"

"그야, 뭐……."

아시리스 황녀는 젊을 적 파인랜드 전체 최고의 미녀라는 수식어를 달고 다닌 사람이다. 그리고 그녀의 딸인 아시스는 젊은 적의 아시리스를 그대로 닮았다. 아시스가 워낙 사교계를 등한시해서 그렇지, 범국가적인 행사에 몇 번만 참여했다면 아마 그 수식어를 그대로 물려받았을 것이다.

눈앞에 있는 아이시리스만 해도 이미 현실을 초월한 미모가 꽃피려고 하지 않는가?

스페라는 패배의 한숨을 쉬더니 계단 위로 올라와 아이시리스의 머리카락을 쓰다듬었다.

"너라도 그만 예뻐져라."

"히히."

"얼른 따라와, 계산할 게 한두 가지가 아니야. 게다가 나도 언제 출전할지 모르니, 내 지팡이도 준비시켜야 해."

스페라의 뒷모습을 보는 아이시리스의 눈동자가 커지면서 반짝반짝 빛나기 시작했다.

"저, 정말요? 그럼 완전무장 하시는 거예요?"

스페라는 자신의 집무실 문을 열면서 말했다.

"혹시 모르면 그럴 수도 있다는 거지."

문이 열리고 스페라가 안으로 들어서자, 아이시리스는 묘한 기분에 사로잡혔다.

저 문이 닫히지 전까지 들어가야 해!

왠지 모르겠지만 그런 본능을 느낀 아이시리스가 막 발을 떼려는데, 그런 그녀의 시선이 순간 계단 아래로 향했다.

그곳에는 운정이 1층에 있는 어떤 방 안으로 들어가고 있었다.

운정이 방 안을 보니, 그 방 안에는 삼각형으로 된 작은 테이블과 각각의 변에 세 의자가 있었다. 그리고 그중 하나에 데란이 앉아 자신의 수염을 만지작거리고 있었다. 그런 데란의 앞에는 운정이 전에 보았던 한 인물이 서 있었다.

그 사람은 수려한 옷과 장신구들을 들고 있었는데, 특히 손에 들고 있는 지팡이가 매우 인상적이었다. 언뜻 보면 보통 지팡이 같았지만, 그 끝에 심장의 모양을 본뜬 것과 같은 보석이 있었다.

그가 말했다.

"운정 도사! 오셨군요. 절 기억하십니까?"

운정은 다행히 그의 이름을 기억했다.

"물론입니다, 프란시스 대주교님."

프란시스는 고개를 연신 끄덕이며 운정에게 다가와 손을 내밀었다. 운정이 그 손을 보다가 포권을 취하자, 그는 민망한 표정을 하며 손을 거둘 수밖에 없었다.

데란도 자리에서 일어나며 운정을 향해서 작게 고개를 숙였다.

"오셨군요, 운정 도사님."

운정은 그를 향해서도 포권을 취했다.

"안녕하십니까, 마스터 데란. 손님이 계신 줄 몰랐습니다, 죄송합니다."

프란시스는 의자 쪽으로 손을 뻗으며 말했다.

"앉으시지요. 마스터 데란께서는 본래 운정 도사님을 기다리고 계셨지만 제가 억지로 붙잡아 대화하던 것이니, 자리를 비킬 사람은 접니다."

운정은 그쪽으로 걸어가 데란 옆 의자에 앉으며 말했다.

"저는 프란시스 대주교께서 이곳에 계신다고 해도 개의치 않습니다. 물론 마스터 데란께서는 어떨지 모르지만."

데란은 프란시스를 향해서 손짓하며 말했다.

"저도 상관없습니다. 그러니 어서 앉으시지요."

환한 표정을 지은 프란시스가 남은 한쪽에 앉자, 그들은 각각 삼각형의 변을 이루었다.

운정이 프란시스에게 말했다.

"하던 이야기를 마저 하시지요."

프란시스는 포근한 미소를 지으며 말했다.

"별로 중요한 이야기도 아니었습니다. 그저 마스터 데란께 사랑교의 관한 이야기를 하던 것뿐입니다."

데란도 비슷한 웃음을 지으며 운정에게 말했다.

"사실 프란시스 대주교께서는 지금까지 50년이 넘는 세월 동안 제게 사랑교에 관해 이야기하셨지요."

"아, 정말 오랜 인연이시군요."

"제가 어렸을 때 다녔던 성당의 주교셨습니다. 흐음, 그러고 보니⋯ 한 번도 이런 생각을 하지 못했는데, 그때 대주교님의 나이도 꽤 어렸을 때일 텐데, 어떻게 주교가 되신 겁니까?"

프란시스가 설명했다.

"제가 그 성당에 사제로 부임하고 일여 년이 지났을 무렵 당시 주교께서 돌아가셨는데, 뜬금없이 절 주교로 임명해 주셨습니다. 사실 지금 생각해 봐도 왜 그런 결정을 하셨는지 잘 모르겠습니다."

"반대가 심했을 텐데요."

"심했지요. 당시 제가 스물다섯이었는데, 제 위로 주교가 되실 나이 든 사제들이 열 분 이상이나 있으셨습니다. 하지만 당시 주교께서 교황과 친분이 두터웠던 분이셨는지라……."

프란시스는 말끝을 옅은 웃음으로 대신했다.

데란이 툭하니 말했다.

"교계도 세상과 크게 다르지 않나 봅니다."

"다들 인간입니다. 다만 그 사실에 안주하지 않고 다르기 위해서 힘쓰는 것이 바로 사랑교입니다."

데란이 고개를 끄덕였다.

"물론 그렇겠지요."

"……."

"……."

둘 다 말이 없어지자, 운정이 데란에게 물었다.

"마스터 데란께서는 왜 탈교하셨습니까?"

그 질문을 듣자 프란시스가 너털웃음을 터뜨렸다.

"허허허. 탈교라니요. 아직 분명 믿음이 살아 있으십니다. 자각하지 못하고 계실 뿐이지요."

데란은 쓴웃음을 짓더니 운정과 프란시스에게 말했다.

"아무리 믿으려 해도 믿어지지 않는 걸 어떻게 합니까? 나름 애써 보았으나, 제가 스스로 믿으려 한다고 믿어지는 게 아니니 전 포기했습니다."

프란시스가 바로 말을 이었다.

"그래도 포기하지 말아야 합니다. 대주교를 하고 있는 저도 똑같은 입장입니다. 끊임없이 피어나는 의심을 항상 억누르고 믿으려고 노력해야 하는 건 마스터 데란이나, 저나 똑같습니다."

데란은 불편한지 수염을 다시금 매만지며 말했다.

"뭐, 그래도 주교님이 그렇게까지 말씀하시니 한 번 더 노력해 보겠습니다."

프란시스가 뭐라고 더 말하려는데, 데란은 운정에게 시선을 돌리더니 말을 바로 이었다.

"몸은 좀 어떠십니까? 괜찮으십니까?"

운정은 고개를 끄덕였다.

"네, 괜찮습니다. 다만 완전히 회복하기 위해선 테라가 가득한 곳에서 마나를 흡수해야 할 것 같습니다."

데란의 표정이 진지해졌다.

"테라가 가득한 곳이라면, 지진이 일어나는 곳을 말씀하시는 겁니까?"

"지진의 근원 정도는 되어야 하지 않을까 합니다."

"지진의 근원이라……."

운정이 조심스럽게 물었다.

"갑작스럽지만, 언제 한번 지진의 근원을 찾아 주실 수 있으신지요? 또 절 데려다줄 수 있으신지요? 스페라 스승님을 통해서 부족한 테라를 회복하는 건 당장 어려울 수 있어서……."

데란은 수염을 만지던 손을 올려서 턱을 만지기 시작했다.

"충분히 가능합니다. 노움을 통해서 알아보면 지진이 일어나는 곳과, 그 근원을 찾아가는 데 큰 무리가 없을 겁니다. 다만, 지진의 근원이 너무 깊숙한 곳에 있든가, 아니면 도달하기 까다로운 곳에 있든가 하면 그곳을 찾는다 한들 가까이 갈 수 없을 겁니다. 그러니 마나를 흡수하기 좋은 지진의 근원을 찾으려면 시간이 조금 걸릴 수도 있습니다."

"찾아 주신다면 정말 감사하겠습니다."

"오늘 돌아가면 바로 찾아보도록 하겠습니다."

그 말에 프란시스가 되물었다.

"아, 오늘 바로 학교로 돌아가십니까?"

데란은 고개를 끄덕였다.

"사실 운정 도사를 만나는 게 아니라면 벌써 학교로 돌아 갔을 겁니다. 엘리멘톨로지 학파는 기본적으로 국가 간의 모든 전쟁에 중립을 지킵니다. 이미 학교에서도 여러 차례 귀환하라 했는데 무시하는 중이었습니다."

"하아. 그렇군요."

데란은 운정에게 말했다.

"저도 한 가지 부탁이 있습니다, 운정 도사님."

운정이 말했다.

"응당 하셔야지요. 어떤 부탁이십니까?"

데란은 침을 한번 삼키고는 말했다.

"당신의 몸속에 네 엘리멘탈이 자리 잡게 만든 중원의 철학을 제게 알려 주십시오."

그 말에 프란시스도 흥미를 보였다.

"그러고 보니 저도 사랑교의 교리에 관해서만 말했지, 운정 도사님 종교의 교리를 들은 적이 없군요. 도사(DaoShi)라는 말이 사제와 같다고 들었습니다. 운정 도사님께서도 깊게 공부하신 중원의 신학이 있으시겠지요."

운정이 조심스럽게 말했다.

"엘리멘톨로지의 가르침이 제게 독이 될 수 있는 것처럼, 중원의 가르침은 마스터 데란께 독이 될 수 있습니다."

데란이 잠시 눈길을 아래로 내리고 뜸을 들이다가 말했다.

"혹 제가 엘리멘톨로지의 가르침은 주지 않고 중원의 가르침만 받으려고 해서 마음이 상하신 것이라면, 오해하지 않으셨으면 합니다. 정말로 독이 될 것 같아 전 가르침을 드리지 않은 것입니다."

운정은 데란을 똑바로 보았다.

"전 그런 생각을 하지 않았습니다. 마스터 데란과 마찬가지로, 저 또한 중원의 가르침으로 인해 마스터 데란께 해가 될 것이라 생각하기 때문에 말씀드리는 겁니다."

"……."

"마스터 데란께서는 절 치료해 주셨고 또 바로 전에도 지진의 근원을 찾아 주겠다고 하셨습니다. 그런 은인에게 해를 가하고 싶지 않아서 그렇습니다."

데란은 잠시 고민하더니 나지막하게 말했다.

"제가 비록 엘리멘톨로지 학교에서 테라의 마스터이긴 합니다만, 제가 하는 일은 거의 없습니다. 제자들과 후배들이 대부분의 일을 하지요. 제가 잘못되어도 학교나 테라의 공부에는 큰 영향은 없을 겁니다. 하지만 운정 도사께서는 젊습니다. 그리고 새로운 학교를 설립하려 한다는 것을 스페라 백작께 얼핏 들었습니다. 그러니 둘 중 누가 시험대에 올라야 할지는 이미 정해진 것 아니겠습니까?"

운정이 딱딱하게 말했다.

"무슨 일이 어떻게 될지 모른다고 하셨습니다. 단순히 죽는 것을 넘어서, 영혼이 찢어지고 소멸할 수도 있습니다."

데란은 고개를 끄덕였다.

"압니다. 하지만 성공하게 된다면, 꼭 운정 도사께 제가 얻은 모든 것을 나누어 드리겠습니다."

"……."

"부탁드리겠습니다."

프란시스는 운정과 데란을 번갈아 보며 말을 아꼈다.

운정은 잠깐 눈을 감았다가, 결심한 듯 눈을 뜨고는 무당파에서 말하는 태극사상을 서서히 말하기 시작했다.

"태초에는 아무것도 없었습니다. 그러나 그것은 곧 아무것도 없음이 있다는 것. 무(Nothingness)가 있는 것은 유(Somethingness)가 없는 것이니, 무와 유가 구분되는 그 구분함이 스스로 창조되었고 이를 일원(YiYuan)이라 합니다. 또한 생각이 존재한다면 생각을 하는 자가 있으니 일원에서 태어나 일원을 생각하는 자, 그를 원시천존(YuanShiTianZun)이라 합니다."

"……."

"……."

"1겁(Jie), 즉 하나의 세상이 시작하고 끝나는 무한한 시간이 지나, 일원, 즉 구분함은 필연적으로 다름과 같음을 낳습니다. 이에 같은 것을 같은 것끼리, 다른 것을 다른 것끼리 모아, 칭하길 이극(ErJi)이라 하였고 그중 하나를 음(Yin), 하나를 양(Yang)이라 합니다. 같은 이유로 음에서는 태원성녀(TaiYuanShengNu)가, 양에서는 반고(PanGu)가 태어났고, 또한 그들이 음양을 생각하여 음양이 태어났다고도 볼 수 있습니다."

프란시스가 물었다.

"그럼 세 명의 신이 있는 겁니까?"

운정은 고개를 저었다.

"원시천존이 반고와 태원성녀가 된 것입니다."

데란이 말했다.

"그럼 아버지와 아들 그리고 딸인 셈입니까?"

운정은 또다시 고개를 저었다.

"반고와 태원성녀가 만나 원시천존을 낳았다고도 할 수 있습니다. 아버지와 어머니 그리고 아들로도 볼 수 있지요."

"······."

"······."

"그들은 세상의 원리를 초월한 신적 존재들입니다. 그러니 인과율 아래 있지 않습니다. 다시 말하자면, 사건의 원인과 결과에 종속되지 않습니다. 때문에 각 신은 그에 해당하는 이념을 창조했다고도 할 수 있고, 그 이념으로부터 태어났다고도

할 수 있습니다."

프란시스와 데란은 서로를 멍하니 바라보다가 곧 각자 질 문들을 토해 내기 시작했다.

질문과 가르침은 서로 꼬리를 물고 이어졌다. 일원(一原)과 이 극(二極)을 넘어서 삼재(三才) 그리고 사상(四象)에 도달했을 때는, 그 열기가 최고조가 되었다. 사상이 말하는 건곤감리(乾坤坎離)가 바로 파인랜드에서 말하는 에어(Aer), 테라(Terra), 아쿠아(Aqua), 이 그니스(Ignis)와 유사했기 때문이다.

그 이야기를 모두 들은 데란이 감탄을 멈추지 못하며 말했 다.

"아낙시만드로스의 이론과 비슷하군요. 그는 분명 아페이 론이라는 물질의 근원에서 뜨거움과 차가움이 대립하고 여기 서 네 엘리멘탈이 생겨난다 했습니다. 다만 조금 차이가 있다 면……"

운정이 그 말을 정확하게 바로잡았다.

"중원에선 대립과 조화입니다. 대립만이 아닙니다. 그리고 음양은 뜨거움과 차가움보다 넓은 개념이지요. 그래서 조화 가 가능한 것이고요. 아마 그 차이 때문에 파인랜드의 네 엘 리멘탈은 하나가 될 수 없나 봅니다. 대립만 하니까요."

데란은 입을 다물 수 없어 자신의 손으로 가려야 했다.

프란시스는 그런 데란을 보면서 상당한 궁금증을 느꼈다.

그도 다른 신학관에 대해서 깊이 공부했지만, 그 결이 조금 달라서 그런지 그들이 서로 통하는 부분을 이해하기 어려웠다.

프란시스가 물었다.

"혹 그 차이를 조금 더 자세히 설명해……."

그의 말이 끝나기 전에 누군가 그 방문을 열었다.

"대주교님!"

사제 복장을 한 것을 보면 사랑교의 사제인 듯싶었다.

프란시스가 그에게 물었다.

"노크도 없이… 다급한 일인가?"

"예, 머혼 백작께서 찾으십니다."

"머혼 백작께서? 흐음."

프란시스는 계속해서 이 대화에 참여하고 싶었지만, 머혼의 부름을 거절할 수는 없었다. 그는 아쉬운 마음을 내려놓고 자리에서 일어나면서 운정과 데란에게 말했다.

"그럼 전 이만 나가 봐야겠습니다. 두 분께서는 더 이야기들 나누시지요."

운정은 자리에서 일어나 포권을 취했다.

"그럼 다음에 또 뵙겠습니다."

데란 또한 자리에서 일어나며 인사했다.

"또 뵐 수 있었으면 합니다."

프란시스는 그렇게 말하고 문 쪽으로 걸어가다가, 불현듯 생각나는 것이 있어 다시 몸을 돌렸다. 때문에 다시 앉으려던 운정과 데란은 어정쩡한 자세에서 다시 일어나야 했다.

"아, 운정 도사님. 다름이 아니라, 머혼 백작과 상당한 친분이 있으시지 않으십니까? 백작께서 거의 후원자에 가까운 것으로 알고 있습니다만."

운정은 고개를 끄덕였다.

"중원에서부터 인연이 있었습니다. 왜 그러십니까?"

프란시스는 데란의 눈치를 한 번 보더니 말했다.

"마스터 데란과 대화가 끝나고 나면, 저와 머혼 백작 그리고 운정 도사, 이렇게 셋이서 같이 관계를 쌓아 가면 좋을 것 같아서 말입니다."

데란의 얼굴이 살짝 굳었는데, 운정이 포권을 다시금 취하며 말했다.

"이후 해야 할 일이 있습니다."

프란시스는 아쉽다는 표정을 짓고는 몸을 돌렸다.

"유감이군요. 그럼 이만."

프란시스는 격식 있는 인사를 하곤 그 사제와 함께 방을 나섰다.

마법부 밖 복도.

그 사제는 한쪽 입꼬리를 올리더니 프란시스에게 말했다.

"이교도와 마법사와 교류하시느라 심적으로 상당히 어지러 우셨을 것 같습니다. 어떻게, 그들이 교화될 가능성은 있는 것 같습니까?"

프란시스는 잠시 대답하지 않다가 곧 딱딱한 목소리로 말 했다.

"저들이 교화될 가능성을 따져 가며 교류하는 것은 신의 뜻이 아니네. 우선은 함께해야 하는 것이지. 우리가 저들보다 잘나서 신을 믿게 된 것도, 저들이 우리보다 못나서 신을 믿 지 않는 것도 아니라는 점 잊지 말게나."

"……."

그 사제의 얼굴에서 비웃음이 사라지고 민망함이 자리 잡 았다.

그들은 그렇게 빠른 걸음으로 왕궁 복도를 걸었다. 그런데 프란시스는 그 사제가 자기를 왕궁의 후문으로 이끈다는 사 실을 알아채고는 물었다.

"후문으로 나가는 건가?"

그 사제가 말했다.

"예. 머혼 백작께서 같이 어딘가로 가길 원하시는 듯합니 다."

"어딜 간다고? 행선지를 말하지 않았는가?"

"말씀하지 않으셨습니다. 다만 대주교님을 모셔 오

라고……."

"……."

프란시스도 사제도 같은 것을 느꼈지만, 그 속에 있는 말을
서로에게 하지 않았다.

아니, 못 했다.

영향력은 그 크기 자체도 중요하지만, 그 크기가 얼마나 되
는지 누구도 가늠하지 못하는 점이 가장 크게 작용한다.

그들이 후문에 도착하자, 그곳에는 머혼과 마법사로 보이는
자들 몇몇이 있었다.

머혼이 프란시스를 보자 함박웃음을 지으며 말했다.

"하하하. 전쟁이 임박했다는 것은 이미 아시리라 생각합니
다, 프란시스 대주교님. 때문에, 실례를 무릅쓰고 이렇게 급히
부른 것입니다. 너무 마음 상하지 마시기를 바랍니다."

프란시스는 온화한 표정을 지으며 말했다.

"아닙니다. 델라이의 대주교인 만큼 당연히 이 델라이에 도
움이 되는 일이라면 손발을 걷고 나서야지요."

"그렇게 생각해 주시니 감사합니다."

"그런데 제가 무엇을 하면 되겠습니까, 머혼 백작님."

머혼은 방긋 웃더니 말했다.

"은밀히 협상할 자리가 있는데, 거기서 사랑교의 증인이 되
어 주시면 좋겠습니다."

프란시스의 한쪽 눈이 살짝 떨렸다.

"아, 하하하. 제가 말입니까?"

머혼은 프란시스에게 다가와, 그의 왼손을 양손으로 잡으면서 공손히 말했다.

"물론 사랑교의 증인으로는 일반 사제로도 충분하지요. 다만 이번 자리는 한 나라와 한 나라가 만나는 자리입니다. 그것도 소왕국이 아닌 델라이와 제국이 만나는 자리이지요."

프란시스의 얼굴에 남아 있던 언짢음을 놀람이 대신했다.

"델라이와 제국이요?"

머혼은 싱긋 웃었다.

"예, 예. 어떻게 보면 역사에 길이 남을 일입니다. 그러니 프란시스 대주교님처럼 신실하시고 믿음이 좋으신 분께서 신의 권위를 대변해야 격이 맞지요. 안 그렇습니까?"

프란시스는 곧 화사한 미소를 지으며 말했다.

"하하하. 그렇습니까? 뭐, 그런 영광스러운 자리라면야… 제가 거절할 수 없지요. 머혼 백작님께서 설마 거짓 협상을 하실 분도 아니니, 제가 신의 증인으로서, 또 사랑교의 증인으로서 머혼 백작의 신용이 되어드리겠습니다."

머혼은 왼손으로 프란시스의 오른손을 여러 번 잡으며 말했다.

"감사합니다. 물론 이 감사는 단순히 비어 있는 말 한마디로 끝나지 않을 것입니다, 프란시스 대주교님."

그 말을 들은 프란시스의 화사한 미소가 더욱 진해졌다.

머혼은 그의 손을 놓으며 마법사들을 돌아봤다.

"준비되었는가?"

마법사 중 한 명이 그에게 대답했다.

"예."

"그럼 가지."

머혼의 말이 떨어지자, 마법사들이 지팡이를 위로 올리고 공간마법을 펼쳤다. 그러자 그들의 모습이 흔적도 없이 사라졌다.

그 광경을 수정구를 통해서 바라보던 아이시리스가 안심하며 말했다.

"아, 적이 아니에요. 머혼 백작이네요. 어디로 공간이동하는 것 같은데요? 다행이네, 혹시 누가 수도의 보호마법을 뚫고 공간이동마법으로 들어온 줄 알았어요."

스페라는 막 옷을 벗으며 말했다.

"그러니까 말했잖아, 별일 아닐 거라고. 운정 도사 덕분에 부족했던 마나스톤들이 꽤 많이 확보되었어. 그러니 동력 부족으로 보호마법이 깨지거나 하진 않을 거야."

아이시리스는 수정구에서 눈을 떼더니 스페라를 보았다. 그녀는 알몸이 된 채로, 또 다른 옷 하나를 손에 들고 이리저리 구경하고 있었다.

"너무 딱 달라붙는 거 아니에요?"

스페라가 대답했다.

"원활한 마나 컨트롤을 위해서 어쩔 수 없어. 어차피 위에 로브를 입으니까, 상관없지."

"아티팩트(Artifact)죠? 무슨 효과인데요?"

"그런 게 있어."

스페라는 결심한 듯, 그 옷 안을 확 벌려 몸을 싹 집어넣었다.

그 모습을 보며 아이시리스가 혀를 내둘렀다.

"와, 진짜 불편하겠다."

스페라는 겨우 옷의 목구멍을 찾아서 머리를 내밀고는 아이시리스의 말에 전적으로 동의했다.

"불편하기야 하지."

그녀는 상체를 이리저리 움직이며 옷을 제대로 입기 시작했다.

그 광경을 재밌게 보던 아이시리스의 시선이 문득 스페라 옆 테이블 위에 놓여 있는 열 몇 개의 마나스톤에 향했다. 그 마나스톤들은 모두 진하디진한 보랏빛을 내포하고 있어 마치 자수정처럼 빛을 내고 있었다.

퍼플 마나스톤(Purple Manastone).

그것은 모든 마나스톤 중 가장 많은 마나를 가진 마나스톤
이다. 웬만한 마나스톤 광맥에는 존재하지도 않으며, 아무리
많이 나온다 한들 한두 개에서 그친다. 그런데 그런 귀한 것
이 저리도 많을 줄이야.

아이시리스가 물었다.

"저것들을 다 어디서 구했대요?"

스페라가 말했다.

"원래 쓰고 비어진 것들이었어. 운정 도사 덕분에 다시 채
운 거지."

아이시리스는 눈을 동그랗게 떴다.

"마나가 그 정도로 많았어요?"

스페라가 말했다.

"자연재해 속에 내포되었던 마나야. 저것도 일부분에 불과
해."

아이시리스는 믿을 수 없다는 듯 말했다.

"그래도 스승님이 저거 하나 쓰면, 막 도시 하나를 태워 버
리잖아요. 저걸 다 채울 수 있었다고요?"

"뭐, 대략 한 20초 동안 뜨거운 불비를 내릴 수 있을 거야.
그런데 자연재해는 초도 분도 아니고 기본이 몇 시간이잖아?
그러니 일부분이 맞지. 자연재해는 워낙 범위가 넓어서 살상
력과 파괴력이 떨어지는 것뿐이니까."

아이시리스는 멍한 표정으로 말했다.

"엘프들은 어떻게 그런 마법을 쓸 수 있는 걸까요?"

스페라는 숨을 후 하고 내뱉고는 몸을 이리저리 비벼 가며 바른 옷매를 잡아 갔다. 그러면서 아이시리스의 질문에 대답해 주었다.

"그들 입장에서 미티어 스트라이크를 보며 비슷한 생각을 할걸? 인간은 도대체 어떻게 하늘에 있는 천체를 끌어내릴 생각을 했냐고."

"……"

"사실 그 생각이 더 논리적이긴 해. 인간은 왜 자신의 삶과 전혀 관계도 없는 밤하늘의 별을 보면서 공부했을까? 사실 그게 미티어 스트라이크 마법을 개발하려고 그런 건 아니잖아? 단순한 호기심에서부터 출발한 것이지. 그러니 엘프들의 입장에선 절대 이해 못 할 일이야."

"그렇긴 하죠."

"아이시리스, 마법이란 말이다. 네가 꾸준히 바라보는 쪽에서 나타나게 마련이란다. 나는 한평생 불을 보며 연기했지. 그래서 불을 보고 연기하는 것이 나의 마법이 되었어. 아이시리스, 너는 평생 동안 무엇을 바라볼지 생각해 보렴."

"……"

아이시리스는 그 말을 듣곤 조용히 상념에 빠져들었다. 그런데 그때 수정구에도 또 다른 그림이 떠올랐다. 확 시선이 빼앗긴 그녀는 얼른 그것을 집어 들고 자세히 보기 시작했다.

그 안에선 마법사들 수십 명이 공간마법을 시전하고 있었고, 그 중앙에는 흑기사단 스무 명 정도가 있었다. 포트리아 장군이 멀찌감치 떨어져서 그 광경을 보고 있었다. 옆에 성벽이 보이는 것을 보니, 왕궁 주변 어딘가인 듯싶었다.

마법사들의 지팡이에서 흰 빛이 일어나고 그들은 일제히 마법을 시전했다.

[텔레포트(Teleport).]

흰 빛이 세상에 가득히 뿜어지는데, 어느 순간 흑기사들이 입고 있는 멜라시움 아머로 빨려 들어가기 시작했다. 그렇게 빛이 모두 사라지는 동안 흑기사들은 그대로 그 자리에 서 있었다.

"하아. 하아."

"허억. 허억."

마법사들 중 몇몇은 풀썩 주저앉았고, 그나마 괜찮았던 자들도 자신의 지팡이에 기대어 겨우 서 있었다.

포트리아의 눈이 반쯤 날카로워지더니, 마법사들 중 한 명을 향해서 물었다.

"실패한 건가?"

그 마법사는 식은땀을 훔치며 말했다.

"역시 멜라시움의 내마성 때문에 공간마법은 성공하기 어려울 듯합니다. NSMC를 사용하지 않고는 불가능에 가깝습니다."

포트리아는 심각한 표정을 짓더니 말했다.

"나와 흑기사단이 델라이로 복귀하는 데는 무리가 없었던 것으로 아는데?"

그 마법사는 대답했다.

"그때는 작동 불능이 된 것이 아니라 과부화가 걸려 있는 상태였던 것입니다. 그 이후 운정 도사가 라스 오브 네이쳐를 막아 내고 방호마법을 풀었더니 그때 꺼져 버린 것이지요."

"흐음… 그럼 NSMC가 언제쯤 작동이 가능하지?"

"마법부 전체가 NSMC에만 몰두하면 생각보다 빨리 고칠 수 있을 겁니다. 다만, 현 상황이 상황인지라 그럴 수 없다는 건 포트리아 대장군께서 더 잘 아실 겁니다."

"그럼 이번 전쟁 중 흑기사단은 공간이동을 할 수 없다는 뜻인가?"

"정확하게 말하면 멜라시움을 공간이동시킬 수 없는 것입니다."

그 말이 끝나기 무섭게 흑기사 중 한 명이 투구를 벗으며 큰 소리로 말했다.

"멜라시움을 버리면 되지. 은기사의 미스릴 아머 세트를 입겠습니다, 포트리아 대장군."

흑기사단의 단장, 슬롯의 말에 포트리아는 고개를 저었다.

"그러면 마법에 너무 취약해진다, 슬롯 경."

슬롯이 말했다.

"전시 상황이며 대장군이 되셨으니 말씀을 놓으십시오, 포트리아 대장군. 그리고 전투 중에는 어차피 노매직존 영역 아래 있지 않습니까?"

포트리아는 단호하게 고개를 저었다.

"노매직존이 항시 가동될 수 있는 것도 아니고. 전쟁이 어떻게 될지는 아무도 모르는 것 아닌가? 행여나 다급해진 그들이 기사도를 저버리면, 우린 너무 소중한 기사를 잃게 될 거야."

"그렇다고 흑기사 전부가 그냥 있을 수는 없습니다. 저희가 이곳에 있다간 델라이의 영토를 눈뜨고 빼앗길 겁니다. 나리튬으로 된 마법방어망토도 있으니, 큰 걱정 하지 마시지요."

"……"

"보내 주십시오, 대장군."

포트리아는 잠시 고민하더니 말했다.

"일단은 아머 세트를 갈아입도록. 잠시 제작부의 의견을 듣고 결정하마."

슬롯이 경례를 취하자, 포트리아는 조금도 지체하지 않고,

왕궁 안으로 들어갔다. 그리고 거의 뛰다시피 하는 속도로 제작부로 찾아갔다.

노크도 없이 문을 열자, 안에는 타노스 자작이 의자에 앉은 채로 자고 있었다.

포트리아는 그에게 다가가 그의 얼굴을 흔들었다.

타노스 자작은 눈을 동그랗게 뜨고 자기 눈앞에 있는 포트리아를 보았다.

그의 눈이 사랑스럽게 변했다.

"에, 엘리스? 전시 중이라 바쁠 텐데. 설마 지금?"

포트리아는 자신을 이름으로 부르는 유일한 사람을 보며 사랑스럽게 물었다.

"설마. 잘 잤어?"

"당신이 오기 전까지는."

그녀는 타노스의 어깨를 한번 툭 치더니 물었다.

"그 연구는 어떻게 됐어?"

"뭐? 뭔 연구?"

"왜 중원인이랑 머혼이랑 네가 은밀히 한다는 거 말이야."

"에이, 뭘 은밀히 한다는 거야. 내가 다 말해 줬잖아."

타노스는 음흉한 표정을 짓더니 포트리아의 몸을 확 잡아당겨 자신의 무릎 위에 앉혔다.

포트리아는 얼굴을 살짝 굳히면서 말했다.

"지금 전쟁이 눈앞이야. 이럴 시간 없으니까, 빨리 그 연구가 어떻게 됐는지 말해 봐."

타노스는 한숨을 푹 쉬더니, 포트리아의 허리를 양손으로 확 붙잡고 들어 올려 옆에 살짝 놔주고는 테이블 위에 있는 마나스톤 하나를 들어서 그녀에게 보여 주었다.

"테스트는 안 해 봤어."

포트리아는 그것을 바로 낚아챘다. 그리고 마법등을 통해서 그 안을 엿보았는데, 알 수 없는 문자들이 내부를 거미줄처럼 촘촘히 메꾸고 있었다.

"흐음… 안에 있는 게 무슨 마법이야?"

타노스는 포트리아의 엉덩이를 살짝 때리며 말했다.

"칭찬 먼저."

포트리아는 시선을 그 마나스톤에 고정한 채로, 타노스의 이마에 작게 입을 맞추고는 다시 그 안을 자세히 살피며 말했다.

"마나스톤 안에 있는 게 무슨 마법이야?"

타노스가 말했다.

"다른 물질에 마나를 불어넣는 거야. 중원인의 기술을 보고 한번 마법적으로 만들어 봤는데, 생각보다 쉽더라고. 작은 의지를 빌려서 마나를 움직여 물질에 넣는 거니까 사실 마법이라고 할 것도 없어. 주문이 시전되는 게 아니거든."

포트리아가 말했다.

"그럼 이걸로 나리튬에도 마나를 불어넣을 수 있는 거야? 중원인의 기술 없이?"

"나리튬에 마나를 넣으면 나리튬의 성능이 올라간다는 걸 확인했으니까. 뭐 그 수단을 만드는 게 다음 수순이지."

"그렇구나. 역시 천재야, 당신은."

"내가 무슨 천재야. 머혼 백작이 시킨 거야."

"응?"

"그거. 머혼 백작이 한번 만들어 보라고 은근히 힌트 주더라. 중원과의 교류가 어떻게 될지 모른다면서."

"……."

"대단한 인물이지 진짜?"

포트리아는 얼굴을 찌푸리며 말했다.

"당신 입에서까지 머혼이란 이름을 듣고 싶진 않아."

타노스는 피식 웃었다.

"너무 싫어하진 마, 괜찮은 분이니."

"됐고. 아무튼, 이거 몇 개나 더 있어?"

"뭘 몇 개나 더 있어야. 이제 하나 겨우 만들어 냈구먼. 그것도 테스트 안 해 본 거야. 뭐 분명히 작동하긴 하겠지만."

"이십 개는 있어야 해."

"뭐?"

"잘 시간 없어. 빨리, 테스트까지 다 끝내라고."

포트리아는 그 마나스톤을 휙 던져 타노스에게 주었다.

타노스는 피곤함이 가득한 표정으로 그녀에게 말했다.

"엘리스, 네가 머혼 백작이랑 다른 게 뭐냐?"

포트리아는 어깨를 한번 들썩이더니 말했다.

"널 사랑하는 거."

"참 나."

"가 볼게. 아시다시피 바빠서."

포트리아는 그렇게 툭하니 말한 뒤에 제작부 밖으로 나왔다. 그리고 그 즉시 군부로 향했다.

군부에 있는 모든 사람에게 경례를 받으며, 포트리아는 중앙본부실로 들어갔다. 그 안에는 세 명의 장군이 앉아 있었는데, 그들은 모두 초조한 표정을 짓고 있었다.

포트리아가 천천히 걸어가 상석에 앉자, 그들 중 한 명이 조심스레 말했다.

"그… 막시무스 장군이 어디 갔는지 통 보이질 않습니다. 저, 전시 상황인데 장군인 그가 자리에 없다는 건… 혹시 누군가에게 매수되었거나 혹은 암살되었을 수도 있다고 보입니다."

그의 말에 포트리아는 대수롭지 않다는 듯 손을 들었다.

"아. 막시무스 장군의 일은 더 생각하지 않아도 된다."

"예? 하지만 머, 머혼 백작께서 혹시라도 우리가 그를 어떻게 한 것으로 오해하시면 어떻게……."

"머혼 백작과 이야기가 된 부분이니까, 걱정할 것 없다."

그 말에는 세 장군 모두 똑같이 놀랐다.

"어, 어떻게?"

포트리아는 비릿한 미소를 지으며 말했다.

"머혼 백작에게 사람이란 모두 도구지. 자신의 목적을 위해서라면 언제든지 버릴 수 있는 패. 오늘 그가 내게 큰 잘못을 한 일이 있었는데, 화해의 제스처로 그가 먼저 내게 제안했다. 막시무스 장군이 걸림돌이 된다면 치워 준다고 말이야. 대단하지 않은가? 그는 그런 인물이야."

"……."

"……."

"……."

순간 포트리아의 눈빛이 날카로워졌다. 그녀는 그 서늘한 시선으로 세 장군들을 훑어보며 말했다.

"그러니 혹시라도 이 중에 나 몰래 머혼 백작을 섬기는 자가 있다면 다시 생각하는 것을 추천하지. 막시무스는 나에게 대놓고 적의를 드러낼 정도로, 진심으로 머혼 백작을 섬겼어. 그럼에도 불구하고 한낱 화살통의 화살 취급 당한 것을 봐. 그것이 머혼 백작을 따르는 자의 말로지."

셋은 모두 말을 하지 않다가 차례대로 큰 소리로 외쳤다.

"그럴 일 없습니다. 제겐 오직 포트리아 대장군님뿐입니다."

"저도 델라이의 이름을 걸고 맹세합니다. 머혼 백작을 섬긴 일이 없습니다."

"머혼 백작은 절대 따를 만한 위인이 아닙니다. 저희에겐 포트리아 대장군님뿐입니다."

포트리아는 흐뭇한 시선으로 그들을 보다가 자신의 무릎을 한 번 내려치며 말했다.

"군부 안의 답답한 공기가 환기되니 참으로 좋군. 이제 진짜로 전쟁에 대해서 논해 보자. 일단 국경 상황은 어떤가?"

그들은 그렇게 해가 서쪽으로 기울 때까지 전쟁과 앞으로의 계획에 대해서 깊이 논했다.

하나의 계획에도 발생할 만한 수십 가지 변수를 생각하고 그에 대한 대비책까지도 마련하면서, 철저하게 예상하고 계산했다.

다들 머리가 지끈거려 더 이상 작은 생각조차 할 수 없을 만큼 지쳤을 때쯤, 누군가 중앙본부실의 문에 노크를 하고 바로 문을 열었다.

젊은 병사로, 그는 매우 긴장한 표정으로 큰 목소리로 말했다.

"속보입니다! 소론 왕국에서 전쟁을 선포했습니다! 앞으로 한 시간 뒤, 알톤 평야에서 초전을 한다고 합니다."

포트리아와 세 장군은 그 말을 듣고는 똑같이 비웃음을 흘렸다. 포트리아는 황혼의 노란 햇빛이 스며드는 창가를 보며 말했다.

"머혼 백작이 그래도 해가 지기 전에는 끝내 줬어. 꼼짝없이 내일 해가 뜰 때까지 기다릴 뻔했으니. 잠깐 이쪽으로 와라."

그 병사는 잔뜩 긴장한 표정으로 그녀 앞까지 다가갔다. 그녀는 그녀 앞에 있는 종이들을 이리저리 모아서 그에게 던지듯 주며 말했다.

"각 상황에 맞춘 명령문이다. 이대로 해."

"예?"

"이거 지휘실에 가져다 줘. 그럼 알 거니까."

그녀는 그렇게 말한 뒤에 두 다리를 상에 올려놓고는 눈을 살짝 감았다. 그러자 병사는 세 장군들의 눈치를 보았는데, 세 장군들조차도 하품하거나 머리를 긁는 등, 아무런 관심도 없는 듯했다.

그 병사는 떨리는 목소리로 말했다.

"그, 그, 저, 전쟁입니다, 대장군님."

포트리아는 눈을 뜨지도 않고 말했다.

"알아. 방금 말했지 않는가?"

"......"

"그 명령문 전부 다 지휘실에 전달하고. 거기에 없는 특이 상황이 발생하면 그때 나를 찾아오라고. 알겠는가?"

병사는 잠시 당황한 표정을 짓다가 곧 경례를 취하며 말했다.

"아, 알겠습니다, 대장군님."

그 기사는 그렇게 말한 뒤 중앙본부실을 나섰다.

델라이와 소론.

이 둘의 전쟁이 시작된 그 시각.

델라이의 중앙본부실에 있던 포트리아와 세 장군은 각기 자기만의 자세로 선잠에 빠져들었다.

＊   ＊   ＊

병사를 통해 중앙본부실에서 출발한 명령문은 군부의 지휘실을 거쳐 델라이의 병사 한 명, 한 명에게 모두 전달되었다. 그뿐만 아니라 모든 델라이 귀족들에게도 전달되어 그들이 후원하는 델라이의 기사단들 모두 알톤 평야로 공간이동하기 시작했다.

이는 왕궁 근처에서 대기하던 흑기사들과 그들의 캡틴인 슬롯에게도 예외가 아니었다. 그는 자신에게 명령을 하달하는 병사의 말을 듣고, 저만치 멀리 있던 머혼 기사단의 기사단장, 고폰에게 말했다.

"출전 명령입니다."

지루함이 가득했던 고폰의 얼굴에 화색이 돌았다.

"그래요? 어디로요?"

슬롯은 한쪽에 있는 미스릴 아머 세트에 고갯짓을 하며 말했다.

"알톤 평야입니다. 바로 공간이동해야 합니다."

고폰은 자리에서 일어나서 옆에 있던 여분의 미스릴 아머 세트 중 한 파트를 들어 보이더니 말했다.

"가볍기 짝이 없군요. 멜라시움이 아니면 하다못해 아다만티움 아머라도 입으시지요."

현재 흑기사들은 그 이름이 무색하게 모두 미스릴 아머 세트를 입고 있었다.

진실을 말할 수 없었던 슬롯은 말을 돌렸다.

"델라이 왕께서는 이번 전쟁을 통해서 멜라시움이 아니더라도 마법 공격을 무력화할 수 있는 신기술을 파인랜드 전체에 선보이고자 하십니다. 이미 몇 차례 테스트되었으니, 걱정하지 마십시오."

그 말을 들었음에도 고폰의 의심스러운 눈초리는 그대로였다.

슬롯의 숄더에서부터 멋들어지게 내려온 망토는 은은한 황

금빛을 띠는 것이 나리튬으로 된 것이 분명했다. 그러나 금속과 가까이 있는 한 나리튬은 제 위력을 발휘하지 못하니, 즉 사주문 앞에는 큰 의미가 없다. 천운이 따라야 한두 번 막을까 말까다.

고폰이 말했다.

"마법방어망토야 원래 겨우 거드는 정도 아닙니까. 다른 주문들을 다 막아도 즉사주문을 막지 못하는데 큰 의미가 있겠습니까? 더군다나 미스릴 갑옷이면, 내마성이 전혀 없습니다. 마법방어망토 한 겹으로 되겠습니까?"

"그러니까, 즉사주문을 막는 신기술이라 하지 않았습니까? 여기 이 마나스톤으로부터 마나가 공급되어 즉사주문까지도 막아 냅니다."

슬롯은 목 주변 언저리에 있는 블루 마나스톤(Blue Manastone)을 가리켰다. 고폰은 그 마나스톤을 바라보며 나지막하게 말했다.

"왕궁을 의심하는 것은 아니지만, 제 기사들을 사지로 내몰고 싶지 않아서 그럽니다. 흑기사가 즉사마법에 암살을 당하면 머혼 기사단도 큰 위험을 당할 겁니다."

"최대한 노매직존 안에 머무르면, 그럴 일 없을 겁니다."

"당연히 그 밖에서의 암살을 말하는 거 아닙니까, 지금."

슬롯은 자신의 가슴을 한 번 쳐 보였다.

"걱정 마십시오. 그 또한 막아 낼 테니까."

그렇게까지 말하니 고폰도 더 할 말은 없었다. 그는 고개를 끄덕이더니 물었다.

"알톤 평야가 어딥니까?"

슬롯은 각자 자기 자리에 앉아서 잠을 자거나 카드를 치거나 수다를 떨던 흑기사 전원을 향해서 손짓하며 말했다.

"나도 못 들어 봤습니다. 델라이와 소론 국경 중 가장 싸우기 좋은 곳이겠지요."

흑기사들은 자신들의 아머 세트를 점검하고 있었다. 고폰은 그들을 보면서 미스릴 아머 세트가 영 마음에 들지 않은지, 언짢은 표정을 하고는 말했다.

"알겠습니다. 저희 쪽 마법사에게 말해 보지요."

"같이 움직이셔도 됩니다만."

"저희도 마법사가 따로 있습니다."

그렇게 말한 고폰은 경례도 없이 몸을 돌렸다. 그러자 슬롯이 물었다.

"그런데 로튼 경은 어디 있습니까?"

고폰은 우두커니 서더니 입술을 한 번 비틀고는 말했다.

"그는 머혼 기사단의 기사가 아닙니다. 머혼 백작께서 따로 고용하신 용병이지요. 전 그 행방을 모릅니다."

고폰은 조금 거칠어진 발걸음으로 흑기사단이 모여 있던 곳에서 떠났다.

왠지 모를 화가 마음속에서 천천히 올라오는데, 그런 그의 눈에 자신이 열심히 육성하고 또 가르친 머혼 기사들이 보이자, 그 화가 씻은 듯 사라졌다.

"예상대로 전쟁이 선포되었다."

머혼 기사단 중 한 명이 큰 소리로 말했다.

"미스릴 갑옷은 어떻게 되었습니까? 계속 입겠답니까?"

고폰은 고개를 끄덕였다.

"뭔 사정인지 모르겠지만 그렇다고 한다."

"참 나, 정말 미친 거 아닙니까?"

"정치적인 이유에선지, 아니면 진짜 신기술이라도 나왔는지, 뭐 모르겠다. 일단 전장에서 흑기사들을 너무 믿지는 마라."

머혼 기사들은 하나같이 얼굴을 구겼다. 전장에선 뛰어난 적보다 위험한 게 어리석은 아군이다.

고폰은 한쪽에 있던 마법사들에게 말했다.

"알톤 평야로 공간이동한다."

마법사들은 고폰을 포함한 머혼 기사단 전체를 동그랗게 둘러쌌다. 그러곤 지팡이를 높게 들고 대략 15분 동안 주문을 읊더니, 그들과 머혼 기사단 전체가 알톤 평야로 공간이동했다.

"후우."

"하아."

공간이동에 성공한 머혼 기사단 여기저기서 한숨 소리가 나며 그들이 느끼는 어지러움을 대변했다. 고폰도 토악질이 올라오는 것을 느꼈지만, 심호흡을 하며 마음을 가다듬고는 고개를 들어 앞을 보았다.

안톤 평야는 붉은빛으로 물들어 있었다. 그 중간에 있는 국경선을 기준으로 대략 500m 안쪽에 백여 개가 넘어가는 델라이의 군막들이 보였다. 많은 수의 병사들이 이리저리 빠르게 움직이는 것을 보니, 초전을 준비하는 듯했다.

고폰은 머리로 손을 올리며 나지막하게 중얼거렸다.

"역시 포트리아 장군이로군. 빨라."

그곳에서 한 명이 말을 타고 빠르게 고폰에게 왔다. 그 병사는 머리를 짚고 있는 고폰의 앞에 와서는 그에게 물었다.

"어디 기사단이십니까?"

"머혼 백작가의 머혼 기사단이다."

"머, 머혼 기사단! 어, 어서 오시지요. 바로 중앙으로 안내하겠습니다."

놀란 병사는 고폰과 머혼 기사단의 속도에 맞춰서 그들을 진지 중앙으로 안내했다. 고폰은 평야의 밤바람을 맞으며 걸음을 옮기자, 어지러움이 많이 사라지는 것을 느꼈다.

델라이 진지 중앙에는 사람이 오십 명도 들어갈 만큼 큰 군막이 있었다. 고폰은 자신을 안내한 병사에게 말했다.

"머혼 기사단이 최고의 컨디션으로 임할 수 있게 모든 것을 제공해 줘라."

"예."

그렇게 말한 그가 중앙 천막으로 들어가려는데, 문득 저 멀리 평야 반대쪽에 펼쳐져 있는 군막들이 보였다.

그는 눈을 살짝 찌푸리며 막 그의 명을 수행하려고 떠나려는 병사에게 다시 물었다.

"잠깐만."

"예, 무슨 일이십니까?"

"저기가 소론의 진지인가?"

"네."

"너무 많은데? 소론 왕국이 언제 저만한 규모의 기사단을 보유했지?"

"그, 그전 저도 잘······."

병사가 알 턱이 없었다.

고폰은 알았다고 손짓하고는 중앙 천막 안으로 들어갔다.

그곳에는 이미 슬롯이 있었고, 그뿐만이 아니라 여러 익숙한 얼굴들이 보였다. 전부 각각 델라이의 귀족 가문에서 후원을 받는 기사단의 단장들이었다.

고폰이 슬롯에게 말했다.

"빨리 오셨군요."

슬롯이 고개를 끄덕였다.

"아다만티움보다는 나리튬과 미스릴의 조합이 훨씬 쉽나 봅니다. 공간이동을 시전하는 데 5분도 안 걸리더군요. 어서 오십시오, 고폰 경."

고폰이 보이자, 안에서 의논하던 모든 이가 말을 멈추고 고폰에게 인사했다.

"고폰 경."

"고폰 경."

"고폰 경."

고폰은 고개를 한번 끄덕이곤 말했다.

"역시 델라이의 군부로군요. 전쟁 선포가 된 지 얼마나 되었다고, 벌써 이렇게 완벽하게 진지 구축이 되었답니까?"

그 질문에는 슬롯이 대답했다.

"이곳에서 초전이 일어날 것이라 예상하셨던 것이겠지요. 장군들은 더 논의할 것이 있나 봅니다. 초전을 온전히 캡틴들에게 맡긴다고 하셨습니다."

고폰은 팔짱을 끼더니 말했다.

"그렇군요. 뭐, 기사 간의 전투에서 장군이나 병사들이 할 일은 없겠지요. 그럼 전투까진 얼마나 남았습니까?"

"그들이 선포한 시간까지 대략 40분 정도 남았습니다. 머혼 기사단은 어디로 배치해 드리면 되겠습니까? 머혼 기사단 정도라면 여기 계신 모든 캡틴들께서 자리를 양보해 드릴 겁니다."

고폰이 즉각 대답했다.

"중앙 선두가 좋습니다만, 그곳은 흑기사의 자리이겠지요? 저희는 측면으로 돌겠습니다."

"측면으로요?"

"예, 아까 보니 평야가 살짝 왼쪽으로 기울어져 있더군요. 오른쪽을 먼저 돌파해서 둘러싸는 형태로 싸울까 하는데, 어떻습니까?"

슬롯은 다른 기사단장들의 얼굴을 보았다. 그들은 모두 상관없다는 표정을 지어 보였고, 슬롯이 대답했다.

"좋습니다. 그렇게 하시지요. 이번 초전에 머혼 기사단이 참여해서 얼마나 큰 힘이 되는지 모릅니다."

"왕의 명령이니 응당 임해야지요. 우리가 비록 귀족들에게 후원을 받습니다만, 기사의 충성은 오로지 왕을 향한 것 아니겠습니까, 캡틴 여러분들?"

고폰의 말은 정확히 기사도에 입각한 말이었다. 하지만 다른 기사단도 아니고 머혼 기사단의 단장이 그렇게 말하니, 모두들 어이가 없는 기분을 느꼈다. 그들만큼 노골적으로 왕보다 후원자에게 충성하는 기사단은 없었으니까.

물론 그들이 최강임은 부정할 수 없는 사실이니, 다들 표정을 조금 굳힐 뿐 속에 있는 말을 꺼내지 않았다. 슬롯 또한 표정 하나 변하지 않으며 말했다.

"지당하신 말씀입니다."

"그나저나 적의 규모는 얼마나 됩니까? 적 진지가 꽤 크던데."

슬롯이 대답했다.

"방금 전 보고로는 490명이라 합니다. 시간이 지날수록 늘고 있어, 최종적으론 어떻게 될지 모르겠습니다."

"490명이라… 소론이 그만큼의 기사들을 보유할 리 만무하고, 누가 소론 왕국 뒤에 있군요."

"천년제국일 겁니다. 하지만 대놓고 지원하진 못하니, 일단 그렇게 알아 두십시오. 아 참, 그리고 해가 지면 오늘 싸움을 멈추고 내일 동이 틀 때 다시 전투를 개시하기로 서로 합의했습니다. 그러니 뿔피리 소리를 들으면 전투를 멈추셔야 합니다."

고폰은 잠깐 고민했다가, 곧 어깨를 들썩이더니 말했다.

"뭐, 세부 사항은 알아서들 정하시지요. 전 컨디션 조절을 할 테니, 다들 초전 때 뵙겠습니다. 아, 그리고 말을 타고자 하니 한 마리 부탁드리겠습니다."

고폰은 그렇게 말한 뒤, 중앙 천막에서 나가 버렸다.

그러자 안에 있던 기사단장 중 한 명이 말했다.

"머혼의 개가 말은 참 잘합니다."

모두들 비웃음을 흘리자, 슬롯도 얼굴에 경멸을 담으며 문 쪽을 한번 흘겨보았다. 그 후, 기사단장들은 서로의 의견을 나누더니 각자의 포지션을 질서 있게 맡았다.

그렇게 초전이 선포된 시각이 다가오니, 델라이의 모든 기사들은 슬슬 하나둘씩 각자의 군막에서부터 나와 국경선 쪽으로 갔다.

그들은 국경선에서 150m 정도, 다시 말하면 서로로부터 대략 300m 정도 떨어진 거리를 유지하며 진열을 갖추기 시작했다. 그것은 보통 활이나 즉사주문의 유효 범위를 넘어선 거리로, 기사단 사이에서 전투가 일어나기 전에 대치하는 통상적인 거리였다.

그리고 그런 그들 사이로 몇몇 기사단장들이 풀 아머 세트를 착용한 말을 이끌고 나타났다.

말은 기사들 간의 전투에서 즉사주문과도 같은 마법에 완전히 무방비하다. 게다가 인간만큼의 정신력이 없어 마법에 더욱 취약하다. 노매직존만 믿고 나갈 수는 없다. 때문에 전장에서 기사가 말을 타기 위해선 말 전체를 내마성이 높은 초합금속으로 모조리 둘러야 하는데, 그건 제국이나 사왕국에서도 쉽지 않은 일이다.

그러다 보니 풀 아머 세트를 착용한 말을 타는 건 웬만한 기사단장도 어려운 일이다. 델라이 쪽에서도 슬롯과 고폰을 포함해서 겨우 다섯이 전부였다.

그런데 소론 쪽은 일곱이나 되었다.

고폰은 말을 몰아서 슬롯에게 다가가 말했다.

"적 규모가 심상치 않습니다. 슬롯 경."

슬롯도 투구를 통해서 고폰의 시선을 마주 보며 말했다.

"마지막 첩보로는 총 620명으로 집계되었지만, 모이는 걸 보아하니 천은 넘겠군요."

"우리는 몇입니까?"

"780명입니다."

"……."

"혹, 측면 돌파보다는 기수들부터 잡아 주실 수 있겠습니까? 측면을 돌파하기 전에 본대가 뚫릴까 염려됩니다."

슬롯의 질문에 고폰이 잠시 말이 없었다. 그의 시선은 소론 진영 뒤쪽에 서 있는 마법사들에게 향해 있었다.

그가 곧 툭하니 대답했다.

"저는 그렇게 하겠지만, 제 기사들은 측면으로 들어갈 겁니다. 노매직존의 영역이 어느 정도 됩니까?"

"대치 지역 중앙에서 반경 300m까지입니다. 그 이상 나가지 마십시오. 적의 위메이지에 의해서 암살을 당하실 수 있을 겁니다."

"전투를 하다 보면, 어떻게 될지 모릅니다."

"그렇다면 측면 공격을 하지 마시고 같이 정면 돌파 하시지요."

슬롯의 말에 고폰의 목소리가 딱딱하게 변했다.

"우리야 아다만티움에 마법보호망토까지 있으니, 노매직존 밖으로 나간다 해도 쉽사리 당하지 않을 겁니다. 전 흑기사단을 말한 겁니다."

슬롯은 눈을 한번 감았다가 뜨며 고폰을 마주 보았다.

"다시 말씀드리지만, 실험은 성공적이었습니다. 걱정하실 것 없습니다. 노매직존 밖으로 나가지도 않겠지만, 즉사주문에 허무하게 당하는 일은 없을 겁니다."

고폰은 가만히 슬롯을 보다가 더 말하지 않고, 자신의 진영으로 돌아갔다.

그런 그를 보면서 슬롯은 나지막하게 말했다.

"기사의 긍지도 모르는 놈이……."

그는 조용히 화를 삭인 뒤에, 적 진영을 다시금 살펴보았다. 그러자 그들 중 중앙에 있던 기수 한 명이 높게 손을 들고 이리저리 왔다 갔다 하는 것이 보였다.

캡틴들을 이끄는 커맨더(Commander)가 분명했다.

슬롯도 얼른 손을 높게 들었다.

그러자 알론 평야는 놀랍도록 고요해졌다.

슬롯은 적 커맨더를 바라보았고, 그도 슬롯을 바라보았다.

한참 동안 시선을 주고받던 그 둘은 동시에 손을 내렸다.

그러자 알론 평야에 굉음이 울리기 시작했다.

第五十四章

전투가 막 개시된 걸 보자 답답함을 느낀 델라이가 스페라에게 말했다.

"좀 더 크게 안 되는 건가?"

스페라의 이마에 작은 힘줄 하나가 솟아났다.

"틈만 나면 마법부 재정을 깎아 먹으려고 하시면서 그런 소리 하시면 안 되죠, 인간적으로."

"크흠."

델라이는 헛기침을 하더니 눈초리를 모아 수정구 안을 열심히 들여다보았다. 하지만 수정의 굴곡에 따라 일그러지는 화면을 보고 있노라면 눈이 아려 와 도저히 보고 있을 수 없었다. 그뿐만 아니라 소리가 들리지 않으니, 수많은 기사들이 싸우는 그 박진감이 전혀 느껴지지 않았다.

델라이는 곧 관자놀이를 짚으며 말했다.

"내 생각과 많이 다르군. 됐네. 그냥 보고로만 올려 주게."

그 말을 듣자, 스페라의 이마에서 힘줄 하나가 더 올라왔다.

"아니, 전투 장면이 보고 싶다고 해서 여기까지 수정구를 들고 왔더니 그게 무슨 소리세요? 이거 얼마나 무거운 줄 알아요? 그리고! 이거 감시용이라고요. 혹시라도 적이 왕궁 주변으로 공간이동해 올까 감시해야 하는 걸 굳이 가져왔는데!"

팔짱을 딱 끼는 스페라를 보며, 델라이가 말했다.

"소론 왕국이 야만인들도 아니고, 설마 그런 짓을 하겠나? 그런 행동을 한 것이 알려지면 주변 국가가 이때다 싶어 소론을 흔적도 남기지 않을 텐데."

"당연히 몰래 하겠지요, 몰래."

"혹시라도 그런 일이 있다 한들, 백기사들이 잘 막아 낼 것이네. 왕궁은 항시 노매직존이니, 마법이 없는 한 그들은 흑기사들만큼이나 강력해. 또 천마신교의 인물들도 있지."

"그렇게 믿으시면서 보복저주는 왜 갱신하시는데요?"

그 말이 끝나자, 델라이의 왼팔을 잡고 주문을 외던 마법사

세 명이 스페라의 눈치를 보며 주문을 멈췄다. 그들은 모두 검은 후드를 쓰고 음산한 기운을 내비치고 있었는데, 한눈에 딱 봐도 양지에 속한 학파의 마법사들은 아닌 듯싶었다.

델라이가 그들을 다시 올려다보자, 그들은 이내 다시금 주문을 외기 시작했다.

"마나스톤도 보충되었고 하니, 전에 미완성으로 끝난 걸 다시 갱신하는 것뿐이지. 지금 전쟁이 터져서 그러는 건 아니야."

"참 나. 그럼 더 볼일 없죠? 전 나가 볼게요."

"아, 잠깐. 막 머혼 백작에게서 소식이 왔는데 곧 왕궁에 당도할 거라고 하는군. 그와 함께 옆에서 전쟁의 진행 상황을 논해 주었으면 하는데?"

"제가 그런 걸 논해서 뭐 해요, 아는 것도 없는데."

"옆에만 있어 주는 걸로도 큰 도움이 될 것이네. 스페라 백작은 델라이 왕국의 상징이지 않은가. 어차피 당장 스페라 백작의 힘을 빌릴 일은 없을 테니."

델라이의 말에 스페라는 고개를 갸웃하며 말했다.

"소론에서 사절이 왔어요?"

"애초에 전쟁 선포를 그가 직접 와서 했지. 이런저런 핑계를 대곤 기다리라고 했네. 머혼 백작과 함께 보려고."

"흐음, 확실히 그런 일은 머혼 백작과 함께하는 게 좋지요.

왕께서도 조금 변하셨네요?"

"신하를 질투하는 것만큼 못난 왕도 없다는 아버지의 말이
떠올라서 말이야."

"아하, 좋은 분이셨죠."

"……."

"알겠어요. 같이 있어 드리죠. 그래도 일단 사절인데 부르
세요. 언제까지 기다리게 하실 생각이세요? 전쟁에 관한 이야
기는 머혼 백작이 올 때까지 뒤로 두고 그냥 이런저런 사소한
이야기나 하고 있죠, 뭐."

델라이는 턱을 한 번 만지작하더니, 스페라에게 슬쩍 물었
다.

"저주 갱신하고 있는 것도 은근히 보여 줄까? 마나스톤이
충분하다는 반증이 되지 않겠나?"

"글쎄요? 그 정도는 알아서 하세요, 난 모르겠으니까."

델라이는 잠시 고민한 뒤 말했다.

"흠, 여봐라. 안토니오 대주교께 들어오라 전해라."

그의 말을 들은 시녀 한 명이 밖으로 나갔다. 그리고 조금
의 시간이 지난 후에, 한 화려한 사제복을 입은 그가 시녀와
함께 방 안으로 들어왔다.

"안녕하십니까, 전하. 소론의 대주교 안토니오라고 합니다.
그런데… 그 마법사분들은?"

델라이가 말했다.

"내 보복저주를 갱신하는 중이니 크게 신경 쓰지 말게. 주문을 외는 동안은 집중하느라 우리 이야기를 못 들을 걸세. 그리고 이쪽은 델라이의 자랑인 스페라 백작이지."

안토니오가 스페라를 보자, 스페라는 한쪽 입꼬리를 올리면서 다리를 꼬아 보였다. 안토니오의 두 눈이 급격하게 커지면서 그가 조금 높아진 언성으로 말했다.

"아, 델라이의 아름다움이라 불리는 스페라 백작이시군요."

스페라의 비웃음은 곧 화사한 미소가 되었다.

그녀는 다리를 황급히 풀더니 공손한 자세로 일어나 반대편 쪽으로 손바닥을 내보이며 말했다.

"안토니오 대주교님은 확실히 안목이 있으신 분이로군요. 앉으세요."

안토니오는 그녀를 보고 마주 웃으면서 그 자리에 가서 앉았다. 펑퍼짐한 사제복에 달린 각종 액세서리들이 이리저리 움직이며 요란한 소리를 내었는데, 자리에 앉은 안토니오는 그것들을 한참 정리해야 했다.

그를 보며 델라이가 말했다.

"기다리게 해서 미안합니다. 갑작스러운 전쟁 선포로 인해서 꽤나 바빠졌지요."

안토니오는 세 마법사들을 흘겨보더니, 미소를 유지한 채로 델라이에게 말했다.

"갑작스럽다니요? 타국, 그것도 수도에서, 기사단의 군사 활동을 용인하셨다면 전쟁이 선포되리라고 얼마든지 예상할 수 있는 것 아니겠습니까? 하하하. 입장을 바꿔서 생각해 보십시오. 만약 소론 기사단이 델라이의 수도인 이 아름다운 델로스(Delos)에서 중무장한 채로 마음대로 도로를 점거하고, 델라이의 주민들을 위협하며, 백기사단이나 흑기사단과 사투를 벌였다면, 과연 델라이가 가만히 있었겠습니까? 소론에게 즉시 전쟁을 선포했겠지요."

"……."

"……."

그 말에 델라이와 스페라는 멍한 표정으로 서로를 보았다. 그것을 본 안토니오가 말했다.

"혹시 제가 건네준 전쟁선포문을 읽지 않으신 겁니까?"

당연히 읽지 않았다.

전쟁선포문이란 본래 온갖 99%의 겉치레와, 1%의 메시지로 구성되어 있게 마련. 델라이는 고민에 잠긴 척하면서 잠시 시간을 끌었다.

그런데 때마침 누군가 방 안으로 들어왔다.

머혼이었다.

"누가 있군요?"

머혼은 방 안의 사태를 한 번 훑고는 모든 사태를 파악하더니 안토니오 대주교를 향해 이어 말하면서 스페라 옆에 앉았다.

"안녕하십니까, 안토니오 대교주님. 안토니오 대교주님께서 왕궁에 계시다는 건, 사랑교에서 소론과 델라이 간의 전쟁을 정식으로 허가한 것이겠지요."

델라이가 덧붙였다.

"전쟁선포문도 직접 들고 오셨네."

머혼은 고개를 끄덕이며 말했다.

"아, 오는 길에 누가 알려 줘 대강 살펴보았습니다. 흑기사단이 소로노스에서 난동을 피웠다는 것이 전쟁의 이유더군요."

안토니오 대교주가 말했다.

"보호국인 델라이는 소론을 보호해야 하는 의무가 있음에도 불구하고, 보호는커녕 오히려 분란만을 크게 일으켰습니다. 이에 사과하기보다는 일방적으로 외교 관계를 끊었을 뿐 아니라, 국경에 군사들을 배치하였고요. 소론이 전쟁을 선포한 마땅한 이유가 있다고 사랑교에서는 판단했습니다."

머혼은 조심스럽게 물었다.

"저희 쪽 입장도 들어 보셔야 하는 것 아니겠습니까?"

"물론 아니라고 하시겠지요. 신께서는 정의로운 쪽과 함께하시니 진실을 말하는 쪽이 이번 전쟁에서 승리할 것입니다."

오래전부터 내려져 온 전통에 근거하여, 정정당당한 전쟁은 정의로운 쪽이 승리한다는 논리. 이 때문에 사랑교에서는 국가 간의 전쟁에 반대하는 경우가 거의 없다. 과거에는 모르지만, 작금에 와서는 종교의 힘으로 국가 간의 분쟁을 막을 수는 없었기에 그들은 이 논리를 고수하며 자신들의 입지를 사리는 것이다.

물론 그들이 힘이 아예 없어 이러는 것은 아니다. 많은 국가들에는 야욕이 가득한 왕들이 있고, 그들은 전쟁의 명분이 생기기만을 학수고대하니, 사랑교는 그것을 활용할 수 있다. 탐심이 가득한 자들에게 명분을 줄 수 있는 그들의 힘은 생각보다 거대하다.

머혼은 공손한 어투로 말했다.

"전쟁선포문에 정확한 요구 사항이 없었던 것으로 알고 있습니다만, 제가 미처 다 이해하지 못한 건지도 모르겠군요."

안토니오 대교주는 눈살을 찌푸리며 말했다.

"왜 없습니까? 정의를 실현하고자 한다 하지 않았습니까?"

머혼은 나지막하게 되물었다.

"그러니까, 그 정의를 실현한다는 조건이 구체적으로 무엇을 말하는 것입니까? 왕의 사과입니까? 보상금입니까? 아니면 난동을 피웠다고 주장하시는 흑기사들의 처벌입니까? 그도 아님 그들을 이끈 포트리아 백작의 직위 박탈입니까? 그도 아니면 땅입니까?"

안토니오 대교주는 다소 기분이 상한 듯 연신 콧바람을 내
더니 대답했다.

"전 오랜 세월 동안 소론을 지켜보았습니다. 세 왕을 내리
섬겼지요. 그분들은 모두 청렴하기 이를 데 없는 분들이셨습
니다. 정의를 사랑하고 세상의 것을 탐하지 않는 좋은 분들이
지요. 소론이 정말 어떤 이득을 취하고자 이번 전쟁을 일으켰
다고 보십니까, 머혼 백작. 소론은 그저 정의가 실현되는 것을
보고자 하는 겁니다."

머혼은 차가운 눈길로 안토니오 대교주를 보다가 말했다.

"델라이에 미티어 스트라이크 마법이 있다는 것은 잘 아시
겠지요. 이번 초전에 응한 것도 델라이의 힘을 보여 주기 위함
이지, 다른 방도가 없기 때문이 아닙니다. 이번 초전에서 델라
이가 승리할 경우, 소론은 수도를 옮겨야 할 겁니다."

안토니오는 헛웃음을 짓더니 델라이를 흘겨보며 말했다.

"그 악마의 마법을 정녕 쓰시겠다는 겁니까? 소론은 약소
국입니다. 소론이 왜 전쟁을 선포했는지 모르십니까? 그들에
게 있어 이번 전쟁은 일종의 호소라고 할 수 있습니다. 이렇게
라도 하지 않으면 델라이의 횡포를 견딜 수 없어서 어쩔 수 없
이 하는 것 아닙니까? 델라이가 이리도 잔인한 국가입니까?"

머혼은 단호한 목소리로 말했다.

"델라이는 소론에게 횡포를 부린 적이 단 한 번도 없습니다."

안토니오도 머혼 못지않게 단호하게 말했다.

"흑기사가 소로노스에서 난동을 피운 것은 제가 직접 본 일입니다."

"흑기사는 엄연히 소론의 도움을 주기 위해서 간 것이고, 소로노스를 불법 점거한 임모탈 기사단들을 모두 내쫓았습니다."

"아니요. 오히려 흑기사들은 그것을 빌미 삼아 소론 기사단들을 업신여기고 명예를 실추시켰으며 뿐만 아니라 이론드 장군에게 큰 부상까지 입혔습니다. 그리고 불법 점거했던 임모탈 기사단들은 제국에서도 쫓기는 신세. 그런 그들이 어떻게 소로노스를 불법 점거했다는 말입니까? 소론 왕께서는 델라이의 흑기사들이 자신들의 명예를 위해서 제국의 임모탈 기사단들을 무리하게 잡으려다가 소론을 욕보였다 하셨습니다."

머혼은 코웃음을 쳤다.

"흥. 어차피 서로 평행선을 달리는데 더 이야기해서 뭐합니까? 대주교께서 말씀하신 것처럼 신께서는 정의로운 편에 설 테니, 이번 초전의 결과를 보면 답이 나오겠지요."

"물론 그렇습니다."

머혼은 문 쪽을 가리키며 말했다.

"그럼 요구 조건이 없는 것을 아는데, 이곳에 더 있으실 필요가 있으십니까?"

안토니오는 다시금 콧바람을 내뱉더니 델라이를 돌아봤다. 델라이는 모른 척하며 상을 바라보고만 있었다.

안토니오는 일어설 수밖에 없었다.

"사절을 이토록 푸대접하다니, 델라이의 수준을 알 것 같군요."

그는 곧 거친 걸음으로 밖으로 나갔다.

델라이가 머혼에게 말했다.

"화난 건가? 아니면 화난 척한 건가?"

머혼은 눈을 마구 비비더니 말했다.

"둘 다입니다."

"……."

"……."

"자, 이제 보니 우리의 예상이 빗나……."

"저 사람은… 소론의 대주교 아닙니까?"

머혼과 스페라와 델라이는 문 쪽을 보았다. 그곳에는 졸린 눈을 한 포트리아가 천천히 안으로 들어오고 있었다.

델라이가 그녀에게 말했다.

"왕궁에 있었나?"

포트리아는 하품을 하더니 안토니오가 앉았던 곳에 앉으며 대답했다.

"조금 잤습니다. 웬만한 건 다 명령문에 적어 놨으니 변수가 생기려면 초전은 끝나야 할 겁니다. 그나저나 머혼 백작. 돌아온 것을 보니, 거래는 잘된 겁니까?"

머혼은 그 말을 듣고는 포트리아가 자신을 보러 이곳에 온 것임을 짐작할 수 있었다.

그가 말했다.

"안 그래도 바로 보고하려 했는데 안토니오 대주교가 있어 못 했지요."

"아, 안토니오. 맞아. 그 이름이었지요. 그런데요?"

"우리 예상이 조금 빗나간 것 같아서 말입니다."

포트리아의 눈이 순간 커졌다.

"어떤 부분 말입니까?"

머혼은 자세를 편하게 하며 델라이에게 고개를 돌려 말했다.

"보복저주 갱신은 조금 미룰 수 있겠습니까?"

델라이는 가만히 그를 보다가 곧 왼팔을 내리며 고개를 끄덕였다. 그러자 세 마법사는 눈치껏 작게 인사하더니, 방 밖으로 나갔다.

문이 닫힌 것을 확인한 델라이가 포트리아에게 설명했다.

"알시루스 백작이 굳이 포트리아 백작과의 관계를 희생하면서까지 흑기사를 끌어들인 이유 말입니다. 제국이 그런 조건을 내세웠을 수도 있을 거라고 짐작하였었지요?"

"예. 임모탈 기사단들을 사로잡거나 죽이기 위해서 흑기사단을 소모하겠다는 제국의 생각이 아닌가 했지요."

"그 부분이 틀린 것 같습니다. 이제 보니 흑기사를 끌어들인 이유는 바로 전쟁의 명분을 얻으려고 한 것으로 보입니다."

포트리아의 눈이 동그랗게 변했다.

"아."

"······."

"······."

"······."

다들 포트리아를 보는데, 그녀는 어이없다는 듯 말을 이었다.

"참 나, 겨우 그딴 이유로 흑기사단을 불렀다는 겁니까? 전쟁의 명분이라니······."

델라이가 말했다.

"소론은 전전대 왕부터 지독한 사랑교 신자였지, 아마? 지금 소년 왕도 그런 것으로 알고 있네."

그 말을 들은 포트리아가 이해했다는 듯 고개를 끄덕였다.

"그래서 알시루스 백작이 소론 왕을 설득하려고 흑기사를 끌어들인 것이로군요."

"그렇게 하지 않았다면 소론 왕은 전쟁을 허락하지 않았을 것이네. 생각하는 게, 어디 이름 모를 고산에 세워진 수도원의 세상 물정 모르는 성인과도 같으니까."

"알시루스 백작도 나름 머리를 쓴 것이로군요."

"그렇지."

"지금 생각하니 참 당연한 이유로군요. 왜 생각하지 못했을까?"

포트리아의 독백에 머혼이 말했다.

"아무튼, 안토니오 대주교의 말은 아마 소론 왕의 생각을 그대로 대변하고 있을 것이 뻔합니다. 소론 왕은 정말로 사태를 그렇게 판단하고 있겠지요. 그걸 알시루스 백작이 이용해서 제국의 아래로 들어가려는 건지도 모릅니다. 소론에 머무르고 있는 바리스타 후작을 통해서 말입니다. 뭐 알시루스 백작을 만나 봐야 정확히 알 수 있을 것 같습니다."

포트리아가 미묘한 시선으로 머혼을 보며 말했다.

"전에도 말씀드렸지만, 단언컨대 알시루스 백작을 만날 일은 없습니다. 그런데 전 그쪽 상황이 어떻게 되었는지 더 궁금하군요. 거래는 잘되신 겁니까? 뭐, 잘되셨으니, 머혼 백작께서도 살아 계시고 소론도 전쟁을 선포한 것이라 보지만 자세한 내막을 알고 싶습니다."

머혼은 목걸이처럼 걸고 있었던 초록색 아티팩트를 풀어

상 위에 올려놓았다.

"안 그래도 포트리아 백작이 의심할까 봐 아예 녹음했습니다. 다 같이 들어 보시지요."

머혼이 아티팩트를 탁탁 두 번 건들자, 아티팩트에서 은은한 초록빛이 흘러나오면서 목소리가 나오기 시작했다.

[아아, 이거 작동하는 건가? 모르겠네. 확인해 줄 수 있는가?]

가장 먼저 나온 목소리는 머혼의 것.

이후 다른 목소리가 흘러나왔다.

[강력한 은닉마법이 걸려 있어, 저도 알 수 없습니다.]

모두들 궁금증을 담은 눈빛으로 머혼을 보자, 머혼이 작은 목소리로 말했다.

"공간이동을 도와준 마법사입니……."

[그런가? 뭐, 되겠지. 안 되면 어쩔 수 없는 거고. 후우. 자, 가 보자고. 저기 저 천막인가 보지? 로튼.]

머혼의 말은 머혼의 목소리에 의해서 막혔다.

이후 로튼의 목소리가 들렸다.

[예. 명령하십시오.]

[이상한 낌새가 느껴지면 지체 말고 휘둘러. 나 죽어도 되니까, 같은 자리에 있는 모든 사람들 길동무로 만들어 달라고. 알았지?]

그 말을 듣자 델라이도, 스페라도, 포트리아도 고개를 들고 어이없다는 듯 머혼을 보았고, 머혼은 어깨를 들썩거릴 뿐이었다.

그때 새로운 목소리가 들렸다.

[아니, 그런 살벌한 말씀을 하시다니요. 부, 분명 저쪽에서도 사랑교의 사제가 오시는 것 맞으시죠?]

머혼이 먼저 말했다.

"프란시스 대주교입니다."

그 말을 들은 델라이가 눈이 휘둥그레지더니 머혼에게 큰 소리로 말했다.

"설마 그를 그런 위험한 자리에 내려갔다……."

[농담입니다, 농담. 사랑교가 국교인 천년제국에서 그런 치졸한 행위를 하겠습니까? 하하하, 심려 놓으시지요. 대주교님.]

아티팩트에서 흘러나온 머혼의 말이 델라이의 말을 막았다.

머혼은 델라이를 향해서 방긋 웃어 보이며 양손으로 아티팩트를 가리켰다. 마치 '들어 보세요, 아니잖아요'라고 하는 듯이.

그때 프란시스의 말이 흘러나왔다.

[그렇습니까? 전 진심인 줄 알았습니다.]

[이미 다 이야기가 오고 간 것입니다. 자, 대주교님과 로튼, 둘을 제외하곤 전부 이곳에 남아서 기다리고 있어라. 셋만 다녀오는 게 좋을 것이다.]

[예, 알겠습니다.]

[네, 머혼 백작님.]

여러 사람들이 대답하는 소리가 들리더니 곧 아티팩트에서 붉은빛이 나왔다. 그것을 본 스페라가 나지막하게 말했다.

"이 아티팩트는 대화가 없다면 소리를 녹음하지 않아요. 용량을 아끼려는 것이죠."

스페라가 손을 뻗어서 붉은빛이 된 아티팩트를 치자 다시 초록빛이 나오기 시작했다.

처음 나온 목소리는 이번에도 역시 머혼의 것이었다.

[이제 오는 것 같네. 참 나, 내가 누군 줄 알고 이리도 기다리게 만드… 오! 제국에서 귀빈들… 이 아니라 한 분이 오셨군요. 그런데… 흐음. 꽤 얼굴이 익숙하신 분이군요?]

그 질문에 다른 목소리가 대답했다.

[제가 외교술을 수년간 가르쳤었는데, 설마 절 잊으신 겝니까? 머혼 백작.]

다들 눈이 동그랗게 변해 머혼을 보았다.

대답은 아티팩트 안의 머혼의 목소리가 해 주었다.

[바리스타 후작님! 오랜만입니다! 연세가 적어도 팔십은 넘

으셨을 텐데 아직도 현역이십니까?]

포트리아의 얼굴이 심각해졌다.

"외무부의 실세인 바리스타 후작이 스승이셨습니까?"

머혼이 대답하려는데 아티팩트에서 바리스타의 목소리가 머혼의 입을 막았다.

[그야 외무부를 감당할 만한 인재가 델라이로 훌쩍 떠나 버렸으니 말입니다. 그런데 정말 많이 변하셨습니다. 공용어 억양까지도 완전히 델라이 토박이가 다 되셨군요. 이제 보니 얼굴도 델라이 사람처럼 변했고요.]

[하하하. 별말씀을. 그런데 크라울 후작은 안 오셨습니까?]

[나만 왔습니다, 나만. 이런 자리에 줄줄이 사람을 데려올 것 뭐가 있습니까? 어차피 서로 신용이 있는 관계인데 말입니다.]

[그렇군요. 역시 바리스타 후작님입니다.]

[내가 말씀드렸지요? 때로는 사람을 적게 데려오는 것이 자신감으로 비쳐질 때가 있다고 말입니다. 머혼 백작이 기사 한 명과 사랑교의 대주교, 딱 둘만 데려온 것도 충분히 적게 데려온 것입니다만, 나를 한번 보시지요, 머혼 백작. 이렇게 혼자 오니까 더 수상하지 않습니까? 클클클.]

[하, 하하. 하하.]

머혼이 진심으로 당황하여 낸 웃음소리는 델라이나 포트리아도 처음 듣는 것이었다. 그들이 묘한 눈길로 머혼을 보니 머혼이 투덜거리듯 말했다.

"정말 힘들었습니다. 쉽지 않은 분이죠, 바리스타 후작은."

그의 말이 끝나기 무섭게 마치 자기 이야기를 하는 걸 알았는지, 바리스타의 목소리가 아티팩트에서 흘러나왔다.

[더 내려놓아야겠습니다, 머혼 백작. 마음에 쥐고 있는 게 있으면 상대에게 읽히게 마련이라니까요. 머혼 대공께서는 청년일 때 이미 지금의 저보다 처세술에서 앞섰습니다. 아버지를 얼른 따라잡으셔야지요.]

[그 말을 들으니, 바리스타 후작께서 주셨던 가르침 중 상대방의 민감한 부분을 자극해서 반응을 살펴보라고 했던 것이 기억납니다.]

[역시 머혼 백작. 머혼 백작은 제 수제자였지요. 뭐, 황궁의 선생들 전부가 머혼 백작님을 수제자처럼 여겼지만요.]

[군사학과 무술에선 아닙니다, 하하하.]

[아, 그렇지요. 분명 그러셨습니다.]

그 뒤로 꽤 한참 동안 목소리가 나오지 않았다.

다들 이상함을 느껴 스페라를 바라볼 때쯤, 다시금 머혼의 목소리가 나왔다.

[여기 있습니다. 이 안에 다 담았습니다. 거짓이 아니라는 보증은 여기 계신 프란시스 대주교께서 해 주실 겁니다.]

작은 침묵 뒤에 바리스타의 목소리가 나왔다.

[흐음. 외람됩니다만, 프란시스 대주교 각하의 불안한 표정을 보아하니, 이것이 무엇인지 모르는 듯합니다? 그 내용도 보지 않고 어떻게 신용을 보장하실 수 있으십니까?]

바리스타가 질문하자 잠시 후 프란시스의 목소리가 흘러나왔다.

[전 그 내용의 신용을 보증하는 것이 아닙니다, 바리스타 후작님. 여기 계신 머혼 백작님이란 사람을 보증하는 것입니다.]

[그렇습니까? 흐음, 사랑교에서 보장한다면 이보다 더 확실한 것은 없겠군요. 저도 드리지요.]

잠시 후, 머혼의 목소리가 흘러나왔다.

[이 인장은… 설마 교황 성하?]

프란시스의 목소리도 흘러나왔다.

[트, 틀림없습니다. 대교구에서도 교황명이 내려올 때나 볼 수 있는 인장입니다.]

바리스타의 목소리가 이어 흘러나왔다.

[대주교 각하께서 이 자리에 있으셔서 다행이군요. 아무튼 그 문서의 보장을 교황 성화께서 직접 보증하셨습니다. 이 정도면 문제가 될 리 없겠지요?]

[물론 그렇습니다만, 사람을 불러서 한번 제조해 보겠습니다. 그때까지 기다려 주실 수 있겠습니까? 만약 이것이 진실이

라면 아무런 문제가 되지 않으리라 생각합니다만.]

머혼의 질문이 끝나기 무섭게 바리스타의 목소리가 이어졌다.

[그럼 저도 그렇게 하지요. 자! 각자 제조해 보라고 해봅시다. 꽤 지루한 시간이 될 거 같은데 무슨 이야기나 할까요, 머혼 백작. 혹 그 델라이에 있는 동안 무슨 일이 있었는지 이야기나 해 주십시오. 재밌을 것 같은데.]

[별일 없었습니다. 처음에는 기후가 조금 추워서 고생했지…….]

탁.

머혼은 손가락으로 아티팩트를 건드렸고, 아티팩트는 그 순간 빛을 잃었다.

포트리아가 말했다.

"왜 그러십니까?"

머혼은 조금 불편한 표정으로 말했다.

"이 앞으로는 별 내용이 없습니다, 하하하."

포트리아의 입꼬리 하나가 올라갔다.

"호오? 왜요? 혹시 우리가 알아선 안 되는 내용이라도 있는 겁니까?"

"그런 것이 아닙니다. 크흠, 그저 양쪽에서 미스릴과 멜라시움을 제조하는 동안 사설을 나눴을 뿐이니까 다 들으실 필요는 없다는 겁니다. 몇 시간씩 걸린 대화를 이 자리에서 다 듣자는 것은 아니겠지요, 포트리아 장군?"

포트리아는 팔짱을 끼더니 말했다.

"대장군입니다. 그리고 지금 전시 상황이지요. 엄밀히 말하면 지금 이 순간에는 머혼 백작도 제 명령을 따라야 합니다."

"……."

그녀는 능글맞은 미소를 지어 보이더니 델라이를 향해 고개를 돌리면서 말했다.

"어떻게, 확인하겠습니까, 전하?"

델라이는 고개를 저으며 말했다.

"설마 포트리아 대장군이 머혼 백작과 비슷한 표정을 지어 보일 줄은 꿈에도 몰랐네."

포트리아의 능글맞은 그 표정이 완전히 증발해 버렸다.

"예?"

델라이는 아티팩트를 집어 스페라에게 주면서 말했다.

"시간을 당겨 줄 수 있겠나?"

스페라는 그것을 들며 말했다.

"얼마나요?"

델라이가 머혼을 보자, 머혼이 대답했다.

"일단 3시간 정도."

스페라가 아티팩트를 이리저리 만지자, 초록빛이 강렬해지더니 바리스타의 목소리가 나왔다.

[아, 그때! 기억나지 물론. 자네가 황궁 전체를 발칵 뒤집어…….]

머혼이 말했다.

"20분 정도 더 뒤로 부탁드리겠습니다, 스페라 백작."

스페라가 다시 아티팩트를 만지작거리며 말했다.

"무슨 일인지 궁금해지네요. 나중에 들어야지."

"……."

다시금 아티팩트에서 바리스타의 목소리가 나왔다.

[그럼 델라이로 돌아가는 것이로군.]

머혼이 말했다.

"한, 2분 전으로."

스페라가 다시 아티팩트를 만지작거렸고, 아티팩트에서 머혼의 목소리가 나왔다.

[저희 쪽에서 연락이 왔습니다. 다 만들었다고 하는군요. 확실히 그 물건이었다고 합니다.]

그러자 연달아 바리스타의 목소리가 흘러나왔다.

[오, 그런가? 최종 확인까지 했으니 이제 각자 갈 길을 가야 하겠군. 바빠서 말이야.]

[왜요? 전쟁이라도 하셔야 합니까?]

머혼의 질문 후 작은 침묵이 흐르고 바리스타의 목소리가 흘러나왔다.

[역시 다 아는군.]

곧 머혼의 낮은 목소리가 흘러나왔다.

[제국이 소론을 부추겨 델라이와 전쟁해서 얻을 게 뭡니까, 바리스타 후작. 내가 델라이에 충성을 하는 건 아니지만, 그래도 오래 살아서 정이 있습니다.]

[그 정이란 것이 가족을 말하는 것이겠지?]

[그렇습니다.]

[그럼 가족들을 제국으로 보내게. 제국에서 잘 맡아 주지. 이미 자네는 델라이를 배신한 몸이 아닌가? 아까 프란시스 대주교도 뭔가 이상하다는 걸 눈치챘지. 곧 비밀이 아니게 될 것이네. 그러니, 이참에 아예 제국을 돕는 건 어떤가?]

[그거야 겉으로 드러나는 것과 아닌 것은 차이가 있지 않습니까? 델라이는 오갈 데 없었던 저를 받아 줬습니다. 그런데 제가 델라이를 버렸다? 머혼가의 명예와 평판이 바닥을 칠 겁니다. 제 아버지를 잘 아시지요? 제 아버지께서 항상 제게 해 주신 말씀이 있습니다. 착한 일은 앞에서, 나쁜 일은 뒤에서. 어린애도 이해할 수 있는 간단명료한 격언이셨죠.]

[아하, 과연 머혼 대공은 그 말 그대로의 삶을 사셨지.]

[전쟁의 이유가 뭡니까?]

[나도 잘 모르네.]

[예?]

[나도 잘 몰라, 누가 이 판을 벌였는지는. 외무부는 그저 만들어진 판에서 소론이나 한번 먹어 볼 생각이네.]

[그, 그렇군요.]

[원한다면, 지금 제국으로 떠나도 돼. 가족은 책임지고 데려오지.]

[아닙니다. 델라이에서 할 일이 있습니다.]

[그런가? 그럼 델라이로 돌아가는 것이로군.]

[그렇습니다.]

[좋아. 조만간 보지. 자네도 정리를 잘해 놓게나.]

이후 아티팩트는 초록빛을 잃고 붉게 변했다.

델라이의 집무실은 조용했는데, 가장 먼저 침묵을 깬 건 포트리아였다.

"머혼 백작의 회유가 전쟁의 이유가 된다는 거… 이젠 제 말을 믿으시겠습니까?"

그녀는 불타오르는 듯한 눈빛으로 머혼을 바라보았다.

머혼은 그녀를 올려다보다가 곧 어색한 미소를 지으며 말했다.

"아니, 연기한 거 아닙니까? 이 아티팩트는 제가 직접 녹음한 겁니다. 당연히 난 거기서 놀아나 준……."

"체포해."

머혼은 믿을 수 없다는 표정으로 델라이를 보았다.

델라이는 무표정하게 머혼을 마주 보았다.

그리고 다시 말했다.

"체포하게, 포트리아 대장군."

포트리아는 즐거운 듯 자리에서 벌떡 일어났다.

그때 장군 중 한 명이 급히 집무실로 들어섰다.

"밀리고 있습니다!"

"뭐?"

"초전 말입니다! 저희가 밀리고 있습니다."

밝았던 포트리아의 표정이 일그러지기 시작했다.

"그게 가능키나 하느냐? 아무리 제국의 지원을 받는다 해도 고작 소론을 상대로 밀리고 있다고?"

"군부의 판단으론 질적으론 대등하지만 수적으로 밀리기에, 전체적으로 밀리는 양상이 나오는 것이 아닌가 합니다."

"질적으로 대등해?"

포트리아는 믿을 수 없다는 듯 인상을 팍 찌푸렸다.

그때 머혼이 말했다.

"나 체포 안 하니까, 포트리아 대장군."

포트리아는 그를 쳐다보지도 않고, 델라이에게 말했다.

"군부로 귀환하겠습니다, 전하. 그럼, 머혼 백작의 구금은 자네가 하게."

그 말을 들은 장군은 자신의 귀를 믿을 수 없어 멍하니 포트리아를 보았다. 하지만 포트리아는 그 장군을 빠르게 지나쳐 델라이의 집무실을 나가 버렸다.

스페라는 기지개를 켜며 말했다.

"내가 필요할지도 모르겠네요. 전 그럼 준비할게요."

델라이는 고개를 끄덕였다.

"부탁하지. 그리고 맥컬리 장군."

"예, 전하."

"머혼 백작을 체포하게. 이는 왕령이야."

"아, 알겠습니다."

맥컬리라 불린 그 장군은 어정쩡한 자세로 머혼에게 다가왔다. 하지만 선뜻 머혼의 몸을 만질 생각을 하지 못했다.

머혼은 자리에서 천천히 일어나면서 말했다.

"전하께서 절 믿지 못하는 날이 언젠간 오리라 믿었습니다만, 그게 오늘이 될 줄 몰랐군요."

델라이는 머혼을 올려다보며 말했다.

"전쟁이 끝나는 즉시 풀어 주겠네. 지금까지 내가 자네를 믿었으니, 이번만큼은 자네가 날 한 번 봐주게."

머혼은 양손을 앞으로 내밀었다. 맥컬리는 그 모습을 보고도 가만히 있다가, 델라이와 눈을 마주치자 그의 앞으로 다가와 말했다.

"백작님을 믿고 포박하진 않을 테니, 절 따라와 주시면 감사하겠습니다."

"그러지."

맥컬리는 델라이의 눈치를 또 한 번 보고는 밖으로 나갔다.

머혼은 어떠한 말도 행동도 더하지 않고 맥컬리를 따라 순순히 걸어 나갔다.

집무실에 둘이 남게 되자, 스페라가 자리에서 일어나며 말했다.

"저거 진심이세요?"

델라이가 말했다.

"머혼 백작과 바리스타 후작의 회담이 오가는 동안. 누군가 미스릴 제조법에 따라 미스릴을 제조했지. 하지만 왕궁의 제작부는 흑기사들을 위해서 마나스톤을 만드느라 바빴네. 미스릴을 만들 시간은 없었어."

"......"

"그 말인즉, 머혼이 부리는 자가 미스릴을 만들었다는 것이고, 그 뜻은 또한 그가 미스릴의 제조법을 손에 넣었다는 것이지. 멜라시움 제조법과 맞바꾼 그것은 동등한 국가 기밀이네."

"멜라시움 제조법도 머혼 백작을 믿고 줬잖아요. 미스릴을 조금 제작해 봤다고 해서 문제될 게 있나요?"

"제조법을 가진 것과 실제로 만든 것은 다른 문제이지. 그는 욕심을 냈어. 앞으로 중원과의 교류를 통해 가치가 폭등할 미스릴의 제조법을 알아 둔 거지. 한 번 만들었으니, 이제 언제라도 원한다면 만들 수 있을 거야. 델라이가 망하든, 망하지 않든."

"……."

"스페라 백작, 스페라 백작이 보기엔 내가 잘못하는 것 같은가?"

스페라는 어깨를 한번 들썩이더니 말했다.

"몰라요, 이런 건. 알아서 하세요. 그나저나 초전이 계속해서 밀리면 어떻게 할 거예요? 적당히 패배를 인정하실 거예요? 아니면 끝까지 싸울 거예요? 여차하면 노매직존을 풀어버리고 마법전으로 가시던가요. 솔직히 누구하고 싸워도 질것 같지가 않아서 그래요."

"그 판단은 포트리아 대장군이 하는 것이지, 내가 하는 게 아니야. 스페라 백작께선 그녀가 해 달라는 대로 해 주면 되네."

"알겠어요. 더 필요한 것 없으시죠?"

"당장은."

스페라는 몸을 획 돌려서 델라이의 집무실 밖으로 나갔다. 복도 곳곳에는 삼삼오오 모인 하녀들이 이곳저곳에서 숙덕

거리고 있었다.

왕궁의 하녀들도 아는 것이다.

델라이의 실세가 누군지.

그리고 그 실세가 구금당했다는 것을.

스페라는 고개를 도리도리 흔들었다.

"아, 몰라. 내가 상관할 문제인가? 흐음. 그리고 보니, 머혼 아래 있는 운정 도사가 조금 애매해졌는데. 이참에 아예 내 제자로 못을 박아 버리면 되려나?"

스페라는 여유로운 발걸음으로 마법부에 도착했다.

마법부는 여전히 소란스러웠는데, 초전에 지원을 나간 마법사들 때문에 개개인의 일이 더욱 많아졌는지 다들 피곤에 찌든 표정이었다. 다들 분명 스페라를 눈으로 보았음에도 인사를 올리지 않을 정도였다.

스페라는 계단 위로 한 칸 올라갔다가, 곧 드는 생각이 있어서 다시 내려왔다. 그리고 1층에 있는 대문으로 가서 그 안의 문을 열었는데, 그곳에는 한창 열기를 띠고 논의를 하고 있던 운정과 데란이 있었다.

그들은 스페라를 보곤 대화를 멈췄다.

"열심이시네요? 어때요, 마스터 데란? 잘 배우셨어요?"

데란은 연신 고개를 끄덕였다.

"정말 놀랍기 그지없는 지식입니다. 이번에 학파로 돌아가면 이 중원의 지식들을 활용해서 마법에 적용해 볼 예정입니다. 큰 위험이 따르겠지만, 성공을 한다면 분명 역사에 길이 남을 업적이 될 겁니다."

"그 정도예요? 와우. 소개시켜 준 제가 다 뿌듯하네요."

운정이 말했다.

"평소 복장과 다르신데… 그리고 주변에 흐르는 마나도 상당히 절제되어 있군요."

스페라는 방긋 웃더니 말했다.

"완전무장! 전투복을 입었어. 마법부에 있는 다른 이들의 포커스를 정신 연결을 통해서 받을 수 있지. 게다가 강력한 마나스톤도 잔뜩 있어. 그건 고마워, 운정."

"곧 출전하시는군요."

"준비 중이야. 출전 명령이 떨어지면 바로 갈 수 있게. 밀리고 있다니까, 아마 나보고 나가라고 할걸? 순순히 패배를 인정하게 되면 델라이 체면이 안 살아서."

운정의 눈동자가 동그랗게 변했다.

"전쟁이 일어났습니까?"

"응, 몰랐구나. 얼마나 토론에 심취해 있었으면."

데란은 그 말을 듣고 안절부절못하더니 자리에서 급히 일어나며 말했다.

"후우. 이젠 진짜로 가 봐야겠습니다. 전쟁 전이면 모를까,

전쟁이 한창 진행 중인 국가의 왕궁에 있는 것까지는 학파에서도 안 봐줄 것 같습니다. 정말로 마스터 자리를 내놓아야 할지도 모르겠군요."

운정이 말했다.

"그렇다면 가셔야지요. 정말 좋은 대화였습니다."

운정이 포권을 취하자, 데란은 고개를 숙이며 말했다.

"뜻깊은 가르침에 감사합니다. 뭔가 새로운 것을 더 알아내면 운정 도사께 또 연락드리겠습니다. 그, 지진의 근원을 찾는 일도 포함해서. 그럼."

데란은 그렇게 말한 후 서둘러 밖으로 나갔다.

스페라가 데란의 뒷모습을 보는데, 운정이 스페라에게 말했다.

"전 전쟁이 일어나면 스페라 백작께서 바로 출전하시는 줄 알았습니다. 델라이에서 가장 강력한 마법사가 아니십니까?"

스페라가 대답했다.

"이 세상에 존재하는 모든 마법의 시전은 노매직에 막혀. 아무리 강대한 마법이라고 할지라도 시전되는 원리는 같기 때문이지. 그러다 보니, 전투가 일어나는 지역에 한해서 노매직존을 펼치곤 해. 거기선 마법사가 할 일이 없지."

"그럼 파인랜드의 전쟁에선 마법이 거의 쓸모가 없습니까?"

"아니, 많아. 노매직존은 그 범위와 지속 시간이 늘어나면

늘어날수록 기하급수적으로 마나가 많이 필요해지니까. 여기 델라이 왕궁에 항시 펼쳐진 노매직존이 얼마나 많은 마나스톤을 소비하는 줄 알아?"

"……"

"마나스톤이 없거나 혹은 아끼려고 해서, 노매직존을 더 이상 펼칠 수 없게 되었을 때, 그때부터 마법사들 간의 싸움이 시작되는 거지. 그 전까지는 한쪽 국가의 마법 수준이 훨씬 높다고 해도 노매직으로 막아버리면 그만이야."

운정은 거기서 또 한 가지 사실을 이해할 수 있었다. 라스 오브 네이처는 주변에 마나를 가득 넘치게 해서 그 중앙에 자연재해를 유도하는 것이니, 노매직존으로는 막을 수 없었던 것이다. 엄밀히 말하면 그건 마법을 시전하는 것이 아니니까.

그러고 보니 인간의 마법인 미티어 스트라이크도 어떨까?

운정이 지체하지 않고 물었다.

"미티어 스트라이크는 어떻습니까? 그것도 막을 수 있습니까?"

"아, 그건 못 막지. 유성을 떨어뜨릴 도시에 가서 마법을 시전하는 게 아니거든. 그냥 델라이 왕궁에서 NSMC를 통해 하늘을 향해 시전하는 거야. 그러면 유성의 궤도가 바뀌어서 그 도시로 떨어지게 되지. 빠르면 보름, 늦으면 한 달은 걸려."

"그럼 사람들이 모두 대피한 빈 도시를 파괴하는 용도로군요."

"초토화시키지. 흔적도 안 남아. 그래서 최후마법이고. 그것을 보유한 제국과 사왕국이 평화를 유지하는 거야."

"……."

"아무튼 초전이 밀리고 있다니까, 날 투입시키고 우리 쪽에서 노매직존을 끊어 버릴 수 있어. 그러면 개싸움 시작인데, 그땐 내가 다 쓸어 버리면 그만이니까. 근데 밀리고 있다니까, 아마 그쪽에서 노매직존을 유지하지 않을까? 그럼 그냥 기사들 간의 싸움으로 마무리될 텐데. 모르겠다, 나도 잘. 그럼 진짜 패배할 수도 있는데."

두서없는 말이었기에 운정은 가까스로 이해할 수 있었다.

그녀가 말한 개싸움, 즉 마법전에선 스페라 때문에 델라이가 유리하니, 델라이가 노매직존을 거둔다고 해도, 소론 쪽에서 노매직존을 계속 유지할 거라는 뜻이다.

운정은 가만히 고민하다가 말했다.

"노매직존에서 싸울 수 없다면 전투 지역을 피해서 싸우면 되는 것 아닙니까?"

스페라는 피식 웃었다.

"그러면 정규전에서 유격전으로 넘어가는 건데, 문제는 그러면 양쪽 다 망하자는 거야. 이곳저곳에서 소비되는 마나스톤이나, 죽어나가는 기사들이나… 다른 나라에서 군침 흘리지."

"……."

"무슨 생각하는지 알아. 하지만 파인랜드의 국가들은 전쟁을 하더라도 맞는 틀이 있어. 거기에 맞춰서 전투에 임하지."

"마치 비무(BiWu)를 하는 것 같습니다. 민심이 흉흉해지거나 하지는 않나 봅니다."

"민심? 뭐, 국민들은 전쟁이랑 상관없잖아. 그들 입장에서는 세금 내는 곳이 달라지는 것뿐이지. 귀족들이야, 뭐 목이 날아가고 하긴 하지만서도."

"그렇군요. 그래서 삼 일이면 끝난다고 하셨군요. 이제 좀 대강 이해가 갑니다."

"흠음, 우리가 야만인처럼 싸운다고 생각했구나? 중원에도 전쟁이 없는 걸로 아는데, 왜 그렇게 생각했데? 우릴 너무 무시한 거 아니야?"

스페라는 음흉한 미소를 짓더니 운정을 보았다. 운정은 미안한 듯 말했다.

"죄송합니다. 제가 모르는 문화다 보니 저도 모르게 중원의 것보다 낮게 생각한 듯합니다."

스페라는 피식 웃었다.

"괜찮아."

"다행입니다, 그럼."

운정은 작게 웃어 보이며 포권을 취하더니 스페라를 지나쳐 방 밖으로 나갔다.

갑작스러운 작별 인사에 스페라는 당황한 표정을 짓더니, 곧 그를 따라 나갔다.

"뭐야? 우, 운정?"

운정은 걸음을 멈추지 않고, 고개만 돌려 스페라를 보았다.

"예?"

스페라는 그의 옆에 따라가 나란히 걸으면서 물었다.

"어, 어디 가? 갑자기?"

운정이 대답했다.

"가야 할 곳이 있습니다."

스페라는 기억나는 것이 있었다.

"뭐, 그 엘프들의 일인가 뭔가? 그거 해결한다고 했었지?"

"예. 저도 모르게 시간을 너무 지체했군요. 간접적이긴 하지만, 마스터 데란과의 대화에서 얻은 것이 있습니다."

운정은 마법부의 대문을 열고 밖으로 나가 복도를 걸었고, 스페라는 얼른 따라 나가며 물었다.

"그래? 흐음, 어떤 건데?"

운정이 말했다.

"그 전에 저도 묻고 싶은 것이 있습니다. 스페라 스승님은 어떻게 화염마법을 익히시게 되었습니까?"

스페라는 갑작스러운 질문에 말을 더듬었다.

"나? 왜? 갑자기?"

운정이 나지막한 목소리로 말했다.

"제가 알기론 스페라 스승님의 패밀리어는 불의 엘리멘탈인 살라만드라(Salamandra)가 아니라 도플갱어(Doppelganger)로 알고 있습니다. 그런데도 스승님은 화염마법이 주력이시죠."

"환상마법도 전문이야."

"제가 알기론 한 방면의 패밀리어가 없다면 그 방면으론 마법의 한계가 명확합니다. 하지만 스페라 스승님은 화염의 패밀리어가 없으심에도 불구하고 강력한 화염마법을 사용하시는 듯해서 말입니다."

"……."

"어떻게 가능하십니까?"

스페라는 조금 뜸을 들이다가 대답했다.

"내가 예전에 말했나? 나 배우였어. 텔라이에선 조금 멀리 떨어진 지역인 아소스(Asosu)라는 곳이 내 고향인데, 거기선 배우들이 연기를 할 때 불을 가지고 해."

"불이요?"

"응, 불. 불을 신성시하는 나라거든. 그래서 불을 하나 놓고, 마치 그것이 인격체인 것처럼 그 앞에서 홀로 연기를 하는데 그게 아소스의 유서 깊은 유흥거리라서 말이야. 아홉 살 때부터인가? 연기 지도를 전문적으로 받은 덕분에 스물이 되기 전 아소스 최고의 배우가 되었지."

"……."

스페라는 깍지를 낀 손으로 뒷머리를 받치곤 과거를 회상하며 말했다.

"지금은 아니지만, 그 당시의 나에겐 불이 친구였어. 아니, 연인이었지. 그리고 부모님이고 자식이었어. 나의 모든 것이었지. 사람과 대화하는 것보다 불과 대화하는 게 더 편했어. 미쳐 있었다고 생각해도 좋아. 그때 불 속에서 나에게 말을 걸던 그 존재… 그게 살라만드라라고는 생각해. 패밀리어가 그런 거잖아?"

패밀리어는 마법사의 의지력으로 인격이 없는 것에 인격을 부여하는 것.

마법이란 의지를 현실에 반영한다. 멀리 떨어진 물체를 의지로만 움직이는 사이코키네시스(Psychokinesis)같은 작은 것에서부터 시작하여, 손에서 불을 만들어 내고, 하늘에서 비를 내리며, 사람을 죽음에 이르게 하는 것까지, 모든 마법은 결국 마법사의 의지를 반영하는 것이라 할 수 있다. 그렇게 의지가 모이고 또 모이면 그것이 곧 인격이 되어 살아 숨 쉬게 되는 것이다.

운정이 되물었다.

"그런데요?"

스페라가 허무한 웃음을 지었다.

"어느 날 깨달아 버린 거야. 내가 하는 짓은 결국 연기에 불과하다는 것을."

"……"

"내가 그토록 사랑했던 불이 그저 불에 불과하다는 것을 알게 되어 버렸어. 내가 그 불을 향하여 한 모든 노래와 모든 춤은 결국 가짜였던 것이지. 나는 그저 연기를 한 것일 뿐, 노래도 춤도 한 게 아니야. 그래서 그 불은 나에게 불로서 찾아오지 않았지. 내가 그것을 '모든 것'으로 생각했기에, 그것은 나에게 '모든 것'으로 다가왔을 뿐이었어."

"흐음."

"그 깨달음 전에 내가 마법을 배웠다면, 분명 살라만드라가 나의 패밀리어가 되었겠지. 하지만 난 그 불이 그저 불에 불과하고 내가 하는 연기는 그저 연기에 불과하다는 걸 깨달은 뒤에 마법을 알게 되었어. 그렇다 보니, 내 패밀리어는 살라만드라가 아니라 도플갱어가 된 거야."

"도플갱어……"

"내가 화염마법을 주력으로 쓰는 이유는 간단해. 내 도플갱어가 항상 기본적으로 취하는 게 불의 형상이거든. 도플갱어는 자기 자신의 모습이 존재하지 않기 때문에 항상 무언가의 형상을 빌려야 해. 그게 불이라서… 나는 화염마법을 덩달아 잘 쓰게 되었지. 원래 불을 사랑한 것도 있지만."

"도플갱어가 다른 형상을 취한다면 그쪽 방면으로도 강력한 마법을 사용할 수 있겠습니다."

"그래서 내가 좀 세지. 하지만 꽤 연습을 해야 해."

"그렇군요."

운정은 그렇게 말하면서 옆에 있던 유리벽을 슬쩍 밀었다. 그러자 유리에 네모난 틈이 생기더니 마치 문처럼 앞으로 열렸다. 운정이 그 안으로 자연스럽게 들어가자 스페라가 툭하니 말했다.

"제 집처럼 드나드네. 아무튼, 나에 대한 건 왜 물어본 거야?"

운정은 숲 내음을 깊게 들이쉬더니, 대답했다.

"중원에서 말하는 태극이 마치 그 도플갱어와 비슷한 점이 있는 것 같아서 말입니다. 어느 형상이든 취할 수 있는 도플갱어처럼 태극도 어떠한 형상으로도 나눠질 수 있지요. 마스터 데란께서 태극을 이해하실 때에 도플갱어에 관한 지식을 빌리는 듯 보였습니다."

"흐음… 그래?"

"스페라 스승님께서는 어떻게 생각하십니까?"

스페라는 코를 만지작거리더니 말했다.

"글쎄, 도플갱어가 이런저런 걸로 변하는 거랑, 네 개의 패밀리어를 동시에 다루는 거랑은 완전히 다른 문제라고 보는데 나는."

"전 네 개의 패밀리어를 가졌다기보다는 네 개의 엘리멘탈을 가졌다고 보는 것이 정확합니다."

"그게 그거잖아. 엘리멘탈이 패밀리어 아니야?"

"제 말은 아무 패밀리어나 네 개를 가질 수 있는 것이 아니라, 오로지 엘리멘탈이기에 네 개의 패밀리어를 거느리고 있다는 것입니다."

"흐음, 뭔 말인지 알겠어. 말을 왜 이렇게 복잡하게 하니."

"배운 언어다 보니, 그렇게 말하게 되는 것 같습니다."

"아, 맞아. 그랬지?"

스페라는 새삼스레 운정이 공용어를 유창하게 하기까지 고작 이틀밖에 걸리지 않았다는 사실을 깨달았다. 그녀 본인도 중원인처럼 유창한 한어를 하지만, 운정처럼 겨우 이틀이 걸리진 않았다.

그녀가 그런 생각을 하는 동안 운정이 독백하듯 말했다.

"흠, 이 작은 오해가 큰 영향이 없었으면 하는데, 마스터 데란이 조금 걱정되기는 합니다. 혹시 서신이라도 보낼 수 있을까요?"

스페라는 고개를 저었다.

"아까 들었잖아. 엘리멘톨로지 학파는 모든 전쟁에 중립이라고. 안 그래도 델라이에 오래 머물러서 질책을 당할 수도 있는데, 네가 서신이라도 보내 봐. 바로 증거가 되어 버릴걸. 전쟁 끝나고 시간이 좀 흐른 뒤에 보내."

"그럼 그게 좋겠습니다."

그들은 그렇게 카이랄과 시르퀸이 태극권을 수련하는 곳에 도착했다.

한쪽에서 한슨이 부르는 피리 소리 속에서 그들은 무아지경에 빠져 태극권을 수련했다. 운정은 일정 거리에서 더 다가가지 않고 그들의 움직임을 면밀히 살펴보았는데, 인간으로 치면 족히 1년은 연습해야 나올 법한 통일성이 그들의 움직임 속에 녹아 있었다.

"그만큼 깨긴 어렵겠지……."

운정은 그렇게 중얼거리며 그들에게 다가갔다.

한슨이 먼저 그를 알아보고 연주를 멈췄다.

"오셨습니까?"

운정이 포권으로 인사할 때쯤, 멈춘 피리 소리 때문에 집중이 흐트러진 카이랄과 시르퀸이 그를 보았다.

"운정, 왔나?"

"마스터."

운정은 카이랄과 시르퀸을 돌아보며 말했다.

"조금 늦어서 미안해, 카이랄. 미안하다, 시르퀸. 혹 괜찮으면 날 바르쿠으르에 데려다줄 수 있느냐?"

시르퀸은 그 말을 듣고 고개를 갸웃했다.

"라스 오브 네이쳐를 펼친 것을 보면, 아마 마스터를 죽이려 할지 몰라요."

"아니, 내가 어떤 제안을 하느냐에 따라서 다를 것이다. 나를 데려다주거라."

카이랄이 손을 내리며 말했다.

"그럼 나도 가지."

"좋아."

시르퀸은 잠시 고민했지만, 곧 고개를 끄덕이며 말했다.

"마스터라면… 그래요. 저보다 더 잘 아시겠지요. 손을 잡으세요."

"아, 여기서 바로 가능한 건가?"

"숲의 축복은 어느 숲에서나 받을 수 있어요. 인공적인 곳이긴 하지만, 여기도 숲이죠."

시르퀸은 한슨을 보면서 깊은 미소를 지어 보였다. 한슨은 그것이 감사의 뜻임을 알고 부끄러운 듯 고개를 마주 숙였다.

스페라가 말했다.

"뭐야? 바로 가려고?"

운정은 고개를 끄덕였다.

"예. 엘프는 라스 오브 네이쳐 같은 큰 마법이 실패했다고 해서 인간처럼 사기가 꺾이거나 하지 않습니다. 목적을 완수하려는 의지는 변함이 없을 테니, 사용하지 않은 테라로 대지진을 일으키려 할지 모릅니다. 그들을 설득하는 것은 빠르면 빠를수록 좋지요."

"위험한 거 아니지?"

"아닙니다. 확실히 말씀드릴 수 있어요."

스페라는 눈을 좁히더니 시르퀸을 보았다. 순간 시르퀸의 눈동자가 흔들렸지만, 그녀는 곧 스페라를 마주 보며 말했다.

"마스터의 말을 믿으세요, 스페라."

스페라는 숨을 푹 하고 내쉬더니 말했다.

"알았어. 잘 다녀와. 초전에서 네가 활약해 주면 좋겠지만, 네가 가겠다면 어쩔 수 없지."

운정은 부드러운 목소리로 말했다.

"천마신교의 인물들도 있으니 괜찮을 겁니다. 그리고 지금 제가 하는 일이, 제가 초전을 돕는 것보다 더욱 델라이를 위하는 일일 수도 있습니다."

"정 그렇다면야……."

운정은 옅은 웃음을 띠고는 시르퀸의 손을 잡았다. 카이랄이 다른 손을 잡자, 그들은 다 같이 발을 앞으로 내밀었고, 그 뒤 그들의 몸은 그 자리에서 사라져 버렸다.

"……."

"……."

한슨은 믿을 수 없다는 듯 눈을 비볐고, 스페라는 애틋한 눈길로 그곳을 한참이나 보다가 몸을 돌려 중앙 정원에서 나갔다.

그렇게 그녀가 향한 곳은 군부.

정확하게는 군부에서 운용하는 감옥이었다.

스페라를 알아본 병사들이 그녀에게 경례를 하는데, 스페라는 관심 없다는 듯 툭하니 물었다.

"머혼 백작은?"

서로 눈치를 보던 그들 중 가장 나이가 많은 자가 대표로 말했다.

"안에 계십니다. 아, 안내해 드릴까요?"

"부탁해."

그 병사는 감옥 문을 열고 먼저 앞서갔다.

그렇게 얼마 걷지 않아, 머혼이 감금되어 있는 감방에 도착했다. 다른 곳보다 두세 배는 많은 횃불로 환히 밝혀진 그 방 안에서 머혼은 푹신한 소파에 몸을 반쯤 묻은 채로, 어떤 책을 읽고 있었다. 감방 문은 잠겨 있지도 않았다.

스페라는 반쯤 열려 있는 그 문을 어이없다는 듯 내려다보다가 병사와 눈이 마주쳤다. 병사는 긴장한 표정으로 어색하게 인사했다.

"그, 그럼 대화들 나누십시오."

그는 빠른 걸음으로 사라져 버렸다.

스페라는 그 감방 문을 손등으로 밀어 안으로 들어갔다. 그러자 머혼은 책에 시선을 고정한 채로 말했다.

"난 분명히 잠그라고 했습니다, 스페라 백작. 안 잠근 건 저들이지. 그러니까 나한테 뭐라고 하지 마세요."

스페라는 천천히 걸어가 머혼 앞에 섰다. 그리고 그를 뚫어지게 내려다보았다.

책을 읽던 머혼은 한숨을 푹 쉬더니 눈동자만 위로 올려 스페라를 보았다.

그녀가 말했다.

"평안해 보이시네요. 감옥에 갇혔다기에, 위로라도 해 드리려고 왔는데."

머혼은 책을 힘없이 내리곤 왼손 엄지로 한쪽을 가리켰다.

"불편해 죽겠습니다. 감자튀김을 주는데 케첩은 못 주겠다고 하지 않습니까? 참 나."

스페라가 그쪽을 보니, 소파 옆에 놓인 빈 그릇이 보였다.

그녀가 말했다.

"델라이 왕… 이해해 줄 거죠?"

머혼이 나지막하게 물었다.

"들어나 봅시다. 뭐에서 수틀렸답니까?"

"머혼 백작께서 미스릴을 따로 만들어서 그런가 봐요."

"하, 겨우 그걸로 말입니까?"

"일단 말은 그래요."

"참 나."

머혼은 언짢은 듯 고개를 도리도리 흔들더니 책을 다시 들었다. 그리고 몇 줄 읽다가 다시 눈길을 올려 스페라를 올려다보았다.

그녀는 그대로 있었다.

머혼이 뭐라고 이야기하려는데, 스페라가 먼저 말했다.

"봐줘요."

"……"

"봐줘요. 알겠죠?"

"스페라 백작, 그새 델라이에 애국심이라도 생겼습니까?"

"봐줘요."

"……"

"얼른 답해요. 봐줄 거죠?"

머혼은 귀찮다는 듯 혀를 한번 차더니 책을 올렸다.

"쯧, 예. 봐드리지요. 됐습니까, 스페라 백작?"

"네, 됐어요. 즐거운 독서 되세요, 머혼 백작."

스페라는 몸을 돌려 감방에서 나가려는데, 머혼이 책장 하나를 넘기면서 말했다.

"아 참, 스페라 백작."

"예?"

머혼이 고개만 살짝 돌려 스페라를 흘겨보면서 말했다.

"복장을 보아하니 완전무장을 하신 것 같은데, 그럴 필요 없을 겁니다. 그렇게 있는 것만으로도 부담 아닙니까?"

"왜요? 내가 출전하지 않으리라고 생각하나요?"

머혼은 고개를 다시 돌려 책에 시선을 가져가며 말했다.

"중원인들이 있지 않습니까? 그자들이 알아서 해 줄 겁니다."

"글쎄요. 제가 알기론 이번 초전이 꽤 이상하게 돌아가는 듯해요. 머혼 백작께서 말씀하셨던 것처럼, 그냥 승리하는 것도 아니고 압도적으로 승리하기 위해선 제 힘이 필요하지 않겠어요?"

"네. 필요 없습니다."

"……."

"곧 보시게 될 겁니다. 아, 그리고 전하께서 전쟁이 끝나면 절 풀어 준다고 했으니, 전쟁이 끝나면 꼭 말 좀 부탁드리겠습니다. 그전까지 이 책을 끝낼 수 있었으면 좋겠습니다, 하하.

요즘 통 시간이 안 나서 못 읽었거든요."

공중에서 한 번 좌우로 흔들리고 다시 책을 잡는 머혼의 손.

스페라는 그 손을 보며 묘한 충동을 느꼈다.

당장 머혼의 앞에 걸어가고 싶다.

어떤 표정을 짓고 있는지 확인하고 싶다.

"후우."

그녀는 한숨을 쉬며 그 충동을 억눌렀다.

만약 그녀가 예상한 표정이 그대로 그의 얼굴에 있다면, 그녀 본인도 감정을 다스릴 수 없게 될까 봐.

그녀는 그렇게 인사도 없이 감방에서 나갔다.

밖에서는 처음 보는 한 장교가 그녀를 기다리고 있었다.

"포트리아 대장군의 명령입니다. 지금 알론 평야로 가셔야겠습니다."

"출전인가요?"

"예, 혹시 마법부에 들러서 준비를 하셔야 한다면……."

스페라는 그 말을 막고 말했다.

"완전무장 한 상태니까 걱정 마세요. 바로 가면 되죠?"

"아, 함께 가실 분들이 있습니다. 그, 그들이 통제를 벗어나면 억류해 달라고……."

스페라가 억류해야 할 자들이 누군지는 뻔했다.

그녀가 되물었다.

"중원인들 말인가요?"

"예. 마법이 아니면 그들을 상대할 수 없다고 합니다."

스페라는 마음에 들지 않는 표정을 지었지만, 곧 툭하니 말했다.

"알겠어요, 안내해요."

"예, 스페라 백작."

그 장교는 그녀를 안내해서 왕성 동문으로 나갔다.

그쪽에는 몇몇의 마법사들과 병사들, 포트리아 대장군 및 다른 장군들, 그리고 천마신교의 인물들이 있었다.

포트리아는 스페라를 보더니 한결 안심한 표정으로 말했다.

"와서 통역 좀 해 주십시오. 통역마법으로는 답답해서 영 소통이 되지 않습니다."

스페라는 그들을 향해서 걸어가며 천천히 천마신교의 인물들을 바라보았다.

열 명이 조금 못 되는 그들은 은은한 마기를 담은 눈빛으로 스페라를 바라보고 있었다. 그녀는 마음속에서 절로 일어나는 공포심에 지배되기보다, 그 현상 자체를 신기하게 생각했다.

스페라가 포트리아에게 말했다.

"다른 차원의 언어니까요. 통역마법으로도 어색할 수밖에 없지요. 자, 그럼 뭐라고 말씀드릴까요?"

"운정 도사가 말한 조건대로, 두 번의 전투 지원 중 한 번을 지금으로 하겠다고 전해 주십시오. 통역마법으로 말했는데, 이상한 대답만 해서 말입니다."

스페라는 고개를 끄덕이곤 그들을 가만히 지켜보던 사무조에게 말했다.

"這是我們談到的兩個支持之一. 你同意嗎?"

사무조는 일그러진 미소를 지으며 말했다.

"正如我所說, 我們將殺死所有敵人. 你同意嗎?"

스페라는 헛기침을 하더니 포트리아를 돌아보곤 말했다.

"말했어요."

포트리아는 눈을 게슴츠레 뜨며 사무조를 한번 흘겨보더니 말했다.

"뭐라고 말한 겁니까? 조금 길게 말하던데."

"적을 모두 죽여 주겠다고 하는군요."

포트리아가 어이없다는 듯 말했다.

"적이 천 명이라는 것은 분명히 알 텐데요. 잘못 전해진 것 같습니다. 적의 규모가 천이 넘어간다는 것도 알려 주시지요."

스페라는 고개를 돌려서 사무조를 보았는데, 그들을 지켜보던 사무조가 먼저 스페라에게 말했다.

"我知道有一千個.我們會殺千人."

스페라는 묘한 눈길로 그를 보다가 곧 포트리아에게 말했다.

"이미 알고 있다네요. 천 명."

포트리아는 팔짱을 끼더니 말했다.

"마법도 없이 여덟 명이서 천을 죽인다라… 뭐 한번 보겠습니다. 중원의 무공이라는 것이 얼마나 대단한지. 마법만큼 대단하다면야 불가능한 일도 아니겠지요. 자, 다들 준비되었느냐? 그럼 공간이동을 시전하라."

그녀의 질문에 마법사들이 고개를 끄덕이고는 모두 지팡이를 높이 들고 주문을 읊었다.

곧 그들은 그곳에서 사라져 알톤 평야 한쪽에 나타났다.

쾅!

쿠쾅!

"크아악!"

"크악!"

병장기가 부딪치는 소리 그리고 사람이 비명을 지르는 소리가 알톤 평야 전체에 울리고 있었다.

공간이동으로 인해서 안 그래도 두통이 찾아오는데, 귀를 강타하는 전투의 굉음은 머리를 더욱 흔드는 것 같았다.

그때, 누군가 큰 소리를 쳤다.

"雲氣!"

그 말이 떨어지기 무섭게, 천마신교 모든 이들은 가부좌를 틀고 앉았다. 그리고 내공을 운용하기 시작했는데, 그들의 몸에서 일어나는 놀라운 현상에 스페라는 눈이 휘둥그레졌다.

"우와. 장난 아닌데?"

스페라는 손을 옆으로 뻗었다. 그러자 공중에서 그녀의 지팡이가 튀어나와 그녀의 손에 붙잡혔다. 그녀의 지팡이 끝에는 줄로 열 개의 보라색 마나스톤이 매달려 있었는데, 각자 형용할 수 없는 아름다운 빛을 내고 있었다.

그녀는 천마신교 인물을 향해 그것을 뻗으면서 경계의 시선으로 그들을 바라보았다. 하지만 그들은 조용히 앉아서 가만히 운기를 할 뿐, 더 이상 이렇다 할 행동을 하지 않았다.

포트리아가 스페라에게 물었다.

"그들이 무엇을 하는 겁니까?"

스페라는 두 눈에 들어오는 광경을 짧게 설명했다.

"몸 안에서 마나를 돌리며 부풀리고 있어요. 아마 그것을 신체에 불어넣어 사용하려 하는 것이겠지요. 전장은 저쪽인가요? 저기 군막 있는 곳."

"저 군막은 델라이의 것입니다. 아마 그 뒤쪽으로 기사들 간의 전투가 벌어지고 있다고 생각합니다."

스페라는 조금 긴장한 표정으로 말했다.

"그들이 노매직존으로 들어서면 제가 할 수 있는 건 없어요. 그러니 제가 저들을 통제하길 원한다면 노매직존을 해제하셔야 해요."

"소론 쪽에서도 해제해 준다면 말이지요."

"그쪽에서 유지하는 경우라면 어쩔 수 없지만요."

포트리아는 언제나 여유 넘치던 스페라의 얼굴에 감도는 긴장감을 보며 덩달아 긴장되는 것을 느꼈다.

하지만, 겨우 여덟 명이다.

의회장에서 난동을 피웠던 걸 생각하더라도, 천 명을 모두 죽인다는 것은 사실 말이 되지 않는다.

장군들이 눈치를 주자, 포트리아는 걸음을 옮기며 스페라에게 말했다.

"일단 가서 전장을 살펴보고 오겠습니다. 스페라 백작께선 그들이 엇나가지 않도록 잘 인도해 주십시오."

"알겠어요."

포트리아는 그녀와 천마신교의 인물들을 그곳에 두고 델라이의 군막까지 걸어갔다. 그녀는 그곳에서 장군들과 함께 전장을 내려다보았다.

기사들 간의 전투는 이제 막 시작되었는지, 마치 민물과 바닷물이 만나는 하구처럼 길게 선을 그리며 힘 싸움을 하고 있었다.

이미 시작된 싸움에 그녀가 할 것은 크게 없다. 그녀는 곧 중앙 군막으로 들어섰다.

그곳은 텅 비어 있었는데, 이곳저곳에 작전 회의의 흔적이 남아 있었다. 포트리아는 놀라운 통찰력으로 그 흔적을 한 번 슥 훑어보는 것만으로도 델라이의 기사들이 어떤 전략을 짰는지 알 수 있었다.

그런데 그중 그녀의 시선을 잡아끄는 백색 돌이 있었다. 그 위치가 이상하게 느껴진 포트리아는 옆에 있던 장군에게 물었다.

"멕컬리 장군, 우리 쪽 우측 측면에 어느 기사단이 있었지?"

멕컬리는 방금 봤던 전장의 상황을 머릿속으로 떠올리며 대답했다.

"분명 머혼 기사단이었습니다."

포트리아는 팔짱을 끼더니 조금 의아한 듯 독백했다.

"머혼 기사단? 측면으로 돈 것인가? 왜지? 흑기사단과 함께 중앙을 잡아 줘도 시원찮을 판에."

다른 장군이 말했다.

"전장이 조금 기울어져 있었던 것 같습니다. 그래서 측면 돌파를 하려는 것이 아닌가 합니다."

"기울어져 있었다? 흐음. 그랬나?"

"예. 미세한 차이이긴 했습니다."

포트리아는 그런 부분에서 잘 알지 못하니, 그 장군의 말을 듣고 고개를 끄덕였다.

"흐음. 중원인들이 언제 준비가 될지 모르겠지만, 일단 전장을 관전하도록 하지. 지금 우리가 할 수 있는 건 중원인들의 활약을 지켜보고, 향후 그들의 기술을 현 군사학에 어떻게 적용할지 판단하는 일이니까."

포트리아는 중앙 군막을 나갔고, 다른 장군들도 그녀를 따라나섰다.

그녀는 전장을 바라봤다.

아니, 바라보려고 했다.

그러나 그녀의 고개가 말을 듣지 않았다.

분명 오른쪽으로 돌려서 전장을 봐야 했다.

하지만 그녀의 목은 계속해서 왼쪽으로 돌아가려 했다.

마치 누군가 그녀의 목을 붙잡고 억지로 왼쪽으로 돌리는 듯했다.

머리로는 자신의 목이 이상하게 돌아간다는 걸 인지했다.

인지하면서도 그것을 멈출 수 없었다.

인간의 본능 중 가장 강력한 본능인 생존 본능이 작용하고 있었기 때문이다.

위험하다.

위험한 것이 왼쪽에 있다.

그것을 봐야 한다.

포트리아는 결국 왼쪽을 보게 되었다.

쉬익—!

갑자기 하늘이 검게 변했다.

포트리아는 그대로 자리에 주저앉아 버리고는 멍한 표정으로 그것을 따라 올려다보았다.

그녀는 기억했다.

어렸을 적 말을 타다 떨어졌는데, 뒤따라오던 말이 그녀를 훌쩍 뛰어넘는 장면을.

그리고 지금 그 장면이 정확히 재연되었다.

여덟 번이나.

"무, 무슨!"

그녀는 믿을 수 없다는 듯 자신을 뛰어넘은 중원인들을 따라 시선을 돌렸다.

중원인들이 이미 델라이의 기사들 머리 위로 날아가고 있었다.

쾅—!

그들은 마치 무거운 바위가 호수에 떨어진 것처럼, 적진 한 복판에 떨어졌다. 그 충격으로 인해서, 적 기사들은 마치 물방울처럼 사방으로 튀어 올랐다.

"크학!"

"으악!"

그리고 대학살이 시작되었다.

第五十五章

하늘의 모든 것이 줄기와 잎사귀에 가려지고, 땅의 모든 것
이 뿌리와 낙엽에 의해 가려진 세상.

바르쿠으르(Barr'Kuoru)의 요정숲은 다른 모든 요정의 서식
지가 그렇듯, 하나의 존재가 모든 것을 대신하고 있었다. 듬성
듬성 곧게 뻗어 있는 거대한 나무는 아래로도 위로도 그 끝
이 없는 것이, 마치 그 세계를 지탱하는 기둥인 것 같았다.

그 나무종의 이름은 바르(Barr). 그 말은 그 나무들을 지칭
하는 말이기도 했고, 엘프종을 지칭하는 말이기도 했다.

시르퀸과 운정, 그리고 카이랄은 숲의 축복을 받아 바르쿠

으르에 도착했다.

처음 느껴진 것은 진하디진한 테라(Terra), 즉 곤기(KunQi)였다. 바르쿠으르는 마치 중원을 연상시킬 정도로 충만한 곤기를 가지고 있었다. 아니, 단순히 중원을 넘어서 과거 그가 살았던 무당산의 정기만큼이나 가득했다.

곤기가 급했던 운정은 호흡을 통해 그 기운을 흡수하려 했다. 하지만 어떤 강력한 의지가 구속하고 있어, 일절 흡수되지 않았다. 마치 땅 전체에 기운이 갇혀 있는 느낌이었다.

운정이 말했다.

"땅에 묶여 있긴 하지만, 정말 테라가 가득하구나. 아니, 정확히 말하면 테라만이 가득해."

시르퀸이 나지막하게 말했다.

"라스 오브 네이처에 테라를 제외한 모든 엘리멘탈을 쏟아부었으니, 테라만이 가득할 수밖에 없어요, 마스터. 그 증거로 낙엽들이 썩어 들어가기 시작했군요. 이러다가는 땅이 드러나 버릴 텐데, 어머니도 고민이 많겠어요."

그 말을 듣고 보니, 공기 중에 퀴퀴한 냄새가 은은하게 떠다니는 듯했다.

운정이 말했다.

"그럼 원래는 낙엽이 썩지 않아야 하는 것이냐?"

시르퀸이 대답했다.

"마법사들이 항상 관리하지요. 지금은 네 엘리멘트에 균형이 깨져서 테라를 제대로 관리하지 못하는 듯싶어요. 이렇게 되면 나무가 너무 많이 자랄 텐데."

운정은 얼굴을 굳히면서 말했다.

"자초한 일이지."

"예, 마스터."

그때 카이랄이 말했다.

"저쪽에서 누군가 온다. 와쳐인 것 같은데?"

그 말이 끝나기 무섭게 바람의 화살 하나가 운정에게로 날아왔다.

운정은 오른손을 앞으로 뻗어, 그 바람의 화살의 기운을 흡수했다.

"크흡."

운정의 양쪽 콧구멍에서 핏물이 흘러나왔다.

"운정!"

"마스터!"

시르퀸과 카이랄이 놀라 외치자, 운정은 왼손으로 핏물을 닦으며 오른손으로 미스릴 검을 꺼냈다.

"간신히 균형을 유지하고 있었지. 거기다가 에어(Aer)를 부어 버렸으니……."

운정은 나지막하게 중얼거린 뒤, 횡으로 미스릴 검을 휘둘렀다.

그러자 강렬한 파공음과 함께 바람에 실린 검기가 놀라운 속도로 날아갔다. 운정에게 바람의 화살을 쏜 와쳐는 미처 그 것을 피해 내지 못했다.

서걱.

검기에 의해서 활시위처럼 연결된 그 와쳐의 머리카락이 반쯤 잘려 나갔다. 그러자 금빛을 내며 팽팽한 시위 역할을 하던 그 머리카락은 금세 색을 잃고, 장력도 잃었다. 그리고 하늘거리며 땅에 떨어졌다.

그 와쳐는 더 이상 활시위가 없는 활을 천천히 내렸다. 그리고 가만히 서서 운정 일행을 지켜보았다. 어떤 고민을 하는지, 그녀의 두 눈은 한량없이 깊었다. 운정과 시르퀸 그리고 카이랄 사이를 번갈아 움직이던 그 눈에 한순간 강한 빛이 났다. 그녀는 지체 없이 몸을 돌렸다.

그녀의 앞에는 운정이 있었다.

"Akafeho……."

그녀의 경악이 담긴 그 말이 끝나기도 전에, 운정은 미스릴 검을 들었다. 그리고 그녀의 몸 이곳저곳을 향해 찔러 넣었다.

툭. 툭. 툭. 툭.

검 끝이 피와 살로 된 육신에 닿았는데, 둔탁한 소리가 이어졌다. 초합금속 중에서도 날카롭기 짝이 없는 미스릴 검인데도 불구하고 말이다.

와쳐는 이대로 자신의 몸에 송송 구멍이 뚫리리라 생각했다. 하지만 약간의 충격 외에 아무런 고통이 없었다. 그녀는 자신에게 일어난 일을 이해할 수 없었다.

운정은 그녀를 바라보며 검을 내렸다.

"움직이지 못할 겁니다. 억지로 힘을 쓰면 몸이 망가지니 주의하십시오."

그 와쳐는 눈을 가늘게 뜨고는 한번 몸을 움직여 봤다. 어떤 근육도 그녀의 말을 듣지 않았다. 그나마 머리 위로는 자유롭다는 것을 알고 공용어를 내뱉었다.

"전에 우리 일족을 방문한 자군… 중원인이야."

운정도 그녀처럼 눈을 좁히며 물었다.

"와쳐치고는 아는 것이 많군요. 나이가 많습니까?"

이번에는 그 와쳐의 두 눈이 커졌다.

"엘프에 대해서 잘 아는가 보지?"

운정의 눈길이 단발이 되어 버린 그녀의 머리카락으로 향했다.

정확하게는 그 안에서 벌벌 떨고 있는 실프. 그 실프는 운정의 눈길이 자신을 향했다는 것을 느끼고는 깜짝 놀라 머리카락 속으로 몸을 마구 숨겼다. 하지만 단발이 되어 버린 탓에 몸을 다 가릴 수 없어, 계속해서 머리카락을 잡아끌며 숨기 위해 안간힘을 썼다.

운정이 말했다.

"당신의 머리카락 속에서 에어가 느껴지는군요. 분명 실프가 있겠지요."

"네 심장 속에서도 에어가 느껴진다. 그곳에 실프가 있겠지."

운정의 눈길이 살짝 아래로 향했다.

"라스 오브 네이쳐를 시전하기 위해선 일족에서 에어, 아쿠아, 그리고 이그니스, 이 세 엘리멘탈을 가진 자들이 동원된다고 들었습니다. 그리고 그들은 시전 이후 모두 죽게 된다는 것까지도요. 하지만 당신은 실프를 지닌 채로 아직도 살아계십니다. 그 뜻은 그들이 당신을 마법에 쓸 수 없을 정도로 당신이 유능한 와쳐라는 것이지요. 오랜 삶을 산 엘프가 이 정도로 인정받기란 쉽지 않았을 겁니다."

"……"

"얼마나 오랫동안 사셨습니까?"

그 와쳐는 가만히 운정을 지켜보다가 툭하니 말했다.

"천 년을 넘기고는 더 세지 않았다."

"그렇군요."

"그리고 그 세월 동안 너와 같은 인간은 본 적이 없다. 내가 인간과 대화하는 건 몇십 년에 한 번 꼴에 불과하지만, 천 년을 넘게 산지라 다양한 인간을 만났지. 하지만 너와 같은 수준으로 엘프를 이해하는 자는 없었어. 정말 인간이 맞나?"

운정이 대답하려는데, 막 옆으로 온 시르퀸이 그 엘프를 보고는 먼저 말했다.

"당신이로군요."

운정이 그녀에게 물었다.

"아는 와쳐이더냐?"

시르퀸이 대답했다.

"예. 바르쿠으르의 하이엘프들은 다 알죠. 천 년 넘게 산 그 녀를. 하지만 그녀의 이름은 몰라요. 그녀는 자신의 이름을 누구에게도 알려 주지 않았죠."

그 와쳐는 시르퀸을 보더니 말했다.

"하이엘프, 보아하니, 뿌리를 내리려고 일족을 벗어난 것 같은데 다시 돌아온 이유가 뭐지? 어머니가 되기로 작정했다면, 너는 더 이상 우리의 개체가 아니다."

시르퀸이 말했다.

"아직이에요. 전 씨앗을 어머니께 맡겼지요. 그리고 중원의 기술인 무공을 익히기 위해서 여기 계신 운정을 마스터로 섬기고 있어요. 무공을 모두 익히면, 어머니께 돌아와 지식과 씨앗을 교환하고 그때 나가서 뿌리를 내릴 거예요."

그 와쳐는 눈을 날카롭게 좁히며 물었다.

"무공을 모두 익혀 돌아온 것인가?"

시르퀸은 고개를 저었다.

"아니요."

"그럼 왜 돌아온 것이지?"

그 질문에는 운정이 대답했다.

"당신들이 라스 오브 네이쳐로 파괴하려 했던 델라이의 NSMC는 아직 건재합니다. 아마도 이미 이 사실을 알고 있겠지요. 그렇기에, 전 당신들이……."

그 와쳐는 단호하게 말했다.

"그건 나와 상관없는 일이다. 나는 너희들이 왜 바르쿠으르에 침입했는지 물을 뿐이다. 목적이 무엇이냐?"

운정은 다 설명하려다가 호흡을 끊었다. 그녀의 말대로 그녀는 사정이 궁금한 것이 아니라, 그들의 목적만이 궁금한 것이다. 때문에 그는 본론을 짧게 말했다.

"당신의 어머니를 뵈려 합니다."

그 와쳐는 머리를 뒤로 뺐다.

"어머니를? 인간이? 미쳤군."

시르퀸이 그들의 대화에 끼어들었다.

"서로 간의 의사소통은 제가 도와주면 될 거예요. 저를 통해서 두 분이서 마주하면 되지요."

"너를? 나를 보고도 공용어를 쓰는 네가 과연 어머니를 만날 수나 있을까?"

그 말을 들은 시르퀸은 뭔가 충격을 받은 듯한 표정을 지었다. 그녀는 여러 차례 입술을 달싹거리더니 겨우 대답을 할 수 있었다.

"옆에 마스터께서는 우리의 언어를 모르시니 배려한 것입니다."

"왜? 그를 배려하지?"

"제 마스터이시니까요."

"마스터라… 정말로 그 개념을 이해하는가, 하이엘프?"

"전 이해해요. 와쳐인 당신은 이해할 수 없겠지만."

"……"

"어머니에게 안내해 주세요. 어머니께서 절 보려 하지 않으신다면 어쩔 수 없지요. 하지만 그건 당신이 미리 판단할 문제가 아니에요."

그 와쳐는 가만히 시르퀸을 보다가 곧 운정에게 고개를 돌리며 말했다.

"우리 일족에게 해악을 끼치지 않겠다는 것과 나를 온전히 살려 준다고 약속한다면 어머니께 널 데려다주겠다. 대화를 하고 말고는 보장하지 못한다."

운정은 고개를 갸웃하더니 말했다.

"당신을 온전히 살려 준다면?"

"그래."

운정은 알 수 없다는 듯 그 와쳐를 지켜보다가 곧 나지막하게 물었다.

"와쳐도 많이 죽었습니까?"

시르퀸도 카이랄도 그 말을 듣고 입을 살짝 벌렸다.

모든 엘프 중 특히나 와쳐는 자신의 목숨을 하찮게 생각한다. 그런 와쳐가 자신의 목숨을 굳이 지키려고 하는 것은, 자신의 목숨이 일족의 존망에 기여하는 바가 크다고 판단한 것이다. 그리고 그런 판단을 내릴 만한 상황은 다른 와쳐의 숫자가 매우 적은 경우가 가장 가능성이 높다.

운정은 그것을 꿰뚫어 보고 물은 것이다.

시르퀸과 카이랄은 눈을 마주치며 서로가 같은 생각을 했다는 것을 알았다.

그때쯤 그 와쳐가 말했다.

"맞다. 와쳐는 나 혼자다. 날 죽이면 바르쿠으르는 완전한 무방비 상태가 되지. 난 죽을 수 없다."

"역시."

"내 조건을 받아들이겠는가?"

운정은 고개를 끄덕이며 말했다.

"예, 그렇게 하겠습니다."

그 엘프는 운정의 눈빛을 지그시 바라보다가 곧 말했다.

"진실이군. 그럼 이 이상한 마법을 풀어라. 어머니께 안내하지."

운정은 미스릴 검을 집어넣고, 오른손 검지와 중지를 뻗어 그 와쳐의 혈을 풀어 주었다. 그러자 기혈이 뚫리면서 그 와쳐는 정상적으로 움직일 수 있게 되었다.

그 순간 그 와쳐는 사라져 버렸다.

운정의 표정이 굳자, 시르퀸이 그에게 손을 내밀었다. 그녀의 다른 손은 이미 카이랄의 손을 잡고 있었다.

"잡으세요. 그녀는 지금 축복 안에서 걷는 중이에요."

운정이 그 손을 잡자, 세상이 선으로 변하더니 사라져 버린 그 와쳐가 앞에서 걸어가는 것이 보였다.

시르퀸은 양손에 카이랄과 운정을 잡고 걸으면서 조금 큰 소리로 앞에 있는 그 와쳐에게 물었다.

"당신은 와쳐이면서도 어머니의 위치를 아시나 보죠?"

그 와쳐는 뜸을 들이다가 대답했다.

"이백오십 년 전쯤인가, 그때부터 어머니와 소통할 수 있게 되었다. 희미한 목소리뿐이지만."

시르퀸은 놀란 목소리로 되물었다.

"와쳐는 어머니로부터 정말 먼 개체인데 어떻게 그것이 가능하죠?"

"오래 살다 보니 아는 것도, 생각하는 것도 많아졌다. 하지만 나는 옅어지려는 Rodalesitojuda를 굳건히 지켜 내었다. 어머니께서 그 점을 높이 사셨는지 처음 내게 말을 걸으셨다. 어머니도 신기하셨던 것 같다."

"네, 확실히 신기하셨을 거예요. 다른 이도 아닌 와쳐가 어머니와 가까워질 수 있는지는 정말 꿈에도 몰랐어요."

"나는 와쳐이기에 가능했다고 본다. 와쳐는 개체 중 가장 단순한 일을 하지. 순찰하고 일족이 아닌 자를 보면 죽인다. 천 년 이상의 세월 동안 내가 한 것은 그저 그것의 반복이었다. 때문에 와쳐는 적에게 죽으면 죽었지, Rodalesitojuda가 옅어져 추방당하는 일은 거의 없다. 나는 지금껏 적에게 죽지 않았기에 오래 살게 된 것이지."

시르퀸은 눈을 반짝이며 물었다.

"당신이 오래 살게 된 이유는 뭐라고 생각하세요?"

그 와쳐는 짜증 난다는 듯 대답했다.

"누가 하이엘프 아니랄까 봐, 꼬치꼬치 캐묻기는."

"그게 제 일인걸요. 일족 안 밖으로 이곳저곳을 돌아다니면서 묻고 또 묻는 게 제가 해야 하는 일이에요."

"방해하는 거겠지."

"그래서, 장수의 이유는 뭐라고 생각하세요? 대답해 주세요, 하이엘프의 질문이니."

그 와쳐는 더욱 짜증 난 표정을 지었지만, 그대로 잠시 생각을 정리하더니 말했다.

"생각만 했지 한 번도 입 밖으로 꺼낸 적이 없어서 뭐라 말하기 어렵지만… 내 생각에는 내가 와쳐로서는 처음으로 만들어졌기 때문인 것 같다."

"예?"

"내 추측이지만, 난 어머니께서 처음 이곳에 정착하셨을 때 생긴 첫 열매에서 태어난 것 같다. 당시 어머니는 자식을 만드는 일에 서툴렀기 때문에, 각 열매마다 정한 직업에 필요한 영양분을 정확히 분배하실 줄 모르셨겠지. 또 어느 개체에게 어떤 일을 맡겨야 하는지도 잘 분간하지 못하셨을 거야. 그래서 이도 저도 아닌 애매한 기능을 가진 일족이 많이 탄생했어."

"하지만 그런 실패작의 경우, Rodalesitojuda가 옅어지는 등의 문제를 일으켜 결국 추방되잖아요?"

"나는 그렇게 되지 않았어. 무슨 이유인지 모르지만, 내게 과잉 공급 되었던 여분의 영양분은 와쳐의 일을 오랜 세월 동안 하게 만드는 원동력이 된 것 같다."

시르퀸은 양손을 모으고 눈을 반짝반짝 빛내면서 물었다.

"어떤 영양분이죠?"

그 와쳐는 조금 더 고민하다가 말했다.

"난… 사랑한다."

"예?"

"사랑한다. 나의 어머니를. 나의 일족을. 나를."

"……."

"다 왔다."

그녀가 고개를 들고 앞에 있는 한 나무를 가리켰다.

그 나무는 지금껏 지나쳐 온 모든 바르 나무와 전혀 차이가 없는 평범한 바르 나무였다.

하지만 그것을 한참 동안 살펴본 시르퀸은 곧 눈이 더 이상 커질 수 없을 만큼 커졌다.

"어, 어머니? 저, 정말로 어머니께서 여기 계시는군요!"

그녀는 빠르게 달려가 그 나무를 끌어안았다. 그리고 그 나무로부터 나온 뿌리 옆에 앉아서 눈을 감고는 편안한 표정을 지은 채로 가만히 있었다.

와쳐는 먼 거리에 선 채로 가만히 그 모습을 지켜보았다.

운정이 힐끗 그 와쳐의 눈을 보았는데, 그 눈에는 엘프라곤 믿을 수 없을 만큼 격한 감정이 담겨 있었다.

부러움.

운정이 그녀에게 말했다.

"당신은 다가갈 수 없나 보군요."

그 와쳐는 조금은 서글픈 목소리로 말했다.

"어머니와 가까워지면 가까워질수록 나는 와쳐로서의 위치를 잃는다."

"그걸 자각하고 있는 것 자체가 이미 와쳐로서의 위치에서 벗어난 판단 아닙니까?"

"모든 것이 그런 것 아니겠나? 인간은 신을 상상하고 믿을 때 자신의 위치를 자각하게 되고 그때야 비로소 가장 인간다워지지."

그 말은 엘프가 엘프 사회 내에서 절대로 생각해 낼 수 없는 종류의 것이다.

운정은 그녀가 어디서 그런 생각을 얻었을까 추측해 보았다.

"인간 사제와도 이야기해 본 적이 있으신가 봅니다."

그 와쳐는 어머니와 시르퀸의 재회를 바라보며 느린 목소리로 대답했다.

"한때 어머니께서 인간의 종교에 관심이 있으셔서 인간 사제를 사로잡았던 적이 있었다. 내가 그를 감옥에 가둘 때까지, 그는 내게 자신의 종교를 전파하려 했었지. 오랜 세월이 지나도 잊히지 않는… 그런 만남이었다."

"그렇군요."

"인사가 다 끝났나 보군."

시르퀸은 자리에서 일어나더니 운정에게 걸어왔다. 그녀의 표정은 행복으로 가득 채워져 있었는데, 운정은 그 정도로 행복에 겨운 표정을 지금까지 본 적이 없었다.

시르퀸은 웃음을 흘리며 운정에게 말했다.

"후훗, 인사시켜 드릴게요. 따라오세요."

시르퀸이 운정의 팔을 붙잡고 이끌자, 운정은 천천히 그녀를 따라 앞서 걸었다. 그리고 곧 어머니가 있다는 그 나무 앞에 섰다.

"이 나무냐?"

"네, 마스터."

시르퀸은 연신 고개를 끄덕였다. 운정은 가만히 고개를 돌려 그 나무를 보았는데, 아무리 보아도 특이한 점을 찾을 수 없었다. 단순히 오감을 넘어서 기감을 열어도, 그 나무로부터 느낄 수 있는 건 다른 모든 평범한 나무에게서도 느껴지는 것뿐이었다.

시르퀸은 맑게 웃으며 말했다.

"제 어머니세요. 바르쿠으르 그 자체시죠."

운정은 의아한 표정을 지었지만, 우선 포권을 취해 보였다.

"운정이 인사드립니다."

그가 포권을 내릴 때까지 아무런 일도 일어나지 않았다.

운정이 의심스러운 눈초리로 시크퀸을 돌아보자, 시르퀸은 재밌다는 듯 웃으면서 말했다.

"두 분 다 똑같네요."

운정이 물었다.

"똑같다니?"

시르퀸이 입을 가리며 웃었다.

"호호호, 두 분 다 서로가 앞에 있다는 걸 못 믿는 거요. 마스터도 그렇고, 어머니도 그렇고. 아이, 서로가 서로를 마주할 수 있었으면 정말 좋을 텐데. 두 분 다 너무 좋으신 분들이라 분명 친한 친구가 되셨을 거예요."

"……."

운정은 그녀를 보다가 곧 고개를 돌려서 그 나무를 바라보았다.

그 나무는 여전히 그저 나무에 불과했다.

운정이 헛기침을 하더니 말했다.

"크흠, 그럼 말을 전해 줄 수 있느냐?"

시르퀸이 말했다.

"그전에 어머니께서 먼저 말씀하셨어요. 중원에 돌아가지 못하게 됐다면 미안하다고. 그리고 적의를 가지고 이곳에 오지 않은 것에 대해서도 감사하다고 전해 달래요."

운정이 말했다.

"라스 오브 네이쳐로 NSMC를 파괴하는 결정은 왜 내렸는지 물어봐 줄 수 있느냐?"

시르퀸은 그 나무를 뚫어지게 바라보더니 말했다.

"어머니께서는 그런 결정을 하지 않았어요. 그 결정을 내린 것은 디사이더라고 하네요."

"그런 큰 결정도 디사이더가 한다는 말이더냐? 당신의 어머니가 엘프의 지도자 아니냐?"

시르퀸은 잠시 눈을 감았다. 그리고 나지막하게 말하기 시작했다.

"어머니께서 말씀하시길, 어머니께서는 일족의 번식만을 담

당하신 지 오래되었다고 하시네요. 자신보다 더 옳은 판단을 내릴 수 있는 자식을 만들고 그를 디사이더로 세워, 엘프 중 누구도 결정할 수 없는 사안을 결정하게 하셨다고 했어요. 하지만 이번 디사이더가 내린 그 결정은 용서할 수 없다고 하시네요. 흐음, 그렇구나. 저도 몰랐던 사실이네요."

운정은 사슴뿔이 달린 모자를 썼던 그 엘프를 기억했다.

"아락세스는 어디 있는지 물어봐 줄 수 있느냐? 만약 실질적인 판단을 내리는 것이 그녀라면 그녀에게 확실히 하고자 하는 것이 있다."

그 말이 끝나기 무섭게 시르퀸이 말했다.

"그녀를 죽일 생각이냐고 물으시는군요."

"아니, 설득할 생각이다. 중원은 엘프에게 위험한 곳이 아니다. 그 사실을 알려 주고 싶다."

시르퀸은 물끄러미 운정을 보다가 곧 그 나무로 고개를 돌렸다. 그리고 눈을 살짝 감으며 말했다.

"죽여 달라고 하십니다."

"뭐?"

"어머니께서 아락세스를 죽여 달라고 하셨어요."

"······."

"이백만 명이라는군요. 그녀의 결정에 의해서 희생된 어머니의 자식들이. 어머니께서는 그녀를 용서할 수 없다고 하세요."

운정은 믿을 수 없다는 듯 되물었다.

"이, 이백만 명?"

"예. 살아남은 건 대략 스무 명에 불과하다고 하십니다."

"……."

"아락세스는 지금 알톤 평야에 있다고 해요. 그곳에서 중원인들의 기술을 보고 있다고 합니다. 그곳으로 가서 그녀를 죽여 준다면 다음번 디사이더에겐 중원을 두려워하지 말라고 가르칠 생각이라 하십니다."

"……."

"대가로 당신에게 테라를 나누어 주신대요. 당신에게 필요한 양은 한 개인이 가지기에 너무 벅찬 거대한 양이지만, 지금 바르쿠으르에는 엘프 수십만 명의 테라가 녹아 있으니까 얼마든지 주실 수 있다고 합니다."

운정은 가만히 있다가 물었다.

"그녀를 추방하진 않으셨나?"

시르퀸이 대답했다.

"디사이더는 추방을 결정하는 자예요. 스스로 추방되기를 결정하지 않는다면, 그를 추방할 수 있는 사람은 없어요. 어머니께서 연결을 끊으라고 하셨지만, 그녀는 여전히 연결된 채로 남아 있다고 해요. 어머니의 뜻에 반하여 스스로의 추방을 결정하지 못한 걸 보면 그녀도 미쳐 버린 것이겠지요."

그것이 과연 무슨 뜻일까?

운정은 한참이나 말이 없었다.

얼마나 오랫동안 침묵이 흘렀을까?

그가 이내 입을 열었다.

"그녀가 인간이라면 죽어 마땅한 악인이지만, 엘프이기에 선악을 판단하기가 어렵다. 그녀를 만나 보고 이야기를 해 볼 것이다. 그리고 악인이라는 판단이 서면 그땐 죽이겠다고 전해 주거라."

"어머니께서도 그거면 된다고 하시네요. 그럼 이제 테라를 줄 테니 뿌리에 손을 대 보시라네요."

운정은 가만히 있다가, 곧 한쪽 무릎을 꿇고 앉았다. 그리고 낙엽 위로 드러난 뿌리 한 줄기에 왼손을 댔다.

그리고 그 순간 그의 몸에 곤기가 가득 차올랐다.

"허억! 허억!"

운정은 가파르게 숨을 쉬면서 손을 뗐다. 그리고 눈을 크게 뜬 채 자신의 양손을 바라보았다. 그의 몸에는 그가 필요한 만큼의 곤기가 정확히 차 있었다.

곧 그 곤기를 느낀 건기는 세차게 단전을 돌면서 곤기와 함께 조화를 이루기 시작했다. 그리고 전신으로 무궁건곤선공의 선기가 쫙 펴져 나가면서 기혈을 감싸 안았다.

그러자 그의 심장에 갇혀 있었던 감기와 리기가 더 이상 참지 못하겠다는 듯 태극음양마공의 형태를 띠고 핏줄 속에서 역행하기 이르렀다. 다행히 선기로 기혈이 보호되고 있는 터라, 그 역행으로 인한 마찰이 그의 몸에 일절 피해를 주지 못했다.

그렇게 무궁건곤선공의 조화와 태극음양마공의 역행은 태극마심신공으로 조율되었다.

운정은 더할 나위 없는 편안함 속에서 한결 마음이 가라앉는 것을 느꼈다.

그가 시르퀸에게 말했다.

"아락세스를 만나 보고 싶다. 날 데려다줄 수 있느냐?"

시르퀸은 손을 내밀면서 말했다.

"어머니께서 방금 그녀가 정확히 어디 있는지 보여 주셨어요. 제 손을 잡으세요, 마스터."

운정은 그 손을 잡고 카이랄을 돌아보았다.

"가자, 카이랄."

카이랄도 고개를 끄덕이고 시르퀸의 다른 손을 잡았다.

시르퀸은 어머니가 깃든 그 나무를 애처로운 눈길로 바라보더니, 곧 슬픈 미소를 짓고는 발걸음을 뗐다.

그들은 숲의 축복 속에서 달리기 시작했다.

중원인의 경공만큼이나 빠른 속도였다. 그러나 운정은 그 속도에도 답답함을 느꼈다. 채워진 곤기로 인해서 전신에서 일어나는 조화 때문에 당장에라도 내력을 쓰고 싶은 심정이었다. 마치 아슬아슬하게 차 있는 물잔 속의 물이 언제라도 흘러내릴 것 같이.

"축복 안에서 경공을 펼칠 테니, 몸을 맡겨라. 카이랄, 너도."

둘이 뭐라 하기 전에, 운정은 시르퀸을 잡은 손에 바람을 불어넣었다. 그러자 바람의 힘에 의해서 시르퀸은 물론 그녀와 손을 잡은 카이랄까지도 몸이 둥실 떠올랐다.

운정은 그대로 손가락을 밀면서 그들과 함께 무당파 최고 경공인 제운종을 펼쳐 앞으로 쏜살같이 나아갔다.

탁.

탁.

탁.

숲의 축복 속에서 선이 되어 버린 세상은 이제 선이라고도 할 수 없을 만큼 얇아져 버렸다. 그리고 그것으로 인해 생겨 버린 그 사이사이를 무언가가 대신했다.

운정은 그것을 보면서도 그것이 무엇일까 정확히 이해할 수 없었다.

무(無)?

무가 선이 되어 버린 세상 사이를 비집고 흘러나오기 시작했다.

위험해.

운정은 제운종을 멈췄다.

그들은 어느새 알톤 평야에 도착할 수 있었다.

탁.

운정이 마지막 발걸음을 내려놓으니, 제운종과 더불어 숲의 축복이 사라졌다. 그는 손을 거두었고, 그러자 바닥에 살짝 떠 있던 카이랄과 시르퀸이 땅을 딛고 서게 되었다.

"와. 정말로 왔네요."

"제가 말했지요?"

운정은 고개를 들고 두 목소리가 난 정면을 바라보았다.

그곳에는 시르퀸, 카이랄과 똑같은 얼굴을 가진 여성 엘프와 남성 다크 엘프 한 명이 서로를 향해 마주 보는 형태로 각각의 그루터기 위에 앉아 있었다. 그들 뒤로는 나뭇잎이 가득하여 마치 초록색으로 뒤덮인 것 같았다.

또한 그들 사이에는 또 다른 그루터기가 마치 식탁처럼 있었는데, 그 위에 작은 나뭇가지들이 이리저리 놓여 있었다. 그것들의 길이와 방향, 그리고 놓인 위치는 어떤 일정한 질서를 가지고 있었기에, 그것이 하나의 놀이라는 것을 알 수 있었다.

여성 엘프는 머리에 사슴뿔 모자를 쓰고 있었다. 상의는 맨몸에 두꺼운 곰 털을 어깨 위로 걸쳤으며 하의는 딱 달라붙는 검은 가죽으로 되어 있었다. 그리고 높은 굽의 황토색 신을 신고 있었다.

남성 다크 엘프는 얼굴 전체를 뒤덮은 붉은색의 문신을 하고 있었다. 그리고 주홍색과 보랏빛이 난잡하기 섞인 상하의를 입었고, 머리카락은 동글동글하게 땋여 있었다.

전혀 다른 외관을 가진 그들에게 딱 한 가지 동일한 것이 있다면 바로 눈빛. 호기심이 꽉 차서 넘쳐 흘러나오는 듯한 눈빛이었다.

초록빛 바탕에, 세 그루터기가 절로 의자와 식탁처럼 있어, 그 위에 서로 마주 보고 앉은 두 엘프의 모습은, 누군가 인위적으로 그렸지만 또한 동시에 매우 자연스럽기 그지없는 한 폭의 그림과도 같았다.

그들은 바르쿠으르(Barr'Kuoru)와 요트스프림(Yottspreme)의 디사이더(Decider), 큐리오와 아락세스였다.

그때였다.

"크아악!"

"으아!"

쿵!

쾅!

그들의 뒤를 가린 초록 나뭇잎 사이로, 전투의 함성이 새어 들어왔다. 어찌나 큰지, 나뭇잎들이 조금씩 진동할 정도였다. 아락세스는 손을 들어서 나뭇잎을 살짝 만졌는데, 그러자 그 나뭇가지와 잎사귀들이 스스로 움직여 탁 트인 시야를 제공했다.

가장 먼저 보이는 것은 노을 진 붉은 하늘.

그리고 그 한참 아래로는 마치 두 개의 얇은 실처럼 보이는 기사들의 진영이 있었다.

이제 보니, 큐리오와 아락세스는 높은 산 절벽 끝에 가까스로 앉아 있던 것이다.

큐리오는 절벽 아래, 저 멀리 보이는 알톤 평야를 바라보며 말했다.

"딱 시작됐네요. 혹시 당신도 보고 싶다면 이쪽으로 오시지요, 운정 도사. 오서서 전투를 구경하며 카이랄에 대해서나 이야기를 나누어 봅시다. 궁금한 것이 아주 많……."

푹.

단검 하나가 큐리오의 미간에 박혔다. 때문에 그는 더 말할 수 없었다.

운정은 고개를 돌려 옆에 있던 카이랄을 보았다. 카이랄은 손을 흔들며 큐리오의 미간에서 자신의 단검을 회수했다.

"직접 눈으로 보고, 또 내 이름을 말하는 걸 들으니 더 이상 참을 수가 없었어. 그는 나를 추방한 자니까."

"……."

"하아. 뭘까 이 기분은, 운정."

카이랄은 어두운 낯빛으로 고개를 떨궜다.

그의 복수는 단순히 감정적인 것을 떠나, 실제로도 허무하기 그지없었다.

운정이 말했다.

"네 복수는 정당한 것이었어. 적어도 인간의 관점에서는."

"그렇겠지. 그래서 네가 날 막지 않은 것이겠지."

"……."

"이렇게 뜻밖에… 갑자기 복수하게 될 줄은 몰랐어. 뭐지, 이건? 내가 정말 복수를 하긴 한 건가?"

카이랄은 허탈한 표정으로 눈을 감았다.

큐리오는 미간에서 뇌수와 피를 흘리며 옆으로 꼬꾸라졌다. 아락세스는 그를 감흥 없는 눈길로 바라보다가 곧 운정에게 고개를 돌렸다.

"제 죽음은 잠시 미뤄 주시지요. 죽기 전에 중원의 힘을 보고 싶습니다."

운정은 천천히 아락세스에게로 걸어갔다. 아락세스는 두 눈을 부릅뜨고 자신에게 걸어오는 운정을 지켜보았다. 운정은 그녀 앞에 선 채로, 죽은 큐리오의 시신을 흘겨보다가 그녀에게로 시선을 돌렸다.

"당신의 어머니께서 당신을 죽여 달라고 했습니다."

그 말을 듣자, 아락세스의 눈이 빛을 잃었다. 힘을 가득 준 눈 주변도 완전히 풀려 버렸다.

"하, 하, 역시 그렇습니까?"

"알고 계셨습니까?"

"네, 네. 물론입니다. 디사이더가 라스 오브 네이처를 시전하겠다고 결정하는 그 순간 이미 어머니에게 씻을 수 없는 죄를 저지르는 것이지요. 그러니 절 죽이라고 하셨을 겁니다. 제가 스스로를 추방하지 않았으니까, 그 선택밖에 없었겠죠, 어머니는. 맞아요."

아락세스는 양손을 들어서 사슴뿔의 끝을 손가락으로 돌리듯 만졌다. 그러곤 그것을 벗어 자신의 무릎 위에 놓았다. 그러자 그녀의 긴 머리카락이 아무렇게나 헝클어져 그녀의 얼굴을 반쯤 가렸다.

운정이 그녀를 향해 물었다.

"그런데 왜 그런 결정을 하신 겁니까? 스스로도 죽는 길임을 알았을 텐데."

그 순간 아락세스가 고개를 들었다.

그녀의 눈동자는 마지막 빛을 내는 별빛처럼, 마지막 불을 내는 촛불처럼, 빛났고 또 불탔다.

"그것이 어머니를, 더 나아가 일족을 지키는 길이기 때문입니다, 운정 도사."

"……."

"그래서 그런 결정을 했습니다. 맞아요. 전, 전 그랬어요."

운정은 단조로운 목소리로 물었다.

"그토록 중원이 두려웠습니까? 중원과 연결되는 것만으로도 일족이 망하리라 생각하였습니까? 그 때문에 중원으로 향한 길을 무너뜨리려 한 것입니까?"

아락세스의 눈이 빛을 잃음과 동시에 그 얼굴에 작은 미소 하나가 겨우 그려졌다.

"왜 그 이유 때문에 제가 라스 오브 네이쳐를 시전했다고 믿으시는지?"

"그럼 이유가 무엇입니까?"

그녀의 미소는 금세 희미해졌다.

"이제 세상은 바뀔 것입니다. 그 세상에 적응할 수 있는 새로운 세대를 만들기 위함이지요."

"무슨 뜻입니까?"

그녀는 고개를 숙였다.

그리고 무엇을 어떻게 해야 할지 모르는 어린 소녀처럼, 무릎 위에 있는 모자의 사슴뿔을 양손으로 만지작거렸다.

"중원에는 엘프가 없습니다. 또 엘프가 살 수 없게 된 미지의 이유가 있습니다. 그리고 중원의 기술인 무공은 한 몸에 네 엘리멘탈들을 다스릴 수 있게 하지요. 바람의 화살을 아무렇지도 않게 흡수하고 불을 내뿜어요. 당신은… 실제로 당신은 라스 오브 네이쳐조차 흡수하셨지요. 이 모든 것이 시사하는 바는 무공이 파인랜드에 퍼질 경우 현 세대의 엘프들은 살아남기 어렵다는 것입니다. 엘프가 가진 대부분의 공격 수단이 무력화될 테니까요. 특히나 그 기술이 인간에게 전파된다면 말이죠."

"그래서 당신은 제가 엘프하고만 거래하기를 바랐던 것입니까? 무공을 독점하고자 했습니까? 제가 그 제안을 거절하자, NSMC를 파괴함으로 차원이동을 막아 시르퀸을 통해 무공을 독점하려 한 것이 아닙니까?"

사슴뿔을 만지작거리던 그녀의 두 손이 멈췄다.

그녀는 두 눈을 감고 체념한 목소리로 말했다.

"이미 차원이동은 걷잡을 수 없는 파도가 되었습니다. 중원의 좌표가 파인랜드 내에서 퍼지고 있으니 머지않아 충분한 마나와 마법 기술만 있으면 누구라도 차원이동을 할 수 있게 되겠지요. NSMC를 파괴한다고 해서 차원이동을 막을 수는 없게 되었어요. 큐리오는 요트스프림 일족 중 가장 우수한 가디언을 추방하고, 공들여 만든 중원의 입구를 폐쇄하기까지 했죠. 하지만 그럼에도, 차원이동은 막을 수 없었죠."

그 말에 카이랄은 고개를 들고 아락세스를 보았다.

아락세스는 눈을 떠 그를 보았다.

눈이 마주치자 카이랄은 또다시 고개를 떨궜다.

운정이 물었다.

"그럼 왜 동족들을 그토록 희생하며, NSMC를 파괴하려 하신 겁니까?"

아락세스는 고개 숙인 카이랄을 보던 그 눈길을 땅으로 돌렸다.

"적어도 차원 간의 교류를 늦출 수는 있을 테니까요. 무공을 아는 새로운 세대가 태어날 때까지."

"새로운… 세대?"

그 단어를 듣는 것만으로도, 아락세스는 금세 활기찬 웃음을 지었다.

희망의 빛이 감도는 얼굴로 그녀가 말했다.

"네, 네. 사실 건물을 무너뜨리는 건 지진이 가장 효과적입니다. 하지만 전 테라를 라스 오브 네이쳐에 동원하지 않았었죠. 그 이유를 뭐라고 생각하십니까?"

"첫 번째 공격으로 방심을 유도한 뒤, 두 번째로 확실히 NSMC를 무너뜨리려 하신 것이 아닌가 합니다. 하지만 라스 오브 네이쳐는 두 번 쓸 수 없다는 말이 있어 이렇게 진상을 확인하려 했습니다."

"오호? 전 복수하러 오실 줄 알았습니다. 오는 건 맞췄지만, 이유는 못 맞췄군요."

운정이 물었다.

"왜 테라는 라스 오브 네이쳐에 동원하지 않았습니까?"

"라스 오브 네이쳐는 네 엘리멘탈 모두를 동원해야지만 가능한 마법입니다, 운정 도사."

"그럼 지진만 다른 곳에 일으킨 것입니까? 그래서 테라를 모으신 겁니까?"

아락세스는 숨을 한 번 깊게 내뱉으며, 재밌다는 듯 되물었다.

"왜 제가 꼭 지진을 일으켰다고 생각하십니까? 라스 오브 네이처는 엘프가 가진 엘리멘트를 그 생명을 바쳐 자연으로 순수하게 되돌리는 것입니다. 자연재해는 사실 그 응용일 뿐이지요. 테라만 자연재해를 일으키는 데 동원되지 않았을 뿐입니다."

"그럼?"

"양분이 되었지요!"

"양분?"

아락세스는 미친 사람처럼 고개를 마구 끄덕였다.

"네, 네. 네! 네! 어머니께서 새로운 자식들을 길러내기 위한 양분! 양분이요!"

"……."

고개가 끄덕이는 속도가 점차 줄어들더니, 곧 중간쯤에 딱 하고 멈췄다. 그러다가 갑자기 반쯤 의자에서 일어난 아락세스는 운정에게 얼굴을 들이밀고는 빠르게 말했다.

"숲에 계셨을 텐데 느끼지 못했습니까? 숲 전체를 가득 메운 테라를? 나무는 테라와 에어로부터 기운을 얻지요. 에어야 실체가 없으니 붙잡아 둘 수 있는 방도가 없지만, 테라는 땅에 매어 둘 수 있지요. 어머니께서 그 테라를 이용하시면 몇

십 년 지나지 않아 개체 백만 명은 충분히 넘기실 수 있을 겁니다. 그리고 그들은 모두 무공을 알고 있겠지요."

운정은 깨달았다.

전에 하늘을 바라보던 아락세스의 두 눈에서 감돌던 그 천 살의 살기.

그것은 중원이 아니라 동족을 향한 것이었다.

운정은 얼굴을 일그러뜨리며 말을 더듬었다.

"다, 당신은……."

운정의 표정을 본 아락세스의 입꼬리가 바닥을 모르고 내려갔다.

그녀는 다시 힘없이 의자에 턱하니 앉으면서 말했다.

"인간인 당신이 봐도 전 미쳤지요? 맞아요. 그런 결정을 내렸다는 것 자체가 전 미쳤다는 뜻이겠지요. Rodalesitojuda가 너무 옅어져서 전 더 이상 제대로 기능할 수 없다는 거예요. 그래도 십 년은 넘길 줄 알았는데, 몇 년이 되지 않아 벌써 이렇게 되다니. 하아, 슬프네요."

"……."

그녀는 양손을 가지런히 모았다. 그러곤 몸을 휙 하고 돌려서 알톤 평야 쪽을 바라보았다.

"저 전투. 델라이가 참전한 전쟁인 만큼 무공이 나오겠지요? 안 나온다면 너무 슬플 거 같은데. 우리 일족의 미래를 보지도 못하고 이대로 죽는 건 싫어요."

운정은 눈을 질끈 감았다.

그리고 이를 꽉 물었다.

그 뒤에 겨우 말을 내뱉었다.

"전 당신을 죽일 수 없습니다."

그녀는 아무런 감흥 없는 목소리로 말했다.

"왜요?"

"당신은 악인이 아닙니다."

"악인이라, 전 엘프인 걸요? 엘프에게 어떻게 선과 악이 있습니까? 무슨 기준입니까? 규정해 주시지요. 궁금하군요. 아, 이제 궁금한 것도 의미가 없지요. 지식을 쌓는 것도 의미가 없어. 맞아요. 대답해 주지 않으셔도 됩니다. 괜찮아요. 아니, 대답하지 마세요."

"……"

아락세스는 죽은 목소리로 말을 이었다.

"행여나 당신의 지혜로운 말로 내가 무언가를 더 깨달아 죽지 않기로 마음을 먹어 버리면, 어머니께 더 큰 문제가 될 거예요."

카이랄처럼 추방당한 엘프도 자의식을 가지고 살 수 있습니다.

부활마법을 통하면 일족을 개인보다 먼저 생각하는 그 마음에서 벗어나 자유로워질 수 있습니다.

당신의 삶이 여기서 끝나지 않을 수 있습니다.

운정은 눈을 질끈 감으며 왼손을 들어 자신의 입술을 막았다.

아직은 엘프인 그녀가 바라지 않으니까.

그렇다면 카이랄은?

그는 바랐던가?

운정이 아무런 말도 하지 않자, 아락세스는 뒤돌아 평야를 바라보는 채로 나지막하게 말을 이었다.

"그리고 당신이 죽이지 않아도 전 이 절벽 아래로 몸을 던질 겁니다. 어머니께 지은 죄책감이 너무 커서 더 이상 살 수 없어요. 지금 제가 살아 있는 건 일족의 미래를 확인하고 싶은 작은 욕심 때문이죠."

"……"

"혹시나… 혹시나 말입니다. 혹시나 어머니께서 절 용서해 주실 수도 있다고 믿었어요. 그래서 제 스스로를 자르지 않았어요. 어머니께서 항상 내게 보여 주셨던 그 따뜻함으로 제게 계속해서 물과 영양분을 공급하실 수도 있다고 생각했어요. 하지만 역시 절 용서하지 못하시는군요. 그렇죠. 용서할 수 없을 거예요. 어머니의 자식들을 그렇게나 많이 희생시켰으니까."

운정이 계속해서 침묵하자, 뒤에 있던 카이랄이 말했다.

"요트스프림의 일족들도 모두 죽었나?"

아락세스는 여전히 앞으로 시선을 향한 채 끄덕였다.

"혈맹과 함께하지 않으면 라스 오브 네이쳐를 시전할 수 없지요. 이 모든 결정은 큐리오와 제가 같이한 것입니다. 서로 중원에 관한 정보를 나누고 또 상의하고 또 고민해서 나온 것이지요. 요트스프림에 남은 인원도 아마 이십 명이 넘지 않을 거예요."

"그렇군."

그때 귀를 찢는 폭음이 전장을 울렸다.

아락세스는 그 자리에서 벌떡 일어나 전장을 바라보았다.

그곳에는 여덟 명의 천마신교 인물들이 기사들을 도륙하고 있었다.

사자가 양 떼를 누비는 듯한 장면.

그 잔인한 장면을 보며 아락세스의 얼굴이 쾌락으로 일그러졌다.

"하! 카하! 카하하! 역시! 역시나! 강력하군요, 무공은! 큐리오와 함께 감상하기로 했는데 참으로 아쉽게 되었습니다. 하하."

그녀는 가만히 서 있다가 곧 발을 하나 앞으로 내디뎠다.

땅이 없는 공중이 그녀의 발을 지탱할 리 만무했고, 그녀의 몸은 그대로 앞으로 쏠리기 시작했다.

운정은 자기도 모르게 손을 뻗었지만, 그 손은 느리고 느려져 앞으로 나아갈 힘조차 잃어버렸다. 결국 그녀의 옷깃을 잡을 수 없었다.

그녀를 붙잡아 살린다면, 앞으로 그녀는 무엇을 하며, 무엇을 위해 살아야 하는가?

눈을 감은 아락세스는 천 길 낭떠러지로 추락했다.

"어머니, 사랑해요."

그녀가 마지막으로 남긴 목소리는 그녀와 함께 자취를 감추었다.

*   *   *

기사 간의 싸움은 백이 넘어갈 때부터 장기전이 되어 버린다. 서로가 방패를 들고 지켜 주면서 한 번씩 기회가 날 때마다 무기로 공격을 하는데, 그런 공격도 방패에 막힐 때가 대부분이며, 그나마 파고들어 간 공격도 아머에 막혀 치명상을 주긴 어렵다.

따라서 기력이 빠질 때까지 힘 싸움으로 가다가, 어느 순간 한쪽의 진영이 무너지면서 한순간에 결판날 때가 많다. 그래서 기사 개개인의 무술 실력보다는 뛰어난 재질의 아머 세트가 승리의 가장 큰 요인이 되게 마련이다.

그렇게 서로 죽자 살자 힘겨루기를 하는 와중에, 하늘에서 바위가 떨어진다? 기가 막힌 전술이 될 수 있겠지만, 그건 엄연히 정확하게 적만을 노려 준다는 전제하에 그렇다.

그런데 그런 일이 실제로 알톤 평야에 일어나 버렸다.

쿵―!

대략 500m 정도의 긴 두 평행선을 정확히 여덟 등분 해서, 그 사이사이에 큰 점을 찍는다면, 아마 지금과 같은 상황이 될 것이다.

여덟 개의 폭음이 하나처럼 울리며 알톤 평야의 대지를 흔들었다.

정신없이 공격과 방어를 주고받던 이천여 명의 기사들은 순간 땅이 진동하는 탓에 움직임을 멈추고 다시 자세를 잡아야 했다. 그리고 서로를 돌아보며 웅성거렸다.

"지진인가?"

"방금 흔들렸는데?"

델라이의 기사들도 소론의 기사들도 다시 공방전에 돌입하지 않고 눈치를 살폈다.

그때였다.

"크아악!"

"커억!"

"크악!"

사방에서 울리는 비명은 공기 중에 빠르게 퍼져 나갔다. 그리고 그 소리는 소론 진영에 몰려 있었다.

델라이의 기사들의 표정은 밝아졌고, 소론 기사들의 표정은 어두워졌다.

소론 쪽의 포메이션이 뚫린 것이다.

양 진영의 기사들은 다른 마음이었지만, 그들은 동일하게 행동했다. 무기와 방패를 강하게 잡고 살벌한 눈빛을 빛내며 적을 향해서 다시금 돌진……

"크아악. 으아아악. 으아아악. 으아악, 사, 살려! 살려 줘, 살려! 으아아!"

털썩!

어떤 한 목소리가 하늘 높이 멀어지다 다시 가까워지며 울렸다.

그것은 단 한 명의 비명이었지만, 지금까지 있었던 모든 소음을 뚫어 버리고 알톤 평야 전체를 긴장시켰다. 그것은 전장에서 들을 수 있는 비명과는 질적으로 다른 것이었다. 단순히 고통에 내지르는 소리가 아니라, 완전히 공포에 질렸을 때나 낼 법한 소리다.

"……"

"……"

모든 기사들은 묘한 위화감을 느끼곤 싸움을 멈췄다. 그리고 그 소리가 난 진영의 정중앙 쪽을 보았다.

그곳에선 다시금 두 명의 기사가 하늘 위로 떠올랐다.

아니다.

상체와 하체다.

끝을 모르고 올라가던 토막 난 시체는 어느 정도 높이에서 폭음과 함께 터져 버렸다.

펑—! 펑—!

살점과 핏물이, 우박과 비가 되어 전장에 쏟아졌다.

중간중간 갑옷 찌꺼기는 덤이었다.

"뭐… 뭐야? 저건?"

"시, 시체야?"

투두둑. 두둑.

갑옷 위에 떨어지는 핏물과 살점을 본 기사들은 도저히 지금 상황을 이해할 수 없었다. 그들은 모두 멍한 표정으로 서로를 볼 수밖에 없었다.

그때였다.

"어? 어엇! 뭐야?"

"아아악! 아아악!"

"사, 살려줘! 으악!"

일곱 명의 기사가 하늘 위로 둥실 떠올려졌다.

그리고 그들의 몸이 서서히 부풀어 오르더니, 어느 높이에서 사지와 머리가 터져 나갔다.

펑—!

퍼엉—!

퍼엉—!

기사들의 얼굴이 모두 하얗게 질렸다.

"사, 사악한 흑마법이다!"

"노매직존이 사라졌다!"

진영 뒤쪽, 말 위에서 전투 상황을 보며 지시를 내리던 소론 기사단장들은 서로와 눈을 마주치고는 마음이 통했는지 다 같이 커맨더(Commander)를 보았다.

모두를 통솔하는 커맨더는 고개를 끄덕였고, 그러자 기사단장들은 다들 한 목소리로 말했다.

"후퇴! 후퇴해라!"

"델라이의 미치광이의 사악한 마법임이 틀림없어! 어서 후퇴해!"

"노매직존이 끊겼다! 후퇴해라!"

그 말을 들은 소론 기사들은 방패와 무기를 버렸다. 그리고 몸을 돌려 달리기 시작했다. 그것은 기사들 간의 싸움에서 일종의 항복 선언이기도 했고, 무거운 무기와 방패를 버림으로써 적보다 빠르게 움직이기 위함이기도 했다.

기사도에 입각하면, 기사는 무장하지 않은 자를 공격하지 않는다. 소론 진영의 기사들은 델라이 기사들이 자신들을 더 공격하지 않으리라는 믿음과 함께 몸을 돌렸다. 그리고 실제로 델라이 기사들은 전투에서 승리했음을 직감하고는 무기와 방패를 든 손에서 힘을 풀었다.

하지만 그건 파인랜드의 기사들에게나 통용되는 사실이다.

쉬이익!

갑자기 일곱 개의 그림자가 기사들이 하늘 높게 들린 곳에서부터 소론의 진영 쪽으로 튀어나왔다. 그리고 막 말머리를 돌리려던 소론 기사단장들의 뒤에 순식간에 올라갔다. 마치 뱀이 보금자리에서 기어 나와 사냥감을 추격하는 것 같았다.

서— 걱!

콱—!

스륵!

일곱 기사단장은 각자의 방식으로 죽음을 맞이했다. 머리가 잘린 이도 있었고, 심장이 뚫린 이도 있었으며, 허리가 뽑혀 나간 이들도 있었다.

특히 커맨더(Commander)는 말째로 두 동강이 났다.

촤아악—!

두 동강이 난 말에서 뿜어진 선혈은 부채꼴 모양으로 퍼졌다.

후퇴를 하던 소론 진영의 기사들은 그것을 보고, 그 자리에 우두커니 설 수밖에 없었다.

그 일곱 그림자는 소론 기사단장들을 죽인 그 각자의 자리에 서 있었는데, 그들보다 좀 더 뒤의 중간쯤에 한 그림자가 나타나 사무조의 형상으로 변하기 시작했다.

사무조는 팔짱을 낀 채로 자신을 바라보는 모든 소론의 기사들을 한번 훑어보더니 하늘을 향해 고개를 들고는 웃었다.

"呵呵呵呵呵呵. 這是大天魔神敎. 卽使在來世, 你也不會忘記
這點. 殺掉所有人!"

그의 명령이 떨어지자, 일곱 그림자가 쏜살같이 소론 기사
들에게 다가가기 시작했다.

그리고 그 그림자가 도착하는 그 순간부터 영원히 끝나지
않을 것 같은 비명의 연주가 시작되었다.

"으악!"

"크악!"

"으아악!"

소론 진영의 기사들은 혼비백산했다. 일부는 도망가려 했
고, 일부는 버린 무기들을 다시 주워 그들과 맞서 싸우려고
했다. 델라이 기사들은 그들이 무기를 집는 것을 뻔히 보면서
도, 가만히 지켜보기만 했다. 그들도 어떻게 반응해야 할지 몰
랐기 때문이다.

반응은 달라도 결말은 똑같았다. 도망가려는 이들은 결국
다른 그림자의 손아귀에 떨어져 죽었고, 맞서 싸우려던 이들
은 허무하게 방패와 갑옷이 뚫려 버린 채로 죽었다.

그나마 가장 끝 쪽에 있던 기사들은 아예 전장을 이탈하는
방향으로 도주했다. 하지만 그들조차도 죽음을 면할 수는 없
었다. 사무조가 친히 장풍을 쏘아, 전장을 이탈하려는 자들의

머리를 날려 버렸기 때문이다.

그렇게 전장은 완전한 아수라장이 되었다.

"캐, 캡틴. 어, 어떻게 해야 합니까? 그저 보기만 하실 겁니까?"

말 위에서 그 상황을 지켜보던 슬롯은 톰의 질문에 이렇다 할 답을 줄 수 없었다.

그가 그렇게 가만히 전장을 지켜보자 이번에는 그렉이 말했다.

"이미 전의를 상실하고 무기와 방패를 버린 자들입니다. 지금 일어나는 일은 전투가 아니라 학살입니다, 캡틴! 말씀 좀 해 보십시오!"

슬롯은 입술을 비틀었다.

한 번의 손짓에 갑옷이 비틀어지고, 목이 꺾이며, 몸이 날아간다.

도저히 믿을 수 없는 그 광경을 보며 슬롯은 처음 운정과 싸웠던 것을 기억했다. 그때 운정의 작은 몸에서 뿜어지는 기적적인 괴력을 믿을 수 없어 멜라시움 아머 세트가 휴지 조각이 되도록 도전했었다.

그때 만약 운정이 저들처럼 일말의 자비도 없었다면, 그는 분명 이미 이 세상 사람이 아닐 것이다.

열 번도 더.

그는 말머리를 잡은 손에 힘을 주었다.

그리고 큰 소리로 말하려는데, 그 순간 누군가 그에게 말을 걸었다.

"포트리아 대장군이 왔습니다, 슬롯 경."

슬롯이 고개를 돌리자, 그곳엔 말을 이끌고 온 고폰이 있었다.

"포트리아 대장군이?"

고폰은 어느 때보다 낮고 차가운 눈빛으로 슬롯을 보며 말을 이었다.

"우리 쪽 진지를 보십쇼. 미치광이도 옆에 있지요. 당신 스스로가 판단하는 건 말리지 않겠지만, 저기서 대학살을 벌이고 있는 자들은 아마 포트리아 백작이 데려온, 그 중원인들일 것입니다. 그녀의 통솔 아래 있겠지요."

고폰이 가리킨 곳을 보니, 델라이 진지 쪽에 포트리아와 스페라가 서서 전장을 바라보고 있었다. 그들은 눈을 전장에 고정한 채로 서로 말을 주고받고 있었다.

슬롯이 말했다.

"다녀오겠습니다. 그동안 기사들에게 자기 자리를 지키라고 말해 놓으십시오."

슬롯은 그 즉시 말머리를 돌려서 빠른 속도로 포트리아와 스페라에게 갔다. 그녀들은 슬롯이 다가오는 것을 보고 대화를 멈췄다.

슬롯은 포트리아 앞까지 와서 말에서 내려 그녀에게 경례를 하며 말했다.

"포트리아 대장군님."

"슬롯 경이로군."

"저 중원인들, 포트리아 장군님께서 데려온 것입니까?"

"그렇네."

슬롯은 잠시 뜸을 들였다가, 곧 입을 열어 말했다.

"슬슬 멈춰야 하지 않겠습니까? 이미 충분히 승리한 전투입니다. 저들에겐 중원인을 막을 수 있는 기술이 없습니다. 그러니, 이 학살을 멈춰 주십시오."

포트리아는 마른세수를 하더니 말했다.

"그게 문제야. 우리도 지금 그에 관해서 논하고 있었네."

"예?"

슬롯의 되물음은 스페라가 대답해 주었다.

"저쪽에서 노매직존을 풀지 않아요. 분명 마법의 힘으로 이 일이 일어나고 있다 판단하는 것이지요. 포트리아 대장군의 말대로 저들을 통제하기 위해선 제가 마법을 써야 하는데, 저쪽에서 노매직존을 풀어 주지 않으니 수단이 없어요."

"그, 그럴 수가……"

"아니, 오히려 노매직존의 영향력이 중첩되고 있어요. 소론 진지에서 마법사들을 모두 동원하여 중첩으로 노매직존을 펼치고 있는 것 같네요. 그렇게 하면 중원인들을 막을 수 있는 것이라 착각하고 있는 것이겠지요."

"……"

"저 중원인들은 말로 멈출 수 있는 자들이 아니에요. 오직 힘에만 굴복하는 자들이죠. 그들의 출신과 소속은 모든 것이 힘의 원리에 의해서 돌아가는 특이한 단체이죠. 야만인들과 같으면서도 매우 체계적인… 이상한 곳이에요, 천마신교는."

"그, 그럼 저 학살을 이대로 지켜봐야만 한다는 것입니까?"

"지켜보지 않고 막으려 한다면 델라이 기사들도 죽이려 들 거예요. 간만에 무공을 마음껏 펼치는 것을 보니, 물 만난 고기처럼 아주 신이 났나 보네요."

사람이 죽어 나가는 것에 아무런 감흥이 없는 듯한 스페라의 목소리에, 슬롯은 얼굴을 일그러뜨릴 수밖에 없었다. 그는 분노를 그대로 담은 목소리로 포트리아에게 말했다.

"멈춰야 합니다."

포트리아는 깊게 숨을 들이마시고는 말했다.

"오해하는 것 같은데, 난 이 사태를 방관하는 게 아니네. 실제로 우리 쪽 마법사들에게 노매직존의 해제를 명령했지. 스페라 백작을 투입하여 저들을 무력화시키기 위해서 말이야. 하지만 저들이 노매직존은 붙잡고 있지."

"……."

"만약 슬롯 경이 적 진지로 가서 노매직존을 해제해 달라고 설득할 수 있다면 말리지 않겠네. 성공하면 스페라 백작께서 마법으로 저들을 무력화할 수 있지. 나라고 지금 일어나고 있는 학살을 반기겠나? 나도 저들의 위력이 이 정도일 줄은 꿈에도 몰랐다네. 방관이란 막을 수 있음에도 막지 않는 것이지. 내겐 저들을 막을 수 있는 방법이 없네."

"그럴 수가……."

포트리아는 팔짱을 끼었다.

"사실 저들이 자초한 일이지. 소론은 델라이의 자치령임에도 불구하고 모국으로서 마땅히 섬겨야 하는 델라이를 배신했네. 만약 이 같은 일이 델라이 영내에서 일어났다면, 그 반역에 가담한 모든 귀족은 물론이고 기사들까지도 사형에 처해야 하는 엄중한 죄이지."

"포트리아 대장군!"

포트리아는 가만히 고개를 돌려 슬롯을 보았다.

그녀의 눈에는 아무런 감정이 없었다.

"저들 중 대부분은 제국의 기사들일 것이네. 혹은 제국의 지원을 받는 자들이겠지. 소론의 기사들로는 저 숫자를 설명할 수 없어. 다시 말하면, 저기서 죽어 나가는 건 제국의 기사들이란 소리. 그들의 숫자를 줄일 필요는 있네."

슬롯은 이제 혐오까지 담아낸 표정으로 포트리아를 보며 숨을 푹 내쉬었다.

"하, 결국 당신도 정치인이군요. 당신도 결국 인간을 수단으로밖에 보지 않으십니까?"

포트리아는 고개를 저었다.

"제국의 힘은 너무 강력하지. 감소시킬 필요가 있네. 그렇지 않으면 반드시 파인랜드 전체에 영향을 미치는 세계대전이 일어날 것일세. 그리고 신무기는 처음 선보일 때 가장 위력적이지. 그들의 약점이 마법이란 것을 저들이 알기 전인 지금이야말로, 저들의 힘을 가장 쉽게 줄일 수 있는 절호의 기회이네. 그것이 델라이를 위하는 길이지, 슬롯 경."

"……."

"경은 기사도와 델라이 국민 중 무엇을 선택하겠나?"

슬롯은 눈을 질끈 감아 버렸다.

그러자 귓가에서 연속적으로 들리는 비명이 더더욱 짙게 다가오는 것 같았다.

그는 심호흡을 하더니 말했다.

"이건 명백히 기사도에 어긋나는 일입니다. 막아야 합니다."

"어떻게? 어떻게 막을 건가? 슬롯 경, 정말 적 진지에 가겠나? 가기도 전에 죽을 것이고, 간다 해도 저들은 경의 말을 믿지 않을 거야."

그 말을 듣자, 슬롯의 숨소리는 점차 잦아들었다.

슬롯이 눈을 감은 채로 나지막하게 말했다.

"아닌 건 아닌 겁니다, 포트리아 대장군."

포트리아의 표정에서 조금 짜증이 일어났다.

"이런 어린애 같은 투정은 이제 그만하……."

포트리아는 더 말할 수 없었다.

한쪽에서 구름이 몰려와 전장 전체를 집어삼켰기 때문이다.

＊　　　　＊　　　　＊

악존은 순간 자신의 몸을 덮친 차갑고 축축한 기운이 무엇인지 잘 알지 못했다. 그는 즉시 하늘을 향해 경공을 펼쳐 높이 떠올라 아래를 보았는데, 마치 누군가 하늘에만 떠 있는 구름을 떡하니 평야에 가져다 놓은 것 같았다.

그는 호법의 비기 중 하나인 안공을 펼쳐 안개 안을 투시해 봤다.

시야가 흐려지고 한 치 앞도 볼 수 없게 되자, 텔라이 진영의 기사들은 자신들의 위치를 더욱 견고히 했다. 반면에 소론 진영의 기사들은 공포에 가득 질린 채, 한 방향으로 그저 도주하거나, 가만히 그 자리에 앉아 주변을 경계하거나, 혹은 마구잡이로 검을 휘두르는 등 다양한 모습들을 보였다.

악존은 손가락을 입에 가져가 내공을 담아 불었다.

"삐이익―!"

위험신호.

그 소리를 들은 모든 호법은 적을 향한 모든 공격을 멈췄다. 그리고 마지막으로 보았던 사무조의 위치를 기억해 그 방향으로 경공을 펼쳐 즉시 내달렸다. 그러자 평야 곳곳에서 안개를 가르는 여섯 개의 선이 한 지점을 향해 쭉 이어졌다.

여섯 명의 호법은 곧 사무조를 발견할 수 있었다. 그들은 사무조의 육방을 점하며 그를 호위했다.

휘이잉.

한차례 큰 바람이 땅 아래서부터 일어나 위쪽으로 불었다. 기이하기 짝이 없는 그 방향 때문에 사무조와 호법이 서 있는 곳을 중심으로 반경 3장 정도에 있던 안개가 회오리치듯 하늘 위로 솟구쳤다.

자욱한 안개 속에 사무조를 중심으로 구멍이 뚫렸다. 마치 미지의 술법에 빠진 듯했다. 호법들은 3장 밖에서 넘실거리는 안개를 끊임없이 살피며 각자의 무기를 손에 쥐었는데, 하나도 같은 것이 없는 각양각색의 무기였다.

사무조는 문득 그의 앞쪽 안개에서 흐릿한 그림자가 걸어오는 것을 보았다. 그 그림자는 서서히 뚜렷해지더니 사람의 형상이 되었다.

"운정 도사."

운정은 천천히 일 장을 더 걸어와서, 사무조 앞, 이 장 거리에 섰다. 그러자 여섯 호법들은 사무조를 지키는 육방의 형태와 운정 쪽을 경계하는 부채꼴 모양의 반쯤 되는 지점에 섰다.

운정은 그를 보며 말했다.

"이미 끝난 승부입니다. 더 이상 피를 흘릴 이유는 없습니다."

사무조는 눈을 가늘게 뜨며 말했다.

"그래도 한어를 잊진 않으셨군. 파인랜드에서 인연을 만드시는 걸 보니, 나는 운정 도사가 아예 이곳에서 정착해 살 줄 알았소."

"그럴 생각이 없진 않습니다."

"아하? 그렇소? 천마신교가 이계지부를 갖는 것도 나쁘지는 않겠소. 무당파를 일으켜야 하는 운정 도사와 화산파를 일으켜야 하는 정채린 소저가 함께 천마신교의 이름 아래에서 이계에 지부를 설립해 살아간다라… 소설로 쓰기도 너무 복잡한 설정 같은데, 현실에서 가당키나 하겠소?"

운정의 얼굴이 어두워졌다. 그러나 곧 그는 화제를 바꾸었다.

"소론 기사들을 더 이상 공격하지 마시지요. 저와 대화를 하실 수 있는 것을 보면 완전히 마성에 젖지 않으신 듯한데, 충분히 자제력을 발휘하실 수 있으리라 믿습니다."

사무조는 피식 웃었다.

"허허. 설마 운정 도사는 내가 마성에 젖어 이들을 학살하고 있다고 생각하셨소?"

"아닙니까?"

"운정 도사는 나의 가장 큰 약점을 보셨으면서 날 그렇게 여기시오? 나는 이런 학살을 자행할 인물이 못 되오, 운정 도사."

"약점?"

"매일 밤 이런 냄새나는 사내들과 잠을 자니 그 두 여인의 품이 어찌 그렇지 않을 수 있단 말이오. 안 그렇겠소?"

운정은 과거 사무조와 만났을 때, 그의 옆에 있었던 두 미녀, 희교와 애교가 생각이 났다.

그리고 자연스럽게 그때 나누었던 대화들까지 떠올릴 수 있었다.

운정이 말했다.

"그러고 보니, 사 장로께서는 천마신교 내부에 천인공노할 자들이 많다고 하셨지요. 그리고 본인은 다른 마인들과는 다른, 이성적인 사람이라고도 하셨습니다. 그런데 왜 이런 학살을 벌이시는 겁니까?"

"그야 이성적인 판단으로 하는 것이니까."

"……"

사무조는 양팔을 벌렸다.

"의회장에서 난동을 부렸던 악존의 행동은 분명 선을 넘은 것이지만, 그것은 때와 장소를 잘못 선택했기에 선을 넘은 것이지, 그 행동 자체가 선을 넘었기 때문은 아니오. 자, 보시오. 파인랜드에는 무공 대신 마법이 있지만, 마법은 어떤 특정한 주문에 의해서 완전히 봉인될 수 있소. 그러다 보니 결국 지금 보는 것과 같은 애들 병정놀이나 하게 되는 것이지. 이때

무공의 위력을 제대로 각인시켜 줄 필요가 있소. 없는 쪽은 살아남을 수 없는, 생존을 위해 절대적으로 필요한 것으로 말이오. 그뿐만 아니라, 황궁이 아닌 천마신교의 것이 더 우수한 것임을 증명해야 하는 것도 있소. 그래야만 파인랜드는 천마신교의 무공을 더욱 원할 것이고, 이는 우리 입장에서 좋은 외교를 이끌어낼 수 있는 큰 힘이 될 것이외다.”

“……”

운정은 가만히 선 채 말없이 사무조의 말을 듣기만 했다.

사무조는 벌렸던 팔을 모아 팔짱을 끼더니 말을 이었다.

“운정 도사, 이래도 내가 마성에 젖어 학살을 자행한다 보시오?”

운정이 말했다.

“무공의 위력은 이미 충분히 증명하셨습니다.”

“아니오. 전혀 그렇지 않소. 이대로 그만해 버린다면, 무공에 마치 한계 시간이 있는 것처럼 비춰질 수 있는 거 아니오? 한 번 폭력을 휘두르기로 마음을 먹었다면, 상대가 다시는 기어오르지 못할 만큼 죽기 직전까지 몰아가는 것이 가장 현명한 것이오. 그렇게 하지 않을 것이라면 애초에 폭력을 휘둘러선 안 되지.”

운정은 호법 한 명, 한 명과 눈을 마주쳤다.

그는 그들의 눈 속에 담긴 살기와 마기를 느꼈다.

그 속에 꿈틀거리는 감정을 꿰뚫어 보았다.

그리고 사무조의 눈을 보았다.

그 감정은 천살성인 호법들뿐 아니라 분명 사무조의 눈 속에도 있었다.

운정이 그것을 알아볼 수 있었던 것은 본인이 가장 잘 아는 것이기 때문이다.

그가 눈을 감고 말했다.

"한때 전 신(神)과 같았습니다."

"신?"

"예. 무당의 정기를 가득 받아 입신의 경지에 이르렀었지요. 무당의 모든 무공과 모든 술법에 통달했으며, 입신의 경지만 가능하다고 알려진 모든 것을 할 수 있었습니다."

"갑자기 무슨 말을 하는 것이오? 지금 본인이 입신이라 이 말이오?"

운정은 고개를 저었다.

"아닙니다. 아직 기대는 것이 많은 제가 감히 입신이겠습니까? 제가 말씀드리고 싶은 건, 마치 스스로가 신처럼 느껴지는 그 기분이 어떤 것인지 잘 안다는 것입니다."

"……."

"즐거우시지요? 병정놀이나 하는 자들 앞에서 그들이 모르는 무공을 뽐내니?"

"……."

"재밌으시지요? 사람 하나하나를 개미처럼 찍어 누르는 맛이?"

"운정 도사."

"부정하지 마십시오. 당신들이 뿜어내는 살기와 마기 속 깊은 곳에는 이 일을 즐거워하는 어린아이와 같은 마음이 있다는 것을."

"……."

운정은 눈을 떴다.

그의 두 눈동자는 연보랏빛으로 은은하게 빛나고 있었다.

마기와 살기가 중앙에서 꿈틀거렸지만 부드럽고 청명한 기운이 그것들을 감싸고 있었다.

사무조와 호법들은 그 눈을 통해 자신들의 얼굴과 표정을 엿볼 수 있었다.

그들은 분명 웃고 있었다.

운정이 말했다.

"천마신교의 율법은 결국 상명하복으로 귀결되지 않습니까?"

"맞소."

"당신들은 무당파의 제자가 아니니, 무당파의 논리로 당신들을 제지하지 않겠습니다. 당신들은 천마신교의 교인들이니, 천마신교의 논리로 당신들을 제지하지요. 그러면 될 일입니다."

그 말이 끝나는 순간, 사무조와 호법들의 전신에서 살기가 뭉게뭉게 피어오르기 시작했다.

사무조가 말했다.

"상이 되어 명을 내리겠다는 것이오?"

"예, 그리고 하가 된 당신들은 내 명령에 복종해야 할 것입니다."

운정은 미스릴 검을 높게 쳐들고 사무조를 향해 뻗었다.

사무조는 기가 막히다는 듯 말했다.

"하 참, 이를 뭐라고 불러야 할까? 내가 운정 도사에게 명령을 내린 적이 없으니 명불복 일필살이 될 수도 없고… 그렇다고 장로직을 위해서 생사혈전을 하겠다는 것도 아니고… 참고로 말이오. 난 수석장로이오. 나를 하로 두고 싶은 마음은 이해하지만, 나를 하로 두기 위해선 천마신교의 교주가 먼저 되어야 할 것이오."

운정이 말했다.

"아니오. 천마신교의 율법은 강자지존입니다. 그것은 신물주 제도를 통해 교주에게만 특별히 적용될 뿐, 다른 모든 이에겐 똑같이 적용될 뿐입니다. 당신이 수석장로이든 장로가 아니든, 당신에게 명령을 내리기 위해선 당신만 꺾으면 그만입니다."

사무조가 입술을 비틀더니 자신의 머리를 툭툭 치며 말했다.

"나는 무공 수위가 천마에 이르지 못했음에도 불구하고 계속해서 장로의 자리를 지켜 나갔소. 그 이유가 무엇인 줄 아시오? 바로 이 머리지. 지금 나를 꺾겠다면 말리지 않겠지만, 그렇게 하기 위해선 호법들을 뚫어 내야 할 것이오. 이 호법들은 내 명이 아니라, 교주의 명으로 나를 호위하고 있으니까, 내가 어찌할 방도가 없소."

"이미 예상한 바입니다."

"……."

"그럼 출수하겠습니다."

운정은 미스릴 검을 크게 횡으로 베었다.

그러자 그 검으로부터 날카롭기 그지없는 유풍살이 생성되어, 사무조와 여섯 호법들을 향해 날아가기 시작했다. 그 속도는 보통의 유풍살보다 두어 배 이상 빠르고 가늘어, 눈으로 짐작하기 어려웠다.

사무조와 호법들은 눈을 부릅뜨고는 그 자리에서 모두 훌쩍 뛰었다. 묘하게 끝이 꺾인 그 유풍살은 사람의 무릎 높이로 날아들었기 때문이다.

그때 하늘에서 주먹 하나가 유성처럼 떨어졌다.

"운정!"

앞으로 뻗은 악존의 주먹에는 강기가 일렁이고 있었다.

운정은 왼손을 바람으로 보호한 뒤, 몸을 휙 돌리며 악존의 손목을 붙잡았다. 그리고 그대로 아래로 잡아당기면서 땅에 내리꽂았다.

악존은 운정이 자신의 손목을 붙잡은 것을 믿을 수 없었지만, 일단 그 생각을 뒤로하고 당장 자신에게 다가오는 맨땅에 대처해야 했다. 그는 순간적으로 주먹을 펼쳐서, 땅을 짚었다.

쾅—!

강기가 담긴 손바닥이 땅에 닿자, 땅이 거미줄처럼 깨졌다.

운정은 회전력을 그대로 오른발에 실어서 물구나무선 악존의 배를 향해 찼다. 악존은 서둘러 왼손에 강기를 가득 담아 배를 막았다.

부— 웅.

엄청난 충격을 예상했건만, 배 쪽에서 느껴지는 것은 부드럽기 그지없는 힘. 운정의 발에서 나온 온풍은 악존의 몸을 둥실 뜨게 만들더니, 안개가 가득한 곳까지 그의 몸을 쭉 밀어 버렸다.

그리고 그의 몸이 밀리며 생긴 허공에서 불이 일어났다.

화르륵!

"크아악!"

전신에 불이 붙어 그대로 타오를 때쯤, 악존은 그 안개 속으로 쏙 사라져 버렸다. 때문에 안개 속에선 그의 비명과 희미하게 보이는 불빛만 확인할 수 있었다.

곧 비명도 불빛도 사라졌다.

"……"

"……"

운정은 미스릴 검을 고쳐 잡고는 굳은 표정의 여섯 호법과 사무조를 향해 말했다.

"다시 출수하겠습니다."

그 말이 끝나기 무섭게 운정의 몸이 둥실 떠오르더니, 그 모습 그대로 앞으로 쭈욱 늘어났다.

그와 가장 먼저 마주한 호법은 침착하게 낫처럼 보이는 자신의 독문무기에 내력을 잔득 실어 앞으로 휘둘렀다.

휘익.

그 호법의 눈이 좁혀졌다. 그의 낫이 휘둘러졌음에도 공기를 가르는 소리는커녕 바람 소리만 작게 났기 때문이다.

그 호법이 이상하다는 듯 손을 들어 보니, 그의 손에는 아무것도 들려 있지 않았다.

"내, 내 지명겸을 빼앗다니!"

그는 경악하며 앞을 보았는데, 그곳엔 검이 있을 뿐이었다.

쉬이잉—!

그 검 끝에서부터 출발한 강력한 바람은 그 호법을 위로 높이 띄워 버렸다. 그 호법은 공중에서 허우적거렸는데, 다시금 운정의 검 끝에서 화르륵 하며 불꽃이 일어나 그를 따라 올라가 그를 완전히 삼켜 버렸다.

허우적거림은 곧 발광이 되었다.

"으악! 으아악!"

운정의 검이 하늘을 향해 뻗어 있자, 어디선가 두 개의 검이 운정의 심장과 단전을 향해 날아들었다.

운정은 미스릴 검을 잡은 손을 떼서 검결지를 취했다. 놀랍게도 땅에 떨어져야 할 그의 미스릴 검은 그대로 공중에 뜬 채 계속해서 화염을 뿜어냈다.

휘이잉!

강한 회오리바람이 그의 오른손으로부터 나왔다. 그리고 공기의 방벽을 만들어 심장과 단전을 향해 뻗어진 두 검을 막아 내는 것도 모자라 밀어내기 시작했다. 공격을 시도한 두 호법은 아무리 힘을 주어도 밀려 나오는 자신들의 검을 두 눈으로 보면서도 믿을 수 없었다.

아무것도 없는 공기에 막혀 버리다니!

아니다.

무언가 있다!

화륵.

운정의 손에서부터 시작된 불길이 그 두 검을 역으로 따라 올라가, 두 호법의 전신에 빠르게 퍼졌다. 운정은 아직까지도 화염을 뿜어내던 미스릴 검을 다시 오른손으로 잡고, 왼손으로 검결지를 취했다. 그리고 검을 품 안으로 거두면서 왼발을 높이 들었다가 땅을 향해 내려쩍었다.

동시에 그가 왼손으로 취한 검결지가 그의 발끝을 향했다.

구궁―!

흡사 지진이 일어난 것처럼 땅이 한번 진동하더니, 그 땅으로부터 자욱한 안개가 뿜어져 나왔다.

곧 그 안개는 운정의 모습을 완전히 삼켜 버렸다.

챙―!

챙―!

운정이 있던 자리에는 세 개의 무기가 서로와 부딪치며 요란한 소리를 내었다.

그 무기들의 주인인 세 호법들은 놀란 눈으로 서로를 돌아보았다.

그때 하늘에서 바람이 내려왔다.

후우욱―!

세 호법은 저항할 수 없는 그 거대한 힘에 쭉 뒤로 밀려났다. 아무리 내력을 동원하여 천근추의 수법을 동원해도 뒤로 밀려나는 자신들의 몸을 멈출 수 없었다.

그리고 앞에서 다가오는 화염 또한 어찌할 길이 없었다.

"아아악!"

"크악!"

"아악!"

세 비명 소리는 안개 뒤 멀리로 사라져 버렸다.

탁.

사무조는 자신의 앞에 선 운정을, 정확하게는 그가 뻗은 미스릴 검의 검 끝을 보았다.

운정이 말했다.

"다시 느껴 보니, 확실히 재밌긴 하군요. 약자를 농락하는
건. 당신들이 그리 재밌어한 것을 이해합니다."

"……."

운정은 차분한 눈길로 사무조를 보다가 말했다.

"하지만 나는 당신들과 다르니, 살 기회를 드리겠습니다. 더
는 학살을 자행하지 마시지요. 약조한다면, 검을 거두겠습니다."

사무조는 가만히 그를 지켜보다가 이내 툭하니 말했다.

"그렇게 하지, 운정 도사."

운정은 미스릴 검을 거두어 자신의 검집에 넣고는 왼손의
검결지를 풀었다.

그러자 알톤 평야 전체를 감싸던 안개가 빠르게 엹어지더
니 곧 완전히 사라져 버렸다.

『천마신교 낙양본부』 12권에 계속…